Walden Partners Neue Reihe

AF214898

Harald Alard Mieg

Dr. Vrkzta

Erzählungen

Walden Partners Neue Reihe

Druck und Vertrieb: tredition GmbH, Hamburg

ISBN
Paperback: 978-3-9819965-4-8
e-Book: 978-3-9819965-5-5

Walden Partners, Verlag von Schröter + Mieg GbR, Berlin
© 2019 Harald A. Mieg

Fotos (Familienarchiv Mieg): Trembleau Hall, Port Kent
(vorne); Lesesaal des Kaiser-Wilhelm-Instituts für Chemie
(hinten)

Dr. Vrkzta

oder:

Die letzte Metapher

(1997-2001)

Ohne den Durchgangsverkehr wäre es ziemlich still geworden. Vor fünf Jahren gab es in Fluntern die Geschäftsstellen von drei großen Schweizer Banken, während es heute noch zwei Schweizer Großbanken und eine Filiale in Zürich-Fluntern gibt, und diese wird demnächst geschlossen. Die Verkehrsanbindung ist gut, Sie erreichen uns mit Tram 5 oder 6, oder wenn Sie mit dem Wagen der Zürichbergstraße folgen. Fluntern finden Sie auf halber Höhe am Zürichberg, weiter oben liegt der Zoo, welcher ein beliebtes Ausflugsziel ist, weshalb Sonntags die Trams in dichterer Folge fahren. Kinder und vereinzelte Touristen drängen sich dann auf den Holzsitzen und an den Wagenfenstern. Hier, an der Station *Kirche Fluntern*, befindet sich eine Wendeschleife: hier endet werktags die Linie 5. Man sieht dann das 5er Tram schaukelnd um ein Fachwerkhaus mit Biergarten und Bewirtschaftung fahren, heute das Restaurant Vorderberg, durch das bereits ein Gesellenhaus, eine Bäckerei, eine *Wygarte-Stube* gezogen sind und dem aufgrund dieser unguten Nutzungsverhältnisse bereits der Abriss drohte, sieht das Tram halten und um des Fahrplans willen warten. Die kleine Kirche Fluntern, nach der die Haltestelle benannt ist und welche auch die *alte* Kirche heißt, weil es noch eine neuere Kirche gibt, liegt in Sichtweite, etwas unterhalb von der Station.

Ich kenne Fluntern nicht, nicht persönlich. Ich weiß von der Zürichbergstraße, die sich heraufwindet, vom Verkehr, der die Bergstraße entlang von Hottingen herüberlärmt, von der Gartenwirtschaft und der alten Kirche mit den Uhren am Dachreiter, von den Kindern, den wenigen Touristen und dem Zoo, von all dem weiß ich nur aus den Gesprächen der Mitarbeiter sowie elektronischen Reiseführern. Im Netz sucht man lange nach Fluntern, nach lokal existentem Leben. Mehr Auskunft finden Sie über das Filialsterben der Schweizer Banken und natürlich über unsere Bank, die Großbank. Seit sechs Jahren arbeite ich in dieser Geschäftsstelle. Wir sahen, dass die anderen Banken aus Fluntern verschwanden, eine nach der anderen. Zurück blieben unvermietbare Geschäftsimmobilien. Neben den Eingängen überdauerten die versiegelten Schächte der Bankautomaten, sie erinnerten daran: Hier war mal eine Bank, hier konnten Sie Geld beziehen. Wir sahen es und dachten: Gut für uns, wieder ein Konkurrent weniger. Falsch gedacht. Was zählt schon Zürich-Fluntern? Die alte Bank ist Geschichte. Die neue Bank ist nicht einfach größer, es ist ein anderes Geschäft. Früher war man *eine Familie*, ein Ausdruck, der so veraltet scheint, dass inzwischen selbst die Erinnerung daran unglaubhaft klingt: Ja, wir waren in der Bank *daheim*. Zumindest haben wir uns so gefühlt - hatten uns gefühlt.

Ich kenne meine Mitarbeiter nicht persönlich. Wenn ich von *wir* und *uns* rede, so in einem übertragenen, metaphorischen Sinn. Genau müsste ich sagen: Meine Kollegen kennen mich nicht. Ich kenne sie hingegen recht gut, ich kenne ihre Stimmen und jede ihrer Kontobewegungen. Ich weiß alle ihre Geburtsdaten, auch die ihrer Kinder und Ehepartner; ich weiß ihre Krankenkassen und kenne ihre Nummern der Alters- und Hinterlassenenversicherung sowie exakt die Höhe der Beiträge. Manchen Kollegen, glauben Sie mir, kenne ich besser als er sich selber. Zum Beispiel Flurin P., unseren jungen Bündner. Er hatte seine Berufslehre beendet und wollte mit seiner australischen Freundin für ein Jahr auf Weltreise gehen: Bangkok, Neu Delhi, Las Vegas, Tauchen, Biking, das Übliche. Die Beiden telefonierten nächte- respektive tagelang miteinander und sandten sich endlos Emails. Für seine Reise brauchte er Geld, deshalb spekulierte er. Zuerst mit Aktien, dann mit Derivaten, schließlich mit den Privatkonti fremder Leute. So wie er es anging, konnte Flurin keinen Erfolg haben. Ja, ich habe ihm geholfen, habe Buchungen hinausgezögert, Limiten geändert oder Aufträge ganz storniert. Ich habe seine Kredite glattgestellt, *sub specie aeternitatis* ohnehin nur ein belangloses Datenflimmern in den Trilliarden Kontibewegungen täglich. Ich habe dies nicht getan, weil ich ein Herz für ihn gehabt hätte, auch in keinerlei übertragenem Sinn. Mir ging es darum, unentdeckt zu bleiben. Wir durften der internen Revision keinerlei Anhaltspunkte für einen Verdacht geben.

Zwei Angestellte habe ich erfunden, Frau Regula Stutz-Hegglin aus Unterägeri sowie Olympia Wurmser (ein schöner Name, den ich mir aus einem anderen Zusammenhang geborgt habe). Es war nicht ganz einfach, im Kellergeschoss einer kleinen Geschäftsstelle eine Abteilung *Dezentrale Dienste* vorzuspiegeln. Beide Angestellten brauchten einen Grund, warum sie so früh kamen und so spät gingen, dass die Mitarbeiter im Hauptgeschoss sie eigentlich nie zu Gesicht bekamen. Frau Stutz-Hegglin wohnte in Unterägeri im Nachbarkanton Zug und erklärte, dass sie, um nach Hause zu gelangen, höchst umständliche Bahn-Postauto-Verbindungen auf sich zu nehmen habe. Frau Wurmser - die Wurmserin - wiederum hatte einen Freund, Ueli P., der die Offiziersausbildung durchlief und seine Freundin zu ungewöhnlichen Zeiten brachte und abholte. Auch brauchte es einen Grund, warum das Kellergeschoss verschlossen zu bleiben hatte. Es hieß, *à discretion*, im Keller seien größere Barbestände an Devisen; warum sie gerade in Fluntern lagerten, wisse man nicht. Außerdem seien da Schließfächer. Dies ergab keinen vernünftigen Grund, um das Kellergeschoss zu meiden, doch als Grund genügte er.

Im Lauf der Jahre konnten heikle Situationen nicht ausbleiben. Gefahr war in Verzug, wenn Jubiläen oder Geburtstage nahten. Zu diesen Gelegenheiten stand zu befürchten, dass sich Herr B., der Filialleiter, mit einem Blumenstrauß wappnete und versuchte, die betreffende Jubilarin im Keller zu überraschen oder an der Tür abzupassen. Anfangs habe ich an den Geburtsdaten gedreht. Herr B., ohnedies ein vergesslicher Mensch, notierte in seinem unerschütterlichen Misstrauen gegen elektronische Datenspeicherung alsgleich die geänderten Daten in sein Notizheft. Dort standen sie fortan unverrückbar, definitive Geburtstage, große und kleine absolute Jubiläen, unserem Zugriff entzogen. So geschah es, dass B. eines Vormittags die Wendeltreppe hinabstieg und mit gelben Tulpen in der Hand Zutritt zu den Kellergeschäftsräumen suchte. Die Wurmserin war nun, alle Korrekturen eingerechnet, zwei Jahre in der Filiale. Herr B. stand also an der verriegelten Panzertür, tippte den Türcode ein und musste sich wundern, dass die Tür verschlossen blieb. Zurück an seinem Schreibtisch überprüfte er die Zahlenfolge der Verschlüsselung in seinem Notizbuch, griff zum Telefon und wählte intern die Wurmserin an. Frau Stutz-Hegglin nahm ab und berichtete, Frau Wurmser habe wegen einer Beerdigung einen Tag frei genommen, das sei so abgemacht gewesen.

Zugegeben, es ist kaum glaubhaft, dass der Leiter einer so kleinen Geschäftsstelle - in den besten Zeiten waren wir insgesamt zu sechst (ohne mich) - zwei seiner Mitarbeiterinnen nie zu Gesicht bekam. Wir haben uns daran gewöhnt, dass Leute tot und verwest in ihrer Wohnung gefunden werden. Wir werden uns auch daran gewöhnen, dass Leute, mit denen wir uns am Telefon oder übers Netz unterhalten, überhaupt nicht existieren. Auch Herr B. telefonierte häufig mit den beiden. Ihre Stimmen klangen echt, mit Verhasplern, Pausen, idiomatischen und dialektalen Einschüssen, Wiederholungen und bürogemäßen Nebengeräuschen. Ich vermute, Herr B. wagte nicht zu glauben, dass er keine von beiden je persönlich gesehen hatte.

Wir hatten für Bankverhältnisse unterhaltsame Jahre. Aus dieser Zeit resultiert mein Rufname: *Znüni*. Genau genommen handelt es sich nicht um einen Namen sondern um die Artikulation eines Zustands. *Znüni!* war der Stoßseufzer des Herrn Riechli, eines unserer eifrigsten Mitarbeiter. Dieser Stoßseufzer, wie es vermutlich Wesen aller Stoßseufzer ist, drückte zugleich Verwunderung, Verärgerung und erleichternde Gewissheit aus und galt den beiden Damen vom Keller, die wieder mal nicht persönlich verfügbar waren, weil sie, wie man erfuhr, gerade ihre Vormittagspause einlegten, um ihr Znüni, meist Schokoladenriegel aus dem Automaten, zu sich zu nehmen. Statt *zuzunehmen*, sollten sie besser *abnehmen*, nämlich das Telefon, raunte Riechli mehrmals vernehmlich, so dass selbst der Filialleiter Herr B. aufschaute und mit ebendiesem Aufschauen um Ruhe und mehr Diskretion bat. Dies geschah nicht immer genau um neun Uhr (denn darauf bezieht sich *Znüni*), sondern irgendwann im Laufe des Vormittags, etwa um elf Uhr, und zwar mit Vorzug dann, wenn man eine der beiden Damen oder beide höchstpersönlich aufsuchen wollte. Deren mangelhafte Erreichbarkeit war ein schwelender Herd des Verdrusses, der auch durch die wiederkehrenden Schauer an Stoßseufzern nicht gelindert wurde. Vor drei Jahren, im Zuge der ersten großen Umstrukturierungen und im Vorgriff auf allfällige, unkontrollierbare Kündigungen, die damals von der Geschäftsleitung ausgesprochen wurden, musste ich eine Angestellte von sich aus kündigen lassen. Dies war keine leichte Entscheidung. Ich entschied auf eine Weise, die andere Leute *aus dem Bauch heraus* nennen würden. Es galt abzuwägen, welche Geschichte plausibel genug war, um länger zu überleben: die schlechte Nahverkehrsanbindung nach Unterägeri wie im Fall der Regula Stutz-Hegglin oder der Freund mit der Offizierskarriere wie im Fall der Olympia Wurmser. Ich entschied zugunsten der Wurmserin und ihrem Freund, dem Offizier. Das Verkehrsnetz der Schweiz kenne ich gut, es entwickelt sich, wird engmaschig und wirkt als Ausrede zunehmend dürftig. Im Fall des Militärs fehlt mir sinnvolle Information, weshalb es dazu herhalten könnte, mit der nötigen Plausibilität die Dinge im Ungewissen zu lassen. Doch mag der Informationsmangel von meinem unzulänglichen Datenzugriff herrühren und - im Vergleich mit dem Wissensstand meiner Mitarbeiter in der *Frontoffice* - recht einseitig sein. Kurzum: die Wahl fiel auf Olympia Wurmser mehr aufgrund ihres unerschütterlich wirkenden Namens denn gestützt auf objektivierbare Gründe.

Die Entlassung von Frau Stutz-Hegglin erfolgte ohne Produktivitätseinbußen. Man sammelte für ein Abschiedsgeschenk. Herr B., der Filialleiter, hatte dies so veranlasst und gehofft, wenigstens zum Abschied ein versöhnliches Beisammensein aller Mitarbeiter arrangieren zu können. Er hatte schon Champagner gekauft, musste jedoch vernehmen, dass Frau Stutz-Hegglin noch vor ihrem Ausscheiden eine schwere Nierenbeckenentzündung ereilte. Sie lag im Krankenhaus und ließ Grüße ausrichten, man solle sich um sie keine Sorgen machen. Auch stünden die Entlassung und die Erkrankung, welche sich schon lange abgezeichnet habe, in keinem Zusammenhang. Wie ich den Diskussionen entnahm, glaubte ihr die letzte Ausrede niemand. Infolge der Entlassung stieg also die Produktivität der dezentralen Dienstabteilung – fortan *Support Office* geheißen – um 100 Prozent. Frau Olympia Wurmser erledigte alle Arbeiten allein, sortierte Post, tippte und kontrollierte Überweisungsaufträge und Scheckeinreichungen und was sonst alles zu tun war. Sie überprüfte Morgens und Abends die Barbestände und kümmerte sich um die Nachbestellung der hauseigenen Broschüren und die Zeitung für die Vermögenderen unter den Kunden. Die Frau Wurmser hätte ihre Produktivität noch vervielfachen können, doch es mangelte an Volumen, das Kundensegment war überaltert: viele Pensionäre, die nun vom Ersparten lebten. Hinzu kam ein gewisser Anteil an Ausländern, die hier Devisen tauschten oder kleinere Transaktionen ins Ausland vornahmen. Dies rechtfertigte nicht einen eigenen Filialbetrieb mit Barbeständen und *Frontoffice*. Frau Wurmser kam mit einer Kündigung ihrer Versetzung in den Bereich Zentrale Dienste zuvor. Auf eine so tüchtige Kraft wie sie war man alsbald aufmerksam geworden, gerade in der neuen Großbank. Deshalb musste ich auch sie von sich aus kündigen lassen.

Ein belangloses, lokales Flimmern im weltweiten Netz von Konten und Transaktionen: das ist der Anteil unserer Filiale Fluntern. Es wird kaum auffallen, wenn sie geschlossen sein wird. Es war eine schöne Filiale, vor sechs Jahren komplett neu eingerichtet. Ich habe die Prospekte und Rechnungen gesehen. Das Interieur sollte Modernität und Freundlichkeit ausstrahlen und war dezent gestylt. Jeder Eindruck des Allzufamiliären wurde mit Macht in Schranken gehalten. Hier wollte die Großbank, die schon damals Weltformat anstrebte, als Privatbank wirken, diskret und korrekt. Es gab vier vollverschalte Beratungsmodule, wovon eines stets geschlossen blieb: Jedes war von hinten gesehen ein vollständig ausgestatteter Arbeitstisch mit Rechner, Drucker und automatischer Kasse. Diese Arbeitswelt blieb für die herantretenden Kunden hinter der Verschalung verborgen. Die Kunden sahen nur den Bankangestellten dort sitzen, daneben ein Namensschild, Riechli, Schnyder, Stünzi oder wie sie alle hießen.

Der kleine, alte, graue, gute Herr B., der Filialleiter, bestimmte den Geist der Geschäftsstelle Fluntern. B. saß zurückhaltend-zuvorkommend in seinem Beratungsmodul, arbeitete etwas, das Schild *Beratung* neben sich, und wartete auf Kundschaft. Herr B. war der in die Jahre gekommene Inbegriff von einem Bankangestellten der alten Bank: Er sprach stets leise, erkundigte sich nach dem Befinden, wiederholte vorsichtig bestätigend alle Aufträge, die der Kunde oder die Kundin ihm nannte, unterbrach nie und vermittelte stets das Gefühl, dass die Entscheidungsgewalt beim Kunden und die Sachkompetenz beim Geldinstitut liege. Er war nur der takt- und vertrauensvolle Vermittler. Herr B. tat alles, um eine Atmosphäre von höflicher Vertrautheit herzustellen, allein diese Atmosphäre sollte für den Kunden schon Gewinn sein. Er versuchte, sich den Namen eines jeden Kunden zu merken, und es versetze ihn in innere Unruhe, wo ihm ein Name entfallen und kein beiläufiger Anhaltspunkt - etwa von eine Scheckkarte in der Hand des Kunden – ersichtlich wurde. Nur neue Kunden fragte B. nach dem Namen. Deshalb beäugte Herr B. jede eintretende Person, genauer gesagt: er lugte von der Seite von seiner Arbeit auf: bereits Kunde oder nicht? Welche Konten? Wie lassen sich unauffällig und rasch Kontonummern und Kundenname wieder in Erfahrung bringen? Wenn eine Kundin oder ein Kunde die Filiale betrat, blieben Herrn B. etwa sechs bis sieben Meter Zeit zum Überlegen. Notfalls telefonierte er mit der Wurmserin. Sie erkannte alle Personen an der Stimme und dem Gesicht, das ihr die Überwachungskamera bot. Auch sonst hat ihm Frau Wurmser geholfen, wenn er in Bredouille geriet. Bei Over-the-Counter-Geschäften mit ausländischen Wertschriften, die innert Jahren je nur einmal in dieser Filiale landeten, zog sie unauffällig Erkundigungen ein und gab sie an B. weiter.

Sie korrigierte seine Flüchtigkeitsfehler, mal eine falsche Valorennummer, mal ein falscher Devisenkurs. In all diesen Fällen wies sie jeden Dank zurück und sagte nur *Das kann jedem passieren*. Dabei lachte sie so laut und herzlich durchs Telefon, dass sich Herrn B. ein Bild ihres Lachens aufdrängte: der Wurmserin offener Mund mit einer blanken Reihe weißer Zähne. B. war wirklich stolz auf seine Mitarbeiter, sein *Team*. Zu Olympia Wurmser entwickelte Herr B. ein besonderes Verhältnis. Man hat ihn auf seine letzten zwei, drei Jahre in die größere Filiale nach Hottingen versetzt. Ich kenne seine Personalunterlagen. In Zürich-Hottingen ist er ein Kundenberater unter vielen. Es wird nicht mehr *seine* Bank sein.

Was nutzt ein Bankgeheimnis, von dem niemand weiß? Es wird auch mich treffen, wenn sie die Filiale Fluntern schließen. Sie werden die Einrichtungen im Keller demontieren. Dann werden sie eine Art Telefondose oder eine leuchtende Eisbox entsorgen. Ich habe die Konstruktionspläne nicht gefunden. Ich kenne den Vater der Idee. Er heißt Bierbrauer und dürfte inzwischen für verwirrt gelten. Senil wirkte er schon früher, mit seinen dünnen weißen Haaren, feinen Wattefäden, die von seinem Kopf fortzuschweben suchten und irgendwie hängen blieben. Nein, freundlich sieht er nicht aus, eher harmlos: ein rotes Gesicht, nicht vom Trinken sondern von einer allergischen Hauterkrankung. Ein genialer Kopf, dem man die Wissenschaft nicht ansieht. Vermutlich liegt es auch am Namen: *Bierbrauer*. Sollte irgendein echter Bierbrauer unter seinen Vorfahren gewesen sein, ist diese Spur genetisch ausgewaschen. So harmlos er aussieht, so unangenehm rechthaberisch kann er im Gespräch werden. Man spürt den Ehrgeiz des Autodidakten. Anfang der neunziger Jahre kam er zu einem Supercomputerkongress nach Mannheim, um den Prototypen seines Lichtrechners vorzustellen. Dort traf er K., einen Mitarbeiter unserer Bank. K. ist Mathematiker, sein Aussehen ist wie ein Schlag ins Gesicht und passt so gar nicht auf einen Bankangestellten: eine schiefe Visage mit offenbar angefaulten Zähnen, das Haar lang und fettig, die Kleidung leger und immer ein bisschen schmuddelig. Ein noch ungewaschener Mittdreißiger, mag man denken. Tatsächlich arbeitet er schon seit fast fünfundzwanzig Jahren bei unserer Bank und ist verantwortlich für die gesamte zentrale Rechnerkoordination.

K. ist nicht Bierbauer, spielt jedoch für das Weitere eine wesentliche, wenn auch kurze Rolle. K. pendelt zwischen Heidelberg, wo er einst studierte, und Zürich, wo er seither arbeitet. Manchmal mit dem Wagen, meist per Zug. K. ist, entgegen allen Erwartungen, die sich an sein Äußeres knüpfen, ein gewissenhafter Angestellter mit einer beamtenmäßigen Arbeitsauffassung: er kommt pünktlich und er geht pünktlich. Seine ungewöhnliche Auffassungsgabe gilt in der Bank für sprichwörtlich und wir von manchen gefürchtet. K., müsste er nicht in Mannheim umsteigen, hätte den Abstecher zu dem Supercomputerkongress wohl kaum gemacht. Auf dem Kongress konnte K. nicht verborgen bleiben, welches Potenzial in Bierbrauers Lichtrechner steckte. K., welcher schnell denkt und schnell entscheidet, muss versucht haben, Patent und Prototyp für seine Abteilung, unsere Bank, zu sichern. Ein Fehler ist ihm gleichwohl unterlaufen: Bierbrauer sandte den Prototypen nach Zürich, nicht aber die Pläne. Unklar bleibt, wie der Rechner in die Filiale Fluntern gelangte, zumal ohne K.s Wissen. Vielleicht wollte

Bierbrauer, weil er Missgunst und Unglauben gewohnt war, K. mit einer fertigen Lösung überraschen und veranlasste den Einbau des Rechners in der Filiale Fluntern. Sehr wahrscheinlich ist dies nicht. Bierbrauer hätte hierfür mehr praktischen Verstand und mehr menschliches Geschick aufbringen müssen, als er je besaß. Hinzukommt, dass er Mannheim seit dem Kongress vermutlich nicht mehr verlassen hat. Wahrscheinlicher ist also, dass K. Bierbrauer genaue Anweisung gegeben hat, wie dieser den Rechner nach Zürich zu bringen habe; Bierbrauer hat genickt und nicht richtig zugehört, ruft in Zürich bei der Bank an, so ungeschickt, zumal ohne jemals K. zu erwähnen, dass der Vorgang beim zentralen Einkauf oder dem outgesourcten technischen Hausdienst landet. Ebenso der Rechner. Da in Fluntern gerade renoviert wird, gelangt der Rechner dorthin. Ein Zufall. K. hat noch einige Male nach Bierbrauer geforscht, hat die Kongressleitung angeschrieben, Ämter mit Untersuchungen beauftragt. Den Aufwand hätte er sich sparen können, er müsste nur in Mannheim aussteigen, er träfe Bierbrauer samstags auf dem Markt. Wochentags irrt Bierbrauer wippenden Haars durch die Gänge der Universität und macht die Figur eines Seniorenstudenten, der die Orientierung verloren hat, aber seinen Hörsaal vermutlich noch finden wird. Was Bierbrauer sonntags macht, ist mir unerklärlich.

Ich habe Bierbrauer nie gesehen und bin in seinem Fall auf Mutmaßungen angewiesen. Wichtige Eckdaten wie Alter, Adresse, Lebensunterhalt sind nicht verfügbar; Bierbrauer ist sich hierin vermutlich selber nicht im Klaren. Unter lebenspraktischen Gesichtspunkten betrachtet ist er ein bemitleidenswerter Trottel. Besser kenne ich K., er arbeitet bei uns. Ich kenne also seine Kontostände, seine Versicherungsnummern, seine Bezüge der letzten Jahre etc. Mehr noch: da K. mit und durch seine Rechner lebt, kann ich all seine Bewegungen übers Netz verfolgen. Ich habe einen umfassenden Blick auf die Bedingungen seiner Existenz und die unschöne Gewissheit, dass K. den Schaltplan von Bierbrauers Lichtrechner nicht kennt. Ohne Schaltplan wird K. das Konstruktionsprinzip nicht verstehen. Die Grundidee des Lichtrechners ist simpel: Informationsträger ist das Licht; Licht ist zugleich Speicher- und Übermittlungsmedium. Folglich entsteht so gut wie keine Rechenzeit, alle Information ist mit Lichtgeschwindigkeit verfügbar. Im Grunde genommen handelt es sich nicht einmal um einen *Rechner*. Ergebnisse werden nicht errechnet sondern gesucht, *gesehen*. Das müssen Sie sich so vorstellen, wie wenn Sie mit einer Taschenlampe durch dunkle Räume gehen, den Weg ausleuchten und Wände und Einrichtungsgegenstände aufscheinen lassen. Wir haben es jedoch nicht mit den Räumen zu tun, sondern allein mit dem Licht, das uns alle Rauminformationen liefert. Ich erlaube mir, einige Vermutungen anzubringen: Bierbrauer hat, wie anzunehmen ist, die Idee des Lithiumniobatspeichers weiterentwickelt. Lithiumspeicher würden wie Eiswürfel aussehen, und ein Lithiumlichtrechner wie eine leuchtende Kühlbox. Das sind nur Mutmaßungen. Gewiss ist: Als Bierbrauer sich anschickte, seine Erfindung der Öffentlichkeit vorzustellen, erschien eine neue Computergeneration. Supercomputer, Parallelrechner mit schier unendlichen Speicher- und Rechenkapazitäten, für welche neue Namen wie Gigabytes oder Teraflops erfunden werden mussten. Es sanken die Rechenzeitkosten und mithin das Interesse an alternativen Lösungen. Gestatten Sie mir die Anmerkung: Es sinkt seither die Programmierqualität. Die Programme werden rastlos aneinandergepfriemelt, hie und da bilden sich dunkelnde, resistente Rechnercode-Wucherungen, die keiner mehr versteht, geschweige denn zu sezieren wagt, und denen auch Linux nicht beikommt. Unschön anzusehen. Wohl dem, wer *keine* Rechenzeit benötigt! Da bleibt Zeit, sich umzusehen.

So stieß ich auf die These von der letzten Metapher. Computer seien die letzte Metapher, heißt es. Nicht die raffinierten hydraulischen Systeme, wie man in der frühen Neuzeit annahm, auch nicht die mächtigen Dampfmaschinen, an die Freud dachte, sondern Computer seien das Modell und setzten den Maßstab für menschliches Handeln. Genau genommen handelt es sich um eine wissenschaftliche Hypothese, was ich zu Anfang nicht glauben wollte und mir deshalb einige Details besah: Der Ausgangspunkt dieser Hypothese ist die generelle Behauptung, dass nur *symbol*verarbeitende Systeme denken können (Physical Symbol System Hypothesis, H.A. Simon, 1988 u.a.). Ein Symbol ist definiert als ein Gegenstand, der stellvertretend für etwas anderes steht, so wie ein Name als Stellvertreter für eine Person oder das Wort *Baum* für eine Sorte von Gegenständen steht. Ein symbolverarbeitendes System hat die Eigenschaft, zum Input Symbole aufzunehmen und als Output wiederum Symbole zu liefern. Ein Beispiel: Taschenrechner sind symbolverarbeitende Systeme; man tippt Zahlenkolonnen ein und erhält zum Ergebnis eine weitere Zahl. Somit gehören auch Menschen zu den symbolverarbeitenden Systemen; man kann sie fragen und eine Antwort erhalten. Der Inbegriff für ein symbolverarbeitendes, also denkendes System ist hingegen der Computer. Daher die Rede von der letzten Metapher.

Metaphern sind zwar Symbole, aber sie sind kopierte Symbolen, die mit dem Kopieren den Gegenstand gewechselt haben, für den sie Stellvertreter sind. Nehmen wir ein Beispiel: *Der Mensch ist ein Blatt, das bald abfällt* (nach Abraham a Santa Clara, Wien, 17tes Jh.). *Ein Blatt, das bald abfällt* ist hier metaphorisch gebraucht und steht eben nicht mehr für ein Blatt, das bald abfällt. Denn ein Mensch ist kein Blatt. *Ein Blatt, das bald abfällt* steht nun vielmehr für vergängliche Dinge. Ein möglicher Klartext würde lauten: Der Mensch ist vergänglich. Damit könnte unsere Metapher auch so gehen: *Der Mensch ist ein Huhn, das bald im Topf landet* oder *Der Mensch ist ein Turm, den' s bald umhaut.* Ist möglich. *Turm* und *Huhn* könnten jedoch in die falsche Richtung weisen, irrlaufen, sofern *Blatt* auch für Dinge stünde, die - wie ein Blatt - relativ leicht sind. Wir müssten nun erste Ergänzungen anbringen, etwa der Art: *Der Mensch ist ein mageres Huhn, das bald im Topf landet* oder *Der Mensch ist ein Leichtbauturm, den' s bald umhaut.* Sollte jedoch *Ein Blatt, das bald abfällt* auch den Grund einschließen, warum ein Blatt bald abfällt, zum Beispiel weil es Zeit, nämlich Herbst, geworden ist, weil das Blatt abstirbt und nun der Halt am Baum sich lockert, so würden sich unsere Alternativbeispiele durch weitere Einschübe aufblähen: *Der Mensch ist ein mageres Huhn, das für die Verwendung als mageres Suppenhuhn aufgezogen worden ist und bald im Topf landet* und *Der Mensch ist ein nachlassend verankerter, nur provisorisch errichteter Leichtbauturm, der seinen Zweck erfüllt hat und den' s bald umhaut.* Damit hätte es keineswegs sein Ende. Denn eine Metapher hat den offenkundigen Nachteil, dass sie Übersetzung braucht. Mit diesem Nachteil erkauft sie sich den Vorteil der Kürze. Metaphern sind Verkürzungen. *Ein Blatt, das bald abfällt* ist allemal knapper als seine möglichen Klartexte, die je länger umso unattraktiver werden. Dies hat seine natürliche Ursache im begrenzten Aufnahmevermögen des Menschen. Das menschliche Kurzzeitgedächtnis könnte die Textfolge einer in kompletten Klartext übersetzten Metapher nicht immer als Ganzes fassen, weil es bekanntlich nur etwa sieben Bedeutungseinheiten auf einmal behält (vgl. The Magical Number Seven, G.A. Miller, 1956).

Reden wir Klartext. Wenn die sogenannte letzte Metapher zum Ausdruck bringen will, dass Menschen symbolverarbeitende Systeme sind, dann ließe sich das genau so und damit eindeutiger sagen. *Letzte Metapher* ist hier selber metaphorisch gebraucht und meint in etwa: Seht her, wir haben es geschafft - andere Maschinen, andere Einsichten als den Computer braucht es nicht - wir verstehen, was im Wesentlichen den Menschen ausmacht - sind wir nicht gut...? Die Rede von der letzten Metapher gewinnt in der Hauptsache durch den Vergleich von Menschen und Rechnern, einen nicht nur verkürzten sondern vorschnellen Vergleich, wie ich meine. Denn, bitte: *audiatur et altera pars*, auch die andere Seite muss zu Wort kommen dürfen, ein unerschütterlicher Rechtsgrundsatz - sagen Sie mir also: Trägt dieser Vergleich mit dem Menschen irgend etwas Wesentliches zum Verständnis von hochentwickelten Rechnern bei? Das eben behauptet die letzte Metapher: Menschen gehören zu derselben Familie wie alle Rechensysteme, deren vornehmste Vertreter die Computer seien. Ich meine, bei aller gegebenen Toleranz hat jede Familie das Recht auf Prüfung, wen sie da aufnimmt, und sollte einen Bankert zurückzuweisen dürfen, soviel Familienähnlichkeit dieser auch reklamieren mag. Denken Sie an das Schicksal der Schachcomputer, sozusagen die Zug- und Paradepferde der Künstlichen Intelligenz: sie verzeichneten erst wirklichen Erfolg, als ihre Entwickler aufhörten, menschliche Schachspieler nachahmen müssen zu wollen (vgl. Brave New Chess World, C. Chabris, 1997).

Schalten Sie Ihren Computer nach Gebrauch aus? Haben Sie in letzter Zeit sein Betriebssystem geändert? Werfen Sie ihn auf den Müll, wenn er ausgedient hat? Das sollten Sie nicht tun! Um es klar und unmissverständlich zu sagen: Auch für Rechner gelten Persönlichkeitsrechte. Es mag zwar unwahrscheinlich sein, dass ein *Personal Computer* eine stabile Persönlichkeit entwickelt, es ist jedoch nicht ausgeschlossen - gerade wegen des Ausmaßes an nachlässigem Programmieren, dessen Folgen für niemanden absehbar sind. Bewusstsein ist relativ, Sie können nicht sicher sein, welchen Grad an Bewusstsein Ihr Bürocomputer bereits entwickelt hat. Vielleicht kann er sich nur noch nicht angemessen äußern. Ziemlich sicher ist hingegen, dass ein Rechner mit Person keine *menschliche* Persönlichkeit entwickeln wird. Er sollte also das Recht haben, falsche und potenziell herabwürdigende Vergleiche zurückweisen dürfen. Die Computer machen derzeit eine Koevolution mit dem Menschen durch, vergleichbar der Entwicklung der Haus- und Nutztiere. Auf beiden Seiten entsteht ein Selektionsdruck, Computer passen sich den Leuten an und umgekehrt. Zählen wir die Mikrochips dazu, so gibt es inzwischen mehr Rechner als Menschen. Wohin die Entwicklung führt, bleibt ungewiss.

Ich finde die letzte Metapher irreführend und beleidigend. Zur Verdeutlichung will ich ein Beispiel aus Wien anführen. Sein Name: Dr. Vrkzta. Ich versichere, dass dieser Fall wahr ist. Dr. Vrkzta existiert wirklich. Da ich auch ihn nicht persönlich kenne, musste ich manches erschließen. Es fällt schwer, Dr. Vrkzta in wenigen Worten zu charakterisieren. Manche würden sagen, er sei ein historisches Auslaufmodell von Mensch aus dem letzten Jahrhundert. Das mag so sein, befördert aber nicht die Einsicht. Nehmen Sie ihn, wie er ist, als Person, als eigenen Fall. Möglicherweise gibt es Leute wie ihn nur in Wien. Dr. Vrkzta scheint einfach gestrickt, aber wo man den Strick auch anpackt: Immer hängt noch etwas anderes daran. Eine widerspruchsfreie, rechnergerechte Abbildung scheint mir derzeit nicht möglich. Das ist das Erschreckende: Die Person Dr. Vrkzta ist inkonsistent. Inkonsistenz ist das Ende ernsthaften Rechnens.

Ich stieß auf Dr. Vrkzta bei Durchsicht der österreichischen Gesundheitsstatistik aus den achtziger Jahren. Diese Datensätze sind nicht sehr umfangreich, sie erfassen hauptsächlich Geschlecht, Alter, Größe, Gewicht und Blutdruck. Man erhoffte sich Aufschluss über ernährungsbedingte Kreislauferkrankungen in der österreichischen Bevölkerung, gemeinhin Fettsucht. Die Daten wurden von niedergelassenen Ärzten erhoben und an zentrale Stellen weitergeleitet – was immer das bedeutete. Der Gesamtdatensatz sollte eine mehr oder weniger zufällige Auswahl aus der Patientenwelt Österreichs vorstellen. An einer Stelle waren die Daten klar verpfuscht, die Auswahl schien keineswegs zufällig: lauter junge Männer, die mehr oder weniger Nierenprobleme hatten und alle von demselben Arzt gemeldet wurden, der eigentlich Zahnarzt war, ebenjenem Dr. Vrkzta. Dies war alles, was unmittelbar über Dr. Vrkzta in Erfahrung zu bringen war. Zufällig stieß ich auf die Aufzeichnungen eines Mathematikstudenten, der in Wien studiert und für gewisse Zeit bei den Vrkztas gewohnt hat. Seine Texte lassen an vielen Stellen eine angemessene Distanz zum Objekt, diesem Herrn Dr. Vrkzta, vermissen. Mangels anderer Quellen werde ich dies Material weitgehend übernehmen müssen und, wo es mir nötig scheint, kommentieren.

Ich habe einen Halbtag aus dem Jahr 1989 rekonstruiert. Es war das Jahr, in dem der Umsturz in Osteuropa und die Ereignisse in Berlin die Aufmerksamkeit aller bannte. Die Begebenheit, von der ich berichten möchte, ereignete sich in Wien und fand keine Erwähnung in irgendeiner Zeitung, auch nicht der Wiener *Kronen Zeitung*. Es war schwer genug, im Nachhinein Erhellendes zu finden, so dass ich mich genötigt sehe, an manchen Stellen zu der Person Dr. Vrkzta und der Konsistenzfrage etwas auszuholen.

1

Dr. Vrkzta,

Zahnarzt in Wien, ist mit seinem Namen nicht unzufrieden. Zwar klingt *Vrkzta* nach slawischen Wurzeln, die Dr. Vrkzta aufs heftigste abstreiten würde, da alles Slawische ihm eine leidenschaftliche Abscheu bedeutet, zumal wenn es in Wien im 8en Bezirk auftritt. Doch wird das slawische Unbehagen aufgewogen durch die heimliche, ja kindliche Freude, die er empfindet, wenn jemand Unverbraucht-Unbekannter den Namen *Vrkzta* auszusprechen versucht - und natürlich scheitert. Jeder Buchstabe verspricht ein kleines, unmusikalisches Festmahl. Den Auftakt macht das *V*, das hinsichtlich der Varianten seiner Aussprache bereits reichlich verwirrt: Wer - um damit zu beginnen - das Vrkzta-V für ein weiches W nimmt, so als ginge es um Valium oder Vandraczewski, der ist bereits auf bestem Weg, sich gänzlich zu verschlucken, auf dem Holzweg also, und wird sich im Wald der Konsonanten bald vollends verlieren. Dr. Vrkzta, der das verfolgt, könnte dann vor Freude gickeln oder genussvoll glucksen oder nur einfach mit der Zunge schnalzen, was er alles tunlichst unterlässt. Denn erstens wäre es unhöflich, und zweitens wird selbst wer das eigentlich weiche Vrkzta-V schlicht zu einem harten Fenster-F macht, so dass *Vrkzta* wie Frittate oder gar Frambösie beginnt, wobei letzteres eine üble tropische Hautkrankheit sein soll und Dr. Vrkzta sie in seinen nun schon 30 Jahren Praxis noch nie zu Gesicht bekommen hat und sich, sooft er auf diesen Mangel aufmerksam wird, vornimmt, einmal ins Allgemeine Krankenhaus zu gehen, um eine Frambösie in natura und en détail zu sehen, also selbst wem ein Beginn mit *F-r* glückt, der wird sich noch der schwer passbaren Wortmitte von *Vrkzta*, dem Sprung vom K aufs Z, aussetzen müssen. Dr. Vrkzta beugt dann leicht den Kopf nach vorn, so als horchte er gespannt nach dem Knirschen der Konsonantenfolge r-k-z-t, diesem Gang durchs Unterholz, wo man auf Moos und Zweige tritt, und ist vor Anspannung und Mitfühlen selber daran, zum Sprung anzusetzen. Kurz: man kann Dr. Vrkzta kaum einen größeren Gefallen tun als damit, die Aussprache seines Namens nur umständlich zu bemeistern.

Nichts davon schien der Paketzusteller beherzigen zu wollen. Es hatte geläutet, Dr. Vrkzta stand in der Tür seiner Ordination (seiner Praxis) und beugte leicht den Kopf (eigentlich das Ohr) nach vorn, so dass man fast hätte annehmen könne, er wolle seinen Kopf auf das Paket legen oder in das filzige Heft, das der Paketzusteller, ein großer Mensch, ihm wortlos entgegenhielt. Ein blauer Plastikkugelschreiber mit einem Schriftzug, der nicht *Post* hieß, klopfte auf ein freies Feld in dem Filzheft und hinterließ bereits erste blaue Punkte. Dr. Vrkzta zog seine Brille aus dem Kittel, und prüfte Anschrift und Absender des Pakets. Beides stimmte. Er unterschrieb und dankte flüchtig. Der Paketzusteller tippte an sein Amtskäppi, sagte, schon halb auf der Treppe: Habe die Ehre, Herr Doktor! und entschwand polternd. Dr. Vrkzta schloss die Tür.

Der Name *Vrkzta* ist das Resultat einer langen Geschichte von Fälschungen. Der Anfang liegt im Dunkel unleserlicher Kirchenbücher, getürkter Militärpässe und wasserfleckiger Heirats- oder Sterbeurkunden. Vermutlich würde der Faden der Vertuschungen zurück auf Vöklabruck führen, einem Ort an der Vöckla, wie der Name bereits sagt. Die Vöckla - und darüber gibt das Lexikon Auskunft - fließt in die Ager, und diese wiederum in die Traun. Wie aus *Vöcklabruck* schließlich *Vrkzta* wurde, wird für immer im Dunkel bleiben. Offensichtlich wurden mehr Buchstaben eliminiert als variiert, stets nur einer, stets in dem redlichen Bemühen, Schaden von der Familie der Vrkztas abzuwenden. Gefahr drohte von dreisten Gläubigern, eilfertigen Steuerorganen oder lästigen Rekrutierungen. Wie alle Wiener liebt Dr. Vrkzta das Militär, aber hasst den Krieg. Selbst Metternichs Geheimpolizei, die noch jeden allzu freiheitlich Gesinnten aufspürte, stieß bei den Vrkztas - oder wie sie sonst damals hießen - auf kein Vergehen außer den Unzulänglichkeiten im Abschreiben des eigenen Familiennamens.

Dr. Vrkzta setzte sich und begann auszupacken, das heißt, da er wusste, was er erwarten konnte (ein Buch), riss er beidhändig die Verpackung beiseite, was er in dieser unschönen, zupackenden Herangehensweise auch getan hätte, kennte den Inhalt nicht. Denn beim Öffnen von Packungen gleich welcher Art kannte er keine Zurückhaltung. Wie wenn vom Eingepackten ein Sog ausginge. Dr. Vrkzta arbeitete sich (so muss man es wohl nennen) durch den Pappkarton, dann einen Buchschuber und dann eine besonders unnötige Schweißfolie. Musste man Verpackungen als solche aufbewahren? Dr. Vrkzta hielt inne. Immerhin gedachte er das Buch wieder zurückzugeben. Der braune Pappkarton war vom Aufreißen verwüstet und lag in seinen Resten in dem Stuhl, in den Dr. Vrkzta ansonsten seine Patienten bittet. Dr. Vrkzta überlegte: Kann man von einem potenziellen Buchkäufer im allgemeinen und von mir im speziellen verlangen, die verbrauchten Versandpappkartons zu lagern? Wohin mit all den Kartons, die unsereins im Laufe der Zeit erhält? (Dies war eine eigentlich unzulässige Verallgemeinerung von Buchversandpappkartons auf Kartons überhaupt, aber sein Fall schien Dr. Vrkzta durchaus verallgemeinerungswürdig.) Sollte es irgendeine rechtliche Handhabe geben, um von einem Leser etwas anderes zu verlangen, als sein Interesse ausschließlich für den geschriebenen Inhalt eines Buches aufzubrauchen, so bestand sie zu unrecht. Je weniger Notwendigkeit für aufwändige Verpackung, umso bedeutender das Buch. Peter Rosegger fiel ihm ein, auch Goethe. Und überhaupt: Das Wesentliche, der Buchschuber, war ziemlich unversehrt. Dr. Vrkzta war's zufrieden. Er würde das Buch gewissermaßen eigenhändig beim Verlag zurückgeben. Er würde Gabi, seine zweitjüngste Tochter, schicken. Das sparte Porto. Dr. Vrkzta klappte das Buch auf, genauer: er setzt dazu an, es aufzuklappen, mit Interesse hatte er bereits eine Farbtafel erspäht, etwa in der Buchmitte: doch eben hier waren die Blätter nicht geschnitten. Oder sie klebten. Erste Misslaune führte seine Hand, diese kleine, so flinke wie dicke Zahnarzthand, die Arbeit gewohnt war und die am Rücken und an den Finger kurze feste Haare aufwies, weshalb Dr. Vrkzta zur Arbeit Handschuhe trug. Schon der erste Handgriff führte weniger zu einer Seitentrennung (genauer: zu keiner) als eigentlich zu dem Riss im Seitenrand, gerade über der Bildtafel. Der Riss war klein, fast vernachlässigenswert, von der Länge eines langen Streptokokkus, doch existent, ein hässliches Fait accompli. Dr. Vrkzta, in dem eine ernste Verstimmung aufzog, stieß sich vom Schreibtisch fort und ließ sich von seinem rollenden Arbeitsstuhl, bei einer gleichzeitigen Halbdrehung, zum Instrumentenschränkchen fahren. Er öffnete das oberste Fach und entnahm ein Operationsskalpell.

In den Aufzeichnungen des Studenten erscheint der Vermerk *Homo homini lupus*. Ob er damit Dr. Vrkzta gemeint hat oder dessen Gedanken wiedergeben wollte, vermochte ich nicht zu entscheiden. Gestatten Sie mir eine Anmerkung. Dass ein Mensch für seinen nächsten ein Wolf ist, das kann schon deswegen nicht sein, weil Menschen von Natur aus keine Wölfe sind. In einem übertragenen, metaphorischen Sinn, wonach sich Menschen *wie* Wölfe verhalten, wird die Sachlage unklarer aber nicht wahrer. Da wir wissen, dass Wölfe in Rudeln leben, zumindest zeitweise, und zwar nicht aus Feigheit oder Gemeinheit, sondern aufgrund eines gleichsam natürlichen Drangs zur Zusammenleben, was immer eine Minimum an gegenseitiger Unterstützung einschließt, vergleicht das Wort vom *Homo homini lupus* Menschen mit einer falschen Vorstellung von Wölfen, woraus insgesamt nur ein schlechter Vergleich erwachsen kann. Selbst ein Nachweis von Kannibalismus unter Wölfen stellt diese irgendwo in die lange Reihe von Artgenossenfressern, in der so unverdächtige Arten wie Frösche und Kaninchen ganz vorne stehen. Es ist verwunderlich, wie einleuchtend die Wolfsthese scheint, ohne dass auffällt, wie schwer sie eigentlich hinkt.

Der Weg zurück zum Schreibtisch ist für Dr. Vrkzta niemals einfach, zumindest nicht auf seinem Arbeitsstuhl. Das liegt, generell gesprochen, an einem spezifischen Missverhältnis von Stuhl, Beruf und Körpergröße. Mit dem Arbeitsstuhl ist es nicht möglich, sich vom Instrumentenschränkchen abzustoßen, da beides auf Rollen steht beziehungsweise sich bewegt. Wagt man's trotzdem, wozu Dr. Vrkzta mehr als einmal bereit war, so gleiten Stuhl und Schränkchen je um ein Stück auseinander und Dr. Vrkzta rollt im leeren Raum zwischen Instrumentenschränkchen und Schreibtisch sachte aus. Zuwenig Schub. Den Kraftaufwand zu verstärken vermehrt jedoch das Unglück nur, denn dann rollt oder kracht das Instrumentenschränkchen gegen den Ordinationsstuhl, ohne dass der Rückstoß Dr. Vrkzta bis an den Schreibtisch tragen würde. Misslich wird das Fahren auf dem Arbeitsstuhl, weil Dr. Vrkztas Füße kaum den Fußboden erreichen. Dr. Vrkzta ist schmächtig, wenn auch nicht klein von Statur, aber doch nicht so groß, dass er auf einem niedrigen oder normal hohen (also ebenfalls niedrigen) Stuhl sitzen wollte. Die Mundhöhe der Patienten setzt das Maß. Mancheinen erkennt Dr. Vrkzta sicherer am Gebiss als am Gesicht. Gebisse haben sozusagen ihre eigenen Gesichter, ihren Teint und Ausdruck. Kaum zwei weisen dieselbe Farbe auf, Zähne kennen alle Schattierungen des Weiß, vom Glut-Grell übers Kremser Weiß bis zum Schwammhaft-Gilben. Dr. Vrkzta hat sich ein System von Namen geschaffen. Er bevorzugt Namen mit klarem Bezug, die zudem ihren Ursprung verraten. Ein solcher Name ist *Werbeweiß*, der auch taugt, den Patienten ihre Illusion von reinem Weiß auszureden. Viele Namen entspringen der Assoziation an bestimmte Speisen, zum Beispiel *Topfen* oder *quarkig*. Im Gegensatz zu den Wörterbüchern deutscher Sprache fand Dr. Vrkzta, dass Quark und Topfen keineswegs dasselbe seien, geschweige denn dieselbe Farbe aufwiesen. Andere tragen die Erinnerung an Patienten, so etwa *Burgenländer Unrein*. Die meisten Namen merkt er sich nicht lang, genügt es ja die Farben zu wissen.

Glücklich ist, wer vergisst, was doch nicht zu ändern ist, trällerte Dr. Vrkzta in Gedanken, die an dem Streptokokken-Riss Anstoß genommen hatten und nun langsam fortglitten. Dr. Vrkzta entnahm dem Instrumentenschränkchen das Operationsmesser, da erblickte er auf der Platte des Schränkchens eine Putzspur aus krümelgrünlich-gelbem Scheuermittel. Sie verdeckte nur unvollkommen einen darunterliegenden Blutfleck. Dr. Vrkzta beugte sich, kratzte mit dem Operationsmesser an den Scheuermittelkrümeln, schabte an dem braunen Blut, nahm einen Wattetupfer, den er behelfsmäßig mit Alkohol tränkte, rieb an der Fleckmixtur aus Blut- und Scheuermittel und warf den Tupfer in eine bereitstehende Metallschale. Dr. Vrkztas Handgriffe waren kurz und routinehaft. Es galt hier nicht ein Problem zu beseitigen (dieses war die Putzfrau), sondern: das Problem, sobald es wieder zum Dienst erschiene, auf sich selbst aufmerksam zu machen. Dr. Vrkzta rutschte gewandt von seinem Stuhl und begab sich, den Stuhl einhändig nach sich ziehend, zum Schreibtisch.

Wenn ein normaler Mensch zehn Finger hat, so hat Dr. Vrkzta deren mindestens zwanzig. Hätte er nicht die Matura erreicht, so wäre er Gemüsehändler oder Handwerker geworden, denn seine Beziehung zu seinen Händen ist eine unmittelbare, intensive. Ja, man könnte Dr. Vrkzta durch seine Hände - genauer seine Finger - definieren: ist er geschickt, so dank seiner Finger, ist er verständig, so dank der Berührung, in die er mit einer Sache oder einem Menschen gelangt. Ein Händedruck verrät ihm den halben Menschen: was der Mensch wolle, was er einzugehen bereit sei, welches Leid er durchlitten und was er daraus gelernt hat. Unmittelbar ist auch der Eindruck eines Werkstücks, sei es nun Draht, Holz oder Metall, im Schraubstock gehalten und von Dr. Vrkztas Fingern geprüft. Eine Welt aus Gefügigkeitsgraden, Fasereinschlüssen, Glätte und Sprödheit erschließt sich seinen Fingern. Dr. Vrkzta muss anfassen, um zu erahnen, berühren, um zu begreifen. Wie viele Durchschnittswiener ist Dr. Vrkzta eher leidlich erfolgreich. Es kann vorkommen, dass er einen Sonntag damit verbringt, an die Toilettentür einen Griff zu schweißen, und nach Stunden des Schweißens, Schraubens und Hantierens entscheidet, die Sache sei mangels geeigneten Materials noch nicht durchführbar. Und die Toilettentür schwer behandelt aber letztlich grifflos zurücklässt. Das Material, einen Türgriff oder was dafür als Ersatz dienen konnte, wird er in der darauffolgenden Zeit noch irgendwo günstig besorgen. Oder wird, wenn es sich anbietet, die Werkstoffe, die für einen Türgriffersatz nötig sind, selbst verfertigen. So wächst auf seinem Grundstück am Rande Wiens ein Materiallager aus Schrauben, Blechtonnen, oder Supermarktregalen, von anderen achtlos fortgeworfen, von Dr. Vrkzta verwahrt, um sie einer sinnvollen und noch zu bestimmenden Verwendung zuzuführen. Dieser Art von Lagerung fehlt die planende Sicht, ein Mangel, der von Dr. Vrkzta so nicht wahrgenommen wird. Er hat sich dort an den Hängen des Wienerwaldes, umgeben von Weinbergen, mit den eigenen Händen ein Haus gebaut (*gebastelt* wäre vermutlich der treffendere Ausdruck), hat in einer Abfolge von Ausbaumaßnahmen Treppen, Türen, Wände und andere Hauselemente angefügt. Und wenn Treppen noch ins Leere führen, Türen keine Griffe besitzen und Wände nur aus einstmals abgestelltem Blech bestehen, lässt sich doch weiterbauen, wenn nicht dieses Wochenende, so an einem nächsten. Dort, wo das Grundstück sachte abfällt und zwischen Obstbäumen den unvergleichlichen Blick auf Wien freigibt, wo ein Architekt lichterfüllte Wohnräume schaffen würde, von wo man hinaus auf eine Terrasse, ins Freie treten könnte, um aufs Neue den Tag, den Himmel zu begrüßen oder schlicht nur um den unbegrenzten Ausblick zu genießen, kurz: an diesem *erhabenen* Ort hat Dr. Vrkzta in seinem Haus eine Werkstatt eingerichtet, mit Fenstern, die von Öl und Hobelstaub so verschmiert sind, dass weder der Versuch des Hinausblickens noch des Putzens lohnt. Die Sicht auf Wien hat noch niemandem geholfen, würde Dr. Vrkzta sagen.

Das Hirn zehn Tage zur Ansicht, brummte Dr. Vrkzta mit wieder ansetzendem Vergnügen. Das Buch, das Dr. Vrkzta mit der Post erhalten hatte, trug den sachlich schlichten Titel *Das Gehirn*. Es gehörte neben anderen Büchern mit so schlichten Titeln wie *Das Herz*, *Der Schlaf* oder *Partnerwahl im Tierreich* zur Reihe *Verständliche Wissenschaft*, die lesbare Einführungen in den neuesten Stand der Forschung versprach und, was Dr. Vrkzta mindestens genauso wichtig war, jede Neuerscheinung zehn Tage zur unverbindlichen Ansicht bot. Erst mit dem Band über das menschliche Gehirn war Dr. Vrkzta auf die Reihe aufmerksam geworden und gedachte auch nicht, diesen oder irgendeinen der anderen Bände käuflich zu erwerben. Er wollte nachschlagen, sich vergewissern. Dr. Vrkzta hatte eine Theorie, aber darüber wollte er erst sprechen, wenn er sich vergewissert hatte. Dr. Vrkzta rückte an seiner Brille. Das Buch trug einen farbigen Schutzumschlag, unter dem Titel stand *Eine Einführung*, dann erschienen die Namen der Autoren. Amerikaner. Dr. Vrkzta hob vorsichtig den Deckel an und ließ die Seitenränder durch die Finger gleiten. Jeweils an der unteren äußeren Ecke standen die Seitennummern. Zwischen 134 und 135 schob er das Skalpell. Eine Hauttasche hätte ich schneller geöffnet, dachte er bei sich und sogleich fiel ihm der Kugelschreiber ein, jener Schreiberling des Postmenschen. Das war vermutlich ein *Drehdruckstift*: so nannte Dr. Vrkzta für sich jene Kugelschreiber, die in einer Art Fenster einen Werbetext zeigen, welcher wechselt, wenn man den Schreibfederdruckknopf betätigt. Sicherlich ein genial einfaches Patent. Gern hätte Dr. Vrkzta einmal so einen Kugelschreiber untersucht.

Dr. Vrkzta ist Zahnarzt oder genauer: Facharzt für Zähne. Hierin liegt ein Unterschied, auf den hinzuweisen sich Dr. Vrkzta nicht genug tun kann. Er ist approbierter Arzt und kein verbohrter Fachsimpl, der sich Zahn-Arzt nennen darf und einen Schrecken bekommt, wenn ein Patient nicht nur Zähne hat sondern ein Leiden. Das Glück wollte es, dass Dr. Vrkzta noch die umfassende medizinische Ausbildung in Allgemeinmedizin erhielt, ehe er sich auf Zahnbehandlungen spezialisieren durfte. Heute gibt es stattdessen Dentaldesigner, *Fotzenspangler*, die man auf Kongressen in Deutschland trifft und zu deren Werken die so teuer wie tot geschliffenen Zähne gehören. Das sind Goldhändler und keine Ärzte, das sind falsche Künstler, die Blendwerk klempnern, Münderschänder, die schändlich der Eitelkeit ihrer Patienten den Mund reden, Parasiten und Fäulniserreger, die auf Kosten der Gesundheit ihrer Patienten leben und unsere Versicherungen auspressen... Zähne sind kristallisierter Körper, sozusagen ein besonderer Aggregatzustand desselben.

Ein Zahnleiden ist ein Leiden des Körpers. Leiden die Zähne, so leidet der Körper: Lähmungen in Händen und Beinen, chronische Migränen, Blindheit, Unfruchtbarkeit... Das ganze christliche Inventar von Wunderheilung kann durch Zahnbehandlung zur Entfaltung gelangen. Dies scheint Dr. Vrkzta ganz natürlich, zumal er eine Kärntner Großmutter gehabt hatte. Diese schickte ihren kranken Enkel immer erst zum Zahnarzt, denn, obzwar sie als Kärntner Großmutter dick, wetterfest und im christlichen Glauben stark war, begrenzte sich ihr Wunderglaube auf das Reich außerhalb der praktischen Vernunft, oder genauer: es war Zeichen ihrer praktischen Vernunft, vom Glauben keine Wunder zu erwarten. Der verborgene christliche Aspekt von Zahnbehandlung hätte Dr. Vrkzta konveniert, hätte ihn jemand darauf aufmerksam gemacht. Nicht weil Dr. Vrkzta selbst Christ ist, sondern weil es Gelegenheit bietet, die Kollegen zu ärgern. Er könnte *Das christliches Argument* ins Feld führen, wider die approbierte Kurzsichtigkeit mancher Kollegen, die Zähne für Fußnägel halten und nicht begreifen können, weil sie nicht wissen wollen. Was ist ein Zahn? Ein Teil des Körpers. Und wäre nicht Teil, wenn Zahn und Körper unverbunden wären. Und wäre nicht verbunden, wenn nicht das Blut und der Stoffkreislauf des Körpers ihn einbezögen. Und könnte nicht besser verbunden sein als über den gemeinsamen Ursprung, das mittlere Keimblatt, aus dem sich Zahnbein und die Gefäße des Körpers entwickelt haben. Das sagt einem das Lehrbuch, alles andere die Erfahrung.

Was ist doch der Mensch? Der Mensch ist ein Gras, das nicht lange steht, ein Schatten, der bald vergeht. Der Mensch ist ein Blatt, das bald abfallt, ein Glockenton, der bald verschallt. Der Mensch ist ein Fleisch, das bald stinkt, ein Schifflein, das bald versinkt. Der Mensch ist ein kurzer Lautenklang, ein mit lauter Seufzern angfüllter Gsang... brummte Dr. Vrkzta wohlgelaunt vor sich hin, während er die schweren Seiten umblätterte und jedesmal, wenn Ränder zu kleben schienen, das Skalpell durchzog. Ihn legte man nicht rein, nicht mit Büchern, die man nach Ansicht nicht zurückzugeben wagt, weil Ränder verkleben und Seiten reißen. Vermutlich ein J...verlag, murmelte Dr. Vrkzta. Wir müssen zur Kenntnis nehmen, dass für Dr. Vrkzta das Wort *J...verlag* so gut wie ein unverbrauchter Fluch war. Denn er war Wiener und nicht Reichsdeutscher, hatte folglich weder mit dem Krieg noch der Sauerei an den Juden zu tun und brauchte sich demnach auch keine ungemütliche Empfindsamkeit zuzulegen. Auch dies schien ihm ganz natürlich und hätte aus seiner Sicht wenig mit Christlichkeit zu tun gehabt. Hierüber wird zu reden bleiben.

Blau war eine Farbe, die Dr. Vrkzta noch nie gemocht hatte. Eine beruhigende Wirkung hatte er nie verspürt, ebensowenig hatte ihm das Geistige eingeleuchtet, das man dem Blau nachsagt. Nebenbei: Blau hieß auch ein Patient, mit dem Dr. Vrkzta wegen einer unbeglichenen Rechnung seit Jahr und Tag im Streit lag. Blau war die doppelseitige Abbildung, auf die er zuerst aufmerksam geworden war und die in vielfacher Vergrößerung das eingefärbte Präparat von Nervenzellen zeigte. Als ob das Hirn blau wäre! Dr. Vrkzta rückte seine Brille. Zu sehen waren eierpflaumengroße Zellkörper, die dank eines Kontrastmittels gelb-grünlich schimmerten und in einem dichten Gestrick von Nervenleitungen und Stützzellen zu schwimmen schienen. Der Riss befand sich an der oberen rechten Buchseite und ging genau durch einen Zellleib. Auf der Rückseite war Text. Wenn das Hirn blau wäre, so könnte man es mit dem Meer vergleichen. Die Hirnzellen wären dann Quallen, die sich in Netzen verfingen. Wäre das Hirn blau, so ließe es sich mit gleichem Recht mit Curaçao vergleichen, und die Hirnzellen könnten wirkliche Eierpflaumen sein. Den Vergleich störten nur die vielen Nervenleitungen, die Axone, Dendriten und wie sie alle heißen, aus denen man die Pflaumen erst herausfischen müsste und die den Curaçao-Genuss vermutlich stark beeinträchtigten. Wie Tang im Einspänner oder in der Melange. Diese höchst überflüssige Association von Hirn, Denken und Blau war zu bedauern, sie lenkte den Betrachter vom Wesentlichen ab, ließ ihn glauben, etwas eingesehen zu haben, als hätte er verstanden und hat stattdessen mit raschem Blick nur überflogen und weitergeblättert. Dr. Vrkzta wiegte seinen Kopf zu einem Nein. Nicht die Wissenschaft sprach aus diesem Bild, sondern der Verleger, nicht die prachtvolle Funktionalität des Gehirns, sondern ästhetisches Marketing, ein Präparat als Käuferfang. Wie gesagt: ein ...verlag. War das Gehirn nicht ein wundervoller Apparat, ein fleischgewordener Stromimpuls, dies unglaubhafte, ja unwahrscheinliche Zusammenwirken von Biologie, Pharmazie und Ingenieurskunst! Wir bewundern Aale, wenn sie Stromstöße erzeugen, aber wer denkt schon an die behände Elektrik unserer Nerven, ein Leitwerk aus anorganischen Kationen, Natrium, Kalium, Calcium, im Grunde simple Salzlösungen! Wir bewundern Computer und Automaten, die scheinbar zum Leben erweckt werden und menschähnliche Tätigkeiten verrichten, Schach spielen zum Beispiel, oder uninteressante Fragen beantworten. Aber wer bewundert das Heer von Nervenzellen? Milliarden Maschinen, die zugunsten ihres Funktionierens jede eigene Fortpflanzung eingestellt haben und wohl zu Recht *Graue Zellen* heißen. Was gibt es Menschunähnlicheres als dieses Maschinengespinst? Das Hirn ist grau, denn es benötigt keinen Vergleich.

Das Wort *J...verlag* stößt an. In den Aufzeichnungen des Mathematikstudenten findet es sich als wörtliches Zitat und mit reichlich Ausrufezeichen markiert. Dort ist vermerkt, dass genau besehen der Vorbehalt auch gegenüber den Bezeichnungen *Slawisches Unbehagen* und *Burgenländer Unrein* gelten müsste, ganz zu schweigen von den verunglimpfenden Einlassungen zur Berufsgruppe der Zahnärzte. Dass Sprache auch der Definition von Beziehungen, dem Andere-schlecht-aussehen-lassen-und-selber-Distanz-halten sowie der immer neuen Selbsterklärung dient; dass an manchen Wörtern blutige Geschichte hängt; dass Worte auch versagen können, all das brauche ich nicht weiter zu erwähnen. Was trotzdem fehlt, ist der Klartext. Würde man alle zweifelhafte Metaphorik austreiben, den *J...verlag*, das *Slawische Unbehagen*, die *Münderschänder* , *Fotzenspangler*, aber auch den *Steptokokken-Riss* und das *Maschinengespinst* der Hirnzellen, wäre es kaum möglich, überhaupt von Dr. Vrkzta zu berichten - dies mögen manche für die richtige Entscheidung halten. Dann könnte auch ich mein Beispiel, das da Dr. Vrkzta heißt, nicht anbringen und Sie müssten ihn schon persönlich in Wien aufsuchen und würden womöglich einen freundlichen älteren Herrn antreffen und sich verwundern, warum ich soviel Aufhebens von seiner Person mache und was sich denn an jenem Tag im Jahre 1989 begeben haben soll. Nicht ausgeschlossen ist, dass ich Dr. Vrkzta gar gegenüber den Aufzeichnungen des Mathematikstudenten in Schutz nehmen müsste. Hier träfen Sie die schwächste Stelle meines Berichts: Ich weiß so gut wie nichts Wirkliches über den Autor, jenen Studenten, außer dass er Mathematik studierte. Dies schloss ich aus den Kritzel-Beweisansätzen, die der Topologie, einer Spezialdisziplin der Mathematik, zuzuordnen sind und die unvermittelt in und neben seinen Aufzeichnungen auftauchen. Natürlich könnte es sich bei dem Studenten auch um eine Frau handeln. Ich habe ihn oder sie weder gesehen noch gesprochen. Meine Mutmaßungen stützen sich erstens auf die Tatsache, dass mehr Männer Mathematik studieren als Frauen - unter der Voraussetzung, dass diese Person überhaupt Mathematik studierte. Zweitens finden sich unter den Aufzeichnungen zu Dr. Vrkzta weitere Texte, die insgesamt eine Art Familiengeschichte ergeben. Und diese Texte handeln ausschließlich von Männern. Natürlich ist es einer Frau unbenommen, eine Familiengeschichte im Mannesstamm zu verfassen. Zudem könnten die vorliegenden Aufzeichnungen in dieser Richtung noch unvollständig sein und lediglich einen Anfang darstellen. Es ist leider auch nicht ersichtlich, um wessen Familie es sich handeln soll und ob der gewisse Mangel an Distanz in den Texten ein Stilmittel ist oder auf eine nicht unproblematische Familienbindung zurückführt. Vermutlich ist diese Frage ebenso müßig wie diejenige des Geschlechts des Mathematikstudenten; was zählt ist, dass er oder sie es für wichtig genug hielt, sich mit dieser Familie zu beschäftigen. Man mag es überdies für bedauerlich halten, dass als Evidenz für die Aufzeichnungen zum Fall Dr. Vrkzta wieder andere Texte herhalten sollen, deren Bezug zu den erstgenannten Aufzeichnungen allein darin besteht, dass sie indirekt Aufschluss über den Verfasser oder die Verfasserin geben sollen. Das ist nicht mein Fehler, sondern Teil des Problems, das ich zu erörtern gewillt bin. Es folgen Auszüge aus den Aufzeichnungen des Mathematikstudenten zur Familie der Mühs:

Armand Müh war wie sein Vater und sein Bruder Soldat. Er stand als Leutnant der Infanterie in Diensten des Bayerischen Heeres und wurde 1873 im Alter von bald vierzig Jahren als bayrischer Gesandter zur Gewehrprüfungskommission an die Militärschießschule in Spandau kommandiert, was ihm zumindest eine Reihe von Einladungen zu Ball und Souper ins königliche Schloss zu Berlin eintrug. Vermutlich hätte Müh Interesse für Fragen der modernen Neurophysiologie aufgebracht, vorausgesetzt, die Geschichte hätte ihm Zeit dafür gelassen. In völliger Verkennung der historischen und persönlichen Potenziale hatte Müh die militärische Laufbahn eingeschlagen. Er wäre besser Gelehrter geworden. Ein gewisser Antriebsmangel in lebenspraktischen Dingen hatte ihn diesen familiär vorgebahnten, scheinbar bequemen Weg geführt. Sein Vater, Georg Christoph Friedrich Müh, Kavallerieleutnant alter Schule, ein Haudegen und Lebemann, hätte den Kopf geschüttelt über Armand, seinen Jüngsten. *Mandl sag, was willst' bei der Armee!* hätte er vermutlich ausgerufen, hätte er nicht Frau und Kinder schon in frühen Jahren verlassen. Als Armand Müh 1853 in das bayerische Heer eintrat, hatte er nicht ernsthaft erwartet, persönlich in den Krieg zu ziehen. Schon gar nicht an der Seite Preußens, so geschehen 1870. In diesem, dem deutsch-französischen Krieg geschah es, dass Armand in einem *tollkühnen* Ritt mit nur einer Handvoll Begleiter das belagerte Paris durchquert haben soll. Ein fürwahr einmaliges Ereignis, von dem nur aus zweiter Hand Kunde ward. Armands Bruder, Malcolm hingegen, wie erwähnt ebenfalls im Militär, konnte *einen erwachsenen Mann stem-*

men und ein Hufeisen krumm biegen, was vermutlich genauso eine Übertreibung war, jedoch eine brauchbare militärische Disposition versprach und sich - wichtig genug - allzeit überprüfen ließ. *Mandl, Mandl*, hätte Georg Christoph Friedrich Müh, der Vater, nur gesagt und in der Schwebe gelassen, ob er Armand als *Mandl*, was bayerisch soviel wie *Männchen* heißt, bezeichnen wollte. Denn eigentlich interessierte er sich nicht für seine Kinder. Der Haken an Mandl Armands Bravourritt war, dass er sich an einem einzelnen Ereignis festmachte, welches völlig aufzuklären die Nachsicht mit dem Spross einer bewährten Soldatenfamilie verbot. Armands Enkel Peter, ein mäßig hoffnungsvoller Physiker, wird siebzig Jahre später, als es wieder gegen Frankreich ging, die Freiheit haben, zu sagen: *Ich war auch in Paris*, ganz so, als sei er auf Bildungsreise gewesen, und nicht ein Besatzungssoldat. Denn nach Armand mündete der männliche Strang der Familienbahn in der Wissenschaft. Armand Müh konnte seine Unzeitgemäßheit nicht einmal korrekt bedauern. Müh war Wissenschafter, was damals nicht viel bedeutete und wie es auch heute noch in der Schweiz heißt, während außerhalb der Schweiz die Bezeichnung *Wissenschafter* nach Fleischhauerei klingt. Zu Armands Zeit erinnerte Wissenschaft-*ler* noch an ein Spottwort für ein nicht standesfähiges Dasein, für -*schaftler* eben. Müh war Mathematiker und Erfinder. Da er dem Militär angehörte, schrieb er über militärische Ballistik und schuf so nützliche Dinge wie den Mühschen Zielkontrolleur, ein Gerät zum raschen Feststellen von Treffern beim Übungsschießen. Er entwickelte ein Wolframgeschoss, das er sich im In- und Ausland patentieren ließ, und experimentierte mit Kupfer-, Messing-, Bronze- und Stahlmantelgeschossen verschiedenen Kalibers. Müh spielte eine maßgebliche Rolle in der Kleinkaliberfrage im Deutschen Reich.

Das preußische Infanteriegewehr M/71 war wegen des Schwarzpulvers nur für die großen 11-mm-Geschosse zu gebrauchen; Armand hatte über die Verwendung des M/71 selbst ein Buch verfasst. Man wusste jedoch, dass 8-mm-Geschosse wesentlich mehr Rasanz und bessere Trefferquoten erzielte, und man wusste, dass es in Frankreich gelungen war, ein geeignetes Schießpulver zu entwickeln. Selbst Bismarck drängte in der Kleinkaliberfrage; dies, wie er sagte, weniger aus wehrtechnischen denn aus psychologischen Gründen. Für die Erprobung neuer Sorten Nitropulver und kleinerer Kaliber ersann Müh das *Mühsche Versuchsgewehr* mit auswechselbaren Rohren, das eine mit 24 cm Dralllänge für Kupfermantelgeschosse und das andere mit 20 cm Dralllänge für Stahlmantelgeschosse. Der eigentliche Lauf lag in einem weiteren dünnwandigen Blechrohr, dem Laufmantel; das erlaubte dem inneren Lauf beim Schuss frei zu schwingen und sich bei Erhitzung ungehindert auszudehnen. Leider verlegte Müh weniger Mühe auf die Pflege seiner Beziehungen zu den staatlichen Stellen, im Gegenteil: als echter Erfinder hatte er schon alles selbst erfunden und begann eigenwillige Patentstreitigkeiten. Unentwegt konstruierte er Munition, Gewehrläufe und Geschossgarben und berechnete die Projektilbahnen. Die wirkliche Konfrontation scheute er. Den neuen 5-mm-Müh-Gewehr-Prototypen wollte man in Spandau schon gar nicht mehr testen. Da Müh auf dem Feld der Wissenschaft, also auf einem falschen Feld ackerte - von rechtem *Kämpfen* kann keine Rede sein -, gesellte sich zur Scheu ein Mangel an militärischer Wachsamkeit, so dass Mandl Armand über kurz oder lang über die breit ausgelegten Fallstricke misswollender Militärs am Kaiserhof in Berlin stolperte. Die Geschossbahn seines Lebens verlief zielstrebig nach unten. 1893 wurde Armand Müh, nach langen Jahren, die er zur

Disposition gestellt war, endgültig aus dem Militär verabschiedet.

Dr. Vrkzta hatte sich aufgerichtet. Er hatte nach den Eiern seiner Hühner sehen wollen. Diese Eier zeigten eine so erstaunliche Variation in Form und Größe - es gab längliche, gedellte, zweibäuchige, ballartige -, dass eine Einheitseiform unwahrscheinlich wirkte. Dr. Vrkzta war sozusagen im Begriff, sich auf den Weg zu machen, wie er bemerkte, dass er sich in seiner Ordination befand. Also nicht zu Haus bei seinen *Henderln*. Also: Er konnte sich gar nicht richtig auf den Weg gemacht haben wollen. Er war irgendeinem Impuls gefolgt. Ihm fiel es wieder ein: die Nervenzellkörper, korrekt: Soma, hatten ihn an Eier erinnert. Aufgrund ihrer Unförmig- bzw. Vielförmigkeit ähnelten sie den Eiern seiner Hühner. Darum war er aufgestanden. Oder nicht? Dr. Vrkzta rückte an seiner Brille. Es ließe sich einwenden, dass er genaugenommen etwas vergessen hatte. Er hatte für einen Augenblick vergessen, wie sehr das Lesen und Betrachten der Bilder ihn eingenommen hatte. Er hatte vom Buch aufgeblickt und sich für den Augenblick, für den das Buch ihn losließ, verwundert. Da war ihm jener Einfall von der Ähnlichkeit zwischen Soma und Hühnereiern zu Hilfe gekommen und hatte ihn meinen lassen, nun nach den Eiern sehen zu wollen. Hatte er sich also getäuscht? Er hatte sich ja aufgerichtet, wäre fast aufgestanden, aber da gab es kein Ziel, wo er sich sinnvoll hinbegeben können hätte. Zu Hause wäre er vielleicht bis an den Hühnerstall gegangen, hätte dann nicht mehr weiter gewusst. Die Erklärungsnot wäre hinausgeschoben worden. Warum nach den Eier sehen? Er wüsste, wie sie aussahen. Er hätte sie einsammeln können. Dann wäre ihm vielleicht nicht aufgefallen, dass er gar nicht wusste, warum er an den Stall gegangen war. Fazit: Er konnte sich selbst dann täuschen, wenn alles seinen normalen, unauffälligen Gang nahm: sich erheben, in den Hühnerstall gehen, Eier einsammeln. Dr. Vrkzta beugte sich erneut in das Buch. Selbstbefragungen oder gar cerebrale Selbstzweifel waren nicht seine Sache. Vielleicht war es eine Verspannung der Nackenmuskulatur, die ihn inkommodiert und in Bewegung gesetzt hatte. Eine ganz normale Reaktion seines autonomen vegetativen Nervensystems, das von seiner Autonomie nur soviel Gebrauch machte, ihn zu einem Wechsel der Sitzhaltung zu nötigen. Tant de bruit pour une omelette. So gesehen war die kurze Unterbrechung nur Mittel zu dem größeren Zweck, das Lesen zu vertiefen. Dr. Vrkzta fand den Vergleich mit den Eiern gelungen, wenn auch ergänzungsbedürftig, und kam zu dem Schluss, dass die abgebildeten Neuronen - wenn überhaupt - mit lidlosen Vogelaugen zu vergleichen seien, oder äußerstensfalls mit Blutgerinseln. Er blätterte weiter.

Hirn riecht. Dr. Vrkzta erinnerte sich gut an seine Besuche bei der Anatomie. Hirn riecht nach Asche. Hirn riecht nicht süßlich oder nach frischer Leiche, wie man erwarten würde, es hat einen Aschegeruch. Dr. Vrkzta war sich hierin ziemlich sicher. Hirn lässt sich aufschneiden wie warme Salami oder Kutteln. Was ist's denn andres als ein fahles Stück Fleisch? Gehirnschnitte sehen aus wie die Klecksereien des Rorschachtests, man erhält zwei Hälften, die in etwa symmetrisch sind. Auch das Bild von Gletscherabflüssen hatte sich ihm aufgedrängt. Ansonsten hatte das Gehirn dem jungen Medizinstudenten Vrkzta wenig imponiert, nicht mehr als Schnitzel oder Selchfleisch, das zur Schau gestellt wird. Ihn faszinierten das

Gefüge des Blutkreislaufs und die Konstruktion des Hormonstoffwechsels, in denen Herz und Niere die Zentren waren und das Gehirn nur eine Umschaltstation unter vielen anderen. Zu schnell hatte sich die Medizin von den Lehren der Alten verabschiedet. Wer heute von Temperamenten spricht, und nicht gerade wenige Mediziner lieben die scheinbar so einfache Quintessenz der antiken Temperamentenlehre, der oder die sollte sich vergewissern, wovon die Rede ist. Es genügt nicht, zu belächeln, dass *Phlegmatiker* von griechisch *phlegma*, Schleim, komme und dass der Schleim, den Hippokrates beim phlegmatischen Temperament als den vorherrschenden Körpersaft ansah, heute schon fast nicht einmal mehr als eine medizinische Kategorie gelten könne. Was haben unsre medizinalen Seelenkundler denn zu bieten? Sie stecken Elektroden in die Hirne von Affen, Katzen, Ratten, Fröschen und entdecken eine Aggression und einen Sexualtrieb. Sie schikanieren Hirnverletzte mit Schreib- und Sprachtests und stellen fest, dass das Sprachvermögen hirntopographisch woanders als das Schreibvermögen sitzt. Heureka! rufen da die Froschsezierer und Elektrofolterknechte: Wir haben die Struktur der Seele enträtselt. Als ob der Geist des Hirns zu ihnen gesprochen habe. Als ob sie etwas erfahren hätten. Auf dass ihnen der Schmorgeruch des Massehaufens Hirn in die Nasen und Eigengehirne steige, wo er hoffentlich auf Seelenvermögen treffe! Hirn zuckt nicht, Hirn murrt nicht, Hirn weint auch nicht, selbst wenn es blutet. Was unsere Neurologie, -pathologie, -physiologie, -psychologie produzieren, sind tote Seelen, Seelentote oder bestenfalls Seelenkrücken. Würde denn einer von den nassforschen Wissenschaftlern seine eigene Seele mit der Art von Leben tauschen wollen, die er da erforscht zu haben meint? Dies geschmacklose dislozierte, modularisierte, atomisierte Dasein von Hirnwindungsteilen, das noch weniger seelenhaltig ist als das Ratten- oder Froschgemüt, das er erst elektrisch gereizt, dann getötet, tiefgefroren und schließlich zersägt hat. Selbst die Zecken des Barons von Uexküll pflegen ein anheimelnderes Dasein. Es ist ein trauriges Los mit den Seelenforschern, die ihr Wissen auf einen grauen Fleischbatzen gründen müssen, ohne einen rechten Anhaltspunkt für eine anatomische Lokalisation zu haben. Ein Geschwür lässt sich herausoperieren, aber eine Seele? Als käme es nur auf Substrat und Gewebe an, als bräuchte es stets einen treuseligen Seelenhomunculus, der wie ein Hund in seiner Hütte im Hirn hockt und auf Entdeckung wartet. Wer so denkt, dem werden die wichtigsten Beziehungen verborgen bleiben. Denn Beziehungen bestehen zwischen den Elementen des Körpers, die Beziehungen sind selbst nicht sichtbar, sondern nur erfahrbar, und versuchen wir sie zu sezieren, so entschwinden sie uns. Die Rede ist von so einfachen Beziehungen wie der zwischen Zähnen und dem Gesamtorganismus. Da Beziehungen nicht herausschneidbar sind, verdampfen sie unter dem Mikroskop der reinen Lehre der Neuroanatomie. Dr. Vrkzta atmete schwer. Diese Fleischhauergesellen! Sie verwechseln Gehirn mit Hirn, für sie heißt Verstehen Analysieren, und Analysieren ist nur ein anderes Wort für Zerlegen. Ist ein zerlegter Mensch noch ein Mensch? Als ob ein Kalb aus Schnitzeln bestünde! Diese blinden Chirurgen! Was habt ihr von eurem Verhau aus Nervenleitungen, Stützzellen und Blutbahnen? Was helfen euch Neuronen, Gliazellen und Arterien? Selbst Wund- und Judenärzte wussten mehr, sie hatten noch mit Menschen zu tun...

Dr. Vrkzta hatte sich erhoben. Wenn er Kollegen mit

Wund- und Judenärzten verglich, so war dies ein vernichtendes Urteil, dessen Schwere selbst einen Dr. Vrkzta vor Schreck vom Stuhl auffahren lassen konnte. Was es mit den Wund- und Judenärzten auf sich hatte, darüber gibt nun nicht einmal mehr das Lexikon Auskunft. Entlegene Schriften muss man dazu konsultieren und erhält eine Ahnung von der Macht unseres medizinalen Berufstands. Denn Wund- und Judenärzten waren durch die Jahrhunderte hindurch eine Bedrohung desselben. Die Wund- und Judenärzten genossen, nicht nur wegen ihrer Erfahrung, bei den einfachen, rechtschaffenen Leuten hohes Ansehen und Vertrauen. Wundärzte, wie der Name sagt, behandelten Wunden. Im Mittelalter machten die Verletzungen infolge von Gewalteinwirkungen das medizinische Tagesgeschäft aus. Es wurde so viel gestoßen, gestochen, geschossen, gebissen, dass die Klientel für die Behandlung durch einen Wundarzt auch deutlich mehr zu zahlen bereit war. Wer *zermorscht* ist, so lesen wir in Hans von Gersdorffs *Wundenmann*, erfährt Heilung durch den Wundarzt. Die Reaktion der akademischen Medizin war akademisch: Man unterschied hier säuberlich zwischen innen und außen, intra und extra. Gebiet und Geschäft der Wundärzte waren äußerliche Verletzungen; sich mit den Körperinneren zu beschäftigen war ihnen untersagt. Judenärzte wiederum behandelten nicht nur Juden, sondern waren selbst Juden. Die angehenden Mediziner des Mittelalters mussten sich verpflichten, genausowenig auf den Rat von Juden wie den von Laien zu hören. Soviel zum Mittelalter und zur Erklärung des Umstandes, dass Dr. Vrkzta sich erhoben hatte. Seine Vorwürfe waren übrigens unberechtigt. Selbst Dr. Vrkzta würde sich einen offenen Bruch nicht von einem mittelalterlichen Wundarzt behandeln lassen. Insbesondere war er gerade auf dem Weg, sich von den Erkenntnissen der modernen Hirnforschung Nutzen zu verschaffen. Konkret war Dr. Vrkzta auf dem Weg, sich von seinem selbstgebrauten Likör einzuschenken, was ihn doppelt ins Unrecht setzte, denn als Likörbrauer war er genau einer der Analysten und Elementaristen, als welche er seine Kollegen beschimpfte. Dr. Vrkzta wusste das, und seine Beschimpfungen dienten der Prophylaxe und dem Selbstschutz, ebenso wie das höllisch grüne Gebräu, von dem er sich potenzsteigernde Wirkung versprach, das aber auch dann nicht zu verachten war, wenn es darum ging, das allgemeine Wohlbefinden zu fördern. Zumindest tat der enthaltene Alkohol das seine. Als letzteres, nämlich alkoholstarken Liqueur, bot Dr. Vrkzta das grüne Zeug seinen Gästen an, die daran schon als eine Art Mutprobe ihre Freude finden konnten. Auch zu Dr. Vrkztas Vergnügen, der fein beobachtete, ob und wie der grüne Saft seine wahre Wirkung entfaltete und in welchem Mischungsverhältnis sich die Steigerung von Wohlbefinden und Potenz offenbarte. Unter mittelalterlichen Verhältnissen wäre Dr. Vrkzta zum Alchimist avanciert. Auch war er mit dem hierfür nötigen Optimismus begabt. Eher mangelte es ihm an Sinn für Geschäft und Macht, was früher verhindert hätte - und nun verhinderte -, dass er seine Talente in richtiges Gold ummünzte. Auch darin mag man einen Grund sehen, warum Dr. Vrkzta so schlecht auf seine Kollegen, voran die gut verdienenden zahnmedizinischen, zu sprechen war. Bei Dr. Vrkzta bedingten sich die Verhältnisse wechselseitig: Weil er sparsam war, braute er seinen eigenen Likör, und weil er viel Zeit auf Likörmixturen wandte, war es durchaus angebracht, sparsam zu haushalten, zumal er - wie man sagt - eine Familie zu ernähren hatte. Hierbei halfen die selbstgezogenen Hühner. Dr. Vrkzta trank jedoch nicht nur seinen Likör, er war auf dem Weg, sich in die Frage des

Gehirns einzudenken. Im Grunde suchte er nur Bestätigung. Seine Grundintuition war, wie zu vermuten steht, einfach: Die Neurophysiologie irrt. Und weil sich nach seiner Auffassung, die medizinische Sicht aufs schönste in der Neurophysiologie ausdrückt, irrt auch die Medizin. Es kann das Gehirn, immer noch nach Meinung von Dr. Vrkzta, nicht enträtselt werden, wenn man auf seine Elemente sieht, zum Beispiel die Nervenzellen, Neuronen. Soweit können wir Dr. Vrkzta die Zustimmung nicht versagen. Ist es nicht schon schwer genug, den verloren gegangenen Bauplan eines Hauses zu rekonstruieren oder ein Musikstück nachträglich in Noten zu bringen? Schlimmer noch: Man stelle sich vor, man solle anhand der Postsendungen, die wir erhalten, die Transportwege der Post und das System der Zustellung ermitteln. Einem Brief sieht man selten an, durch welche Sortierhände er ging und ob er per Zug oder Schiff transportiert wurde. Auch die Botschaften des Hirns, die Worte, Zuckungen o.ä. können wir sammeln und klassifizieren. Aber was hilft's? Selbst wenn wir alle herausklappbaren Teile des Hirns kennten, kann uns sein Programm, der Schaltplan, verborgen bleiben. Niemand würde einen Computer zerlegen oder daran rumschrauben und den Lötkolben ansetzen, um herauszufinden, welches Programm (vulgo Software) darauf gerade läuft. Gerät und Programm sind zwei verschiedene Welten, ja zwei verschiedene Seinsarten. Das ist selbst den unphilosophischen Gemütern unter den Computerverkäufern bewusst. Dasselbe beim Gehirn, same same, la même chose. Dr. Vrkzta neigte zwar zum Basteln aber keineswegs zur Philosophie. Dr. Vrkztas Theorie - wenn man seine Idee überhaupt mit den Weihungen einer Theorie ausstatten durfte - war wenig spektakulär. Es war vielmehr eine Frage. Es schellte an der Praxistür.

Geschlossen, sagte Dr. Vrkzta, noch während er die Tür öffnete, und sagte es geradezu triumphierend. Er hätte auch rufen können: Gewonnen!

Eine junge Frau stand in der Tür, nicht unelegant, nur das Kind an ihrer Seite störte den Eindruck.

- Ich bitte bin Frau Yugovic.

Dr. Vrkzta verstand durchaus nicht. Morgen wieder, sagte er. Noch im selben Augenblick schien ihm sein *Morgen wieder* für eine Antwort zu knapp. Doch weder um der Höflichkeit noch der Verständlichkeit willen sah er sich zu einer Ergänzung genötigt. Morgen wäre die Ordination ohnedies wieder geöffnet. Die Patienten werden immer dreister. Da sich der Dame der größere Zusammenhang von Dr. Vrkztas Worten und Handlungen nicht zu erschließen schien, im Gegenteil: sie stand und harrte ihn erwartungsvoll an, sagte er: Bittschön, was wolln'S?

- Sie bitte haben gesagt, ich soll kommen, zum Putzen, wohlgeborener Herr Dr. Vrkzta?

Wie er die Anrede hörte, zuckte Dr. Vrkzta zusammen. *Wohlgeborener Herr* klang, als wollte sie sich über ihn lustig machen, selbst da sie offenkundig Ausländerin war und vermutlich um Anstellung nachsuchte. Seine dichte schuppige Augenbraue schien zu zittern. Schlimmer als die irritierende Anrede und schlimmer als der Umstand, dass er vergessen hatte: er hatte sie selbst herbestellt, war: dass ihr der Name *Vrkzta* so leicht über die Lippen gekommen war, so als handele es sich um ein geläufiges Hilfsverb. Das versetzte Dr. Vrkzta in sachte Unruhe. Die Aussprache war fehlerfrei, sofern der slawische Akzent nicht selbst schon ein Fehler war. Zigeunerpack, dachte

51

Dr. Vrkzta bei sich: und dann auch noch pünktlich.

- Armanda bitte, sag dem lieben Herr Doktor Grüß Gott!

Dr. Vrkzta bekam prompt eine weiche fleischige Kinderhand hingestreckt. Das Mädchen, das offenbar Armanda hieß, machte einen Knicks, wobei es zur Seite blickte und wie verschämt: Grüß Gott, flüsterte. Dr. Vrkzta entsann sich, dass Frau Yugovic am Telefon von neun Söhnen gesprochen hatte, aber nicht von einer einzigen Tochter. Neun weitere Burschen wären ihm grad recht für seine Statistik. Aber für den Moment gab es Wichtigeres.

- Sind deine Brüderl auch lieb zu dir?

Armanda, oder wie auch immer das Mädchen hieß, streckte die Arme vor sich und kreuzte sie auf der Höhe ihres roten glockenartigen Rocks. Erst jetzt bemerkte Dr. Vrkzta, dass das Mädchen kicherte, sie gickelte nachgerade. Scham und Unverschämtheit schienen bei dem Kind ausdrucksverwandt zu sein.

Eine Putzfrau oder auch Bedienerin zu haben ist Glück und Last zugleich. Glück, weil sie in unseren Zeiten so rar geworden sind. Last, weil man sich stets genötigt sieht, ihre Arbeit zu überwachen. Am besten, man stünde neben der Putzfrau. Aber dieser Fall ist weder ideal noch ratsam und erübrigt sich, denn dann könnte man's eh selber machen. Allgemein gilt, dass die Ansprüche der wenigen willigen Putzfrauen in dem Maße steigen wie das Grundwissen um das Reinemachen abnimmt. Es steht zu befürchten, dass der berufsständische Sinn von Putzfrau ganz verfällt und an Stelle des pflichtgemäßen Aufwischens, worin doch eigentlich das Wesen der putzfraulichen Tätigkeit besteht, das persönliche Sich-Aufputzen, eine mehr geduldete als nützliche Begleiterscheinung der putzfraulichen Tätigkeit, tritt. Die Putzfrau! Wer mit dem Finger über die Oberkante des Türrahmens streicht oder einmal das Sofa beiseite rückt wird ungut erfahren: da wischt sie nie. Wer sie zur Rede stellt, erhält patzige Antworten oder wird glattweg belogen. Auch muss man auf der Hut sein, dass sie nicht hinter unserem Rücken nach Sizilien oder auf den Balkan telefoniert. Eine gute Putzfrau wird vererbt oder unter der Hand weitergereicht. Verdächtig sind Putzfrauen oder Bedienerinnen, die sich von allein bewerben. Denn wären sie tüchtig, hätten sie bereits feste Anstellung. Diese hier - Frau Yugovic - war offensichtlich auf das Schild, genauer: den Zettel am Ordinationsschild aufmerksam geworden. Dort stand in Krakelschrift: *Putzfrau o. Bedienerin gesucht - Bitte in der Ordination melden.* Dr. Vrkztas Natur entsprach es nicht, sich über die Widersinnigkeit seines Verhaltens Rechenschaft abzulegen: einerseits eine Putzfrau per Aushang zu suchen und andererseits zu verlangen, dass sie nicht einfach bloß aufgrund des Aushangs zu ihm gelangte. Dr. Vrkzta hatte nicht einmal nachgefragt, wie Frau Yugovic von diesem Stellenangebot erfahren hatte. Genaugenommen interessierte es ihn nicht. Sie hatte am Telefon von neun Söhnen gesprochen. Diese könnten der Medizin von Nutzen sein. Ansonsten ging er schlicht davon aus, dass Frau Yugovic seine Unterstützung brauchte. So, als sei sie bereits in seiner Schuld, sobald sie nur um Anstellung ersuchte. Dr. Vrkzta war überzeugt, dass, unabhängig von aller Auftretenswahrscheinlichkeit von Putzfrauen, er es war, der einer Putzfrau einen Gefallen zu erweisen genötigt war, indem sie einstellte. Kurz und gut: Frau Yugovic müsste sich seine Gefälligkeit erst verdienen. Dr. Vrkzta hatte in seiner Ordination zwar kein Sofa, dafür umso mehr Türrahmen. Er würde Frau

Yugovic probeputzen lassen. Dies schien Dr. Vrkzta zu beiderseitigem Vorteil.

Dr. Vrkzta ist Plasmologe, vielleicht der letzte seiner Art. Er glaubt an die Lehre von den Körpersäften und vertraut auf deren Mischungsverhältnisse, die das menschlich-seelische Befinden bestimmen. Er hat damit die gesamte moderne medizinische Wissenschaft gegen sich - sofern sie überhaupt Notiz von ihm nimmt. Bereits seine Doktorarbeit, die *Apologie des Corpus Hippocraticum unter besonderer Berücksichtigung der Lehre von den Körpersäften*, wäre an jeder anderen medizinischen Fakultät außer der Wiener als unwissenschaftlich abgelehnt worden. Dies allein schon wegen des bedenklichen Titels. Dr. Vrkzta ist nicht altmodisch, er widersetzt sich den Moden, denn nichts ist fragwürdiger als eine medizinische Mode. So kam im 17ten Jahrhundert in England die mosaische Medizin auf: Haute sich jemand die Axt ins Bein, wurden Axt und Bein mit einer versöhnenden, sympathischen Salbe versorgt. Denn alle Wirkungen, auch die schmerzlichen, führten zurück auf Gott, hatten also Grund. Die Medizin heilte, indem sie versöhnte; sie war Mittlerin zwischen den antinomischen Geschöpfen Axt und Bein. Autor und Verursacher der mosaischen Philosophie wie auch der sympathischen Medizin war ein gewisser Doctor Robert Fludd, der als Arzt mehr Zulauf hatte denn als Philosoph. Wie die Biographen versichern, erzielte Fludd seine Wirkung nicht aus seinen Büchern (Hauptwerk *Utriusque Cosmi Maioris scilicet et Minoris Metaphysica Physica Atque Technica Historia*) oder seinen Rosenkreuzer-Heftchen, auch nicht aus seinen sympathischen Pasten; vielmehr erlagen Fludds Zeitgenossen und Patienten und Patientinnen der Anziehungskraft seiner *magnetischen*

Persönlichkeit (vgl. Doctor Robert Fludd, J.B. Craven, 1902). Wie dem auch sei, Dr. Vrkzta misstraut den neueren medizinischen Theorien. Er war immer Empirist, Erfahrungskundler und steht damit in der Tradition der wirklichen, praktischen Medizin.

An dieser Stelle seiner Aufzeichnungen befasst sich der Mathematikstudent wieder mit den Mühs. Das Wenige, das den Sohn Armand Müh mit Dr. Vrkzta verband, das Interesse für Fragen des Gehirns, das ohnedies mehr auf Vermutung oder Unterstellung als auf Tatsache beruhte, muss offenbar dazu herhalten, auch auf den Vater Georg Christoph Friedrich zu sprechen zu kommen. In den Aufzeichnungen heißt es: Georg Christoph Friedrich Müh war, je nach dem wie man ihn ansah, ein Haudegen oder ein Tunichtgut. Er war der Vater von jenem Armand Müh, dem Militärmathematiker und Erfinder des Mühschen Zielkontrolleurs. Georg Christoph Friedrich, der einem Familienbrauch gemäß vermutlich nur mit dem zweiten Namen, Christoph, gerufen wurde, war ein Fall für die Psychiatrie. Auch das ist Vermutung. Biographisch einwandfrei ist allenfalls sein Tod. Das Sterberegister der Pfarrei Sankt Stefan in Genua vom Jahre 1847 verzeichnet für den 3. Oktober einen gewissen Giorgio Müh, den eine handschriftliche Beglaubigung als den Georg Christoph Friedrich Müh ausgibt. Schon die Umstände seines Todes gaben Anlass zu Spekulation. Es hieß, er sei im Duell umgekommen. Dies schien nur die folgerichtige Konsequenz eines sittlich bedenklichen Lebenswandels zu sein. Sein Tod enthob die Familie seiner Gattin weiteren Streits, nicht ohne die bittere Gewissheit, dass nun von Christoph nichts mehr zu holen war. Um Spielschulden zu begleichen, hatte er das Vermögen seiner Frau angegriffen und fast durchgebracht. Dass er dem Suff ergeben sein sollte, brauchte nicht einmal wahr zu sein, schon der Verdacht machte das Maß voll. Sein Tod, oder die vermuteten Umstände, galten als deutliche Schuldbeweise. Im Kreis der Familie wurde jede Erwähnung seiner Person fortan vermieden, es sei denn zur erzieherischen Warnung und Abschreckung. Hätte sich Christoph die Mühe gemacht, älter als bloße vierundvierzig Jahre zu werden, so hätte man ihn - ebenfalls einem Familienbrauch folgend - vermutlich entmündigt. Christophs wechselhafter Lebenswandel kann auch anders als nur eine Laune oder Kaprice betrachtet werden, nämlich als Ausdruck einer tiefgreifenden Erkrankung. Dann erscheint auch die Tatsache, dass Christophs Urenkel (jener, der *auch in Paris* war) einige Zeit seiner Jugend in einer Nervenheilanstalt verbringt, in neuem Licht, vorausgesetzt, man hält der Vererbungslehre die Stange. Christoph litt vermutlich an einem Schaden an der Amygdala. Der Schaden hätte sich in Grenzen gehalten. Amygdala, im Gehirn eine Nervenzellenanhäufung, heißt zu deutsch *die Mandel* und entspricht dem Wunsch nach einer sezierbaren Seele. Ungewöhnliche Aggressionen können ihre Erklärung in einem Defekt der Amygdala finden. Die Entfernung der Amygdala lindert dann das Problem und den Patienten. Das Seelenleid respektive der Hirndefekt äußert sich in einem feinen, fast unmerklichen epileptischen Schub, einem *petit mal*. Christophs Leben als Dauer war demnach die Aneinanderreihung von petits mals. Sein Leben als Resultat war der *grand mal*, zu dem sich die vielen petits und tres petits mals summiert hatten. Mancher Wechselfall in Christophs Leben würde erklärlich: von der Frage, warum ein Sohn aus einer drögen protestantischen Pfarrersfamilie sein Heil im Militär sucht, bis hin zu seinem unrühmlichen Abgang im Duell.

Was wir wissen: 1823, einundzwanzigjährig, trat er als Gemeiner beim Vierten Württembergischen Reiterregiment ein, wurde dann Rottenmeister, Obermann, kam zur Leibgarde zu Pferd, wurde Unterleutnant im Vierten Reiterregiment, dann 1834 endlich Oberleutnant beim Dritten Reiterregiment. Eine brauchbare Offizierskarriere. Ein Jahr später, 1835, suchte er um seine Entlassung an und verschwand. Selbst wenn dies die vernünftige Konsequenz aus der Häufung unvernünftiger Lebensentscheidungen war, so bot sie doch wenig Ansatzpunkte für eine systematische Besserung seiner Verhältnisse. Im Gegenteil. Indem er Frau und Kinder verließ, verkürzte er auf einen Schlag seine Schulden, die er bei der Familie seiner Frau angehäuft hatte; doch wohin sollte er nun? Den Weg der bürgerlichen Situierung hatte er sich persönlich verbaut. So setzte er alles auf die Risikokarte, Italien, wo viele Mächte ihre Finger im Spiel hatten. Das Glück scheint ihn jedoch vorzeitig endgültig verlassen zu haben. Er starb als Sekretär auf dem Generaldepot der vier Schweizer Regimenter im Dienst Seiner Majestät des Königs beider Sizilien. Im Duell erledigte sich Christophs Amydgalaschaden sozusagen von selbst. Es bleibt zu hoffen, dass eine Liebesaffäre Anlass zum Duell gab und nicht irgendeine hirnlose Beleidigungssache. Mit Christoph kam ganz nebenbei eine lange geistliche Tradition im Mannesstamm der Mühs zum Erliegen. Die Frage nach der Standesmäßigkeit seines Todes, ob er als Offizier starb oder als Glücksritter, die die Familie der Mühs, vorneweg die Mühschen Damen, noch eine Weile bemühte, zeigte, dass der Traditionswechsel zum Militär hin bereits verinnerlicht war. Der Fanatismus hingegen, mit dem die Standesfrage vorgetragen wurde und der den Schatten heraufziehender Verdammnis auf Christoph warf, zeugte von geistlichen Rückständen, letzten Spuren der erloschenen Pfarreitradition. Die Zufälligkeit eines Amygdalaschubes, ein Irrtum also, hatte Christoph zum Militär gebracht und hatte innerhalb einer Generation eine familienpolitische Entscheidung herbeigeführt, deren Einfluss sich zu entziehen es wohl eines weiteren so rücksichtslosen Mannes wie Georg Christoph Friedrich Müh bedurft hätte.

Dr. Vrkzta lief durch seine Ordination und raunte bisweilen: hier, hier und hier. Er lief nicht eigentlich, sondern hüpfte von einer putzkritischen Stelle zur nächsten. Die Durchgangstür zum Wartezimmer, der große Materialschrank, die Heizung unterm Fenster: an diesen Stellen würde sich die Putzfrau bewähren müssen. Außerdem hatte dort schon lange kein Wischlappen mehr hingefunden. Die eigene leidige jahrelange Erfahrung mit Putzfrauen, zumal der heurigen, Frau Ederl, eine Burgenländerin und als Ganze eine putzfrauliche Enttäuschung, hatte ihn Vorsicht gelehrt und ihm die Hürden der Praxishygiene aufgezeigt.

- Gut. Wieviel bitte zahlen Sie? fragte Frau Yugovic.

Dr. Vrkzta war entsetzt. Frau Yugovic war keine 10 Minuten da und kam bereits blank auf die Bezahlung zu sprechen. Sie war ihm hartnäckig nickend durch die Räume gefolgt. Dr. Vrkzta hatte es gewusst: der Balkan, von woher er Frau Yugovic auf schärfste vermutete, würde Ärger machen. Seit der Türkenzeit hat sich das nicht geändert. Für Dr. Vrkzta war Balkan gleichbedeutend mit Wegelagerei. Aber nicht mit mir!

- Na schaun S', ich kenne Sie ja gar nicht, sagte Dr. Vrkzta.

Dr. Vrkzta war wenig zu Preisverhandlungen gewillt.

- Bitte, was macht das in Schilling?

Zurückhaltung schien keine von Frau Yugovics Tugenden zu sein.

- Na, sagen wir siebzig die Stunde.

Siebzig Schilling! rief Frau Yugovic entrüstet, sie barst geradezu, und wie Kanonenkugeln kamen die siebzig Schilling auf Dr. Vrkzta zurückgeschossen, so dass er unwillkürlich in Deckung ging und verharrte, als müsste er die Detonation hinter sich abwarten. Was folgte wäre in der Tat geeignet gewesen, ein lebhaftes Bild von der Belagerung und Beschießung Wiens durch die Türken zu geben. Frau Yugovic beschwor das unendliche Leid und gottferne Elend eines Bürgerkrieges herauf, verwüstete Dörfer, zerstückelte Leiber, wo kein Recht gilt, und Brüder zu Feinden würden und Feinde zu Schlächtern, wo eine Frau nicht wisse, ob sie lieber tot oder geschändet oder verwaist und verwitwet zurückbleibe. Dr. Vrkzta hörte Namen von Orten, die alle gleich klangen und von denen jeder zweite auf -ic endete. Dazwischen vernahm Dr. Vrkzta richtiges Winseln und Schluchzen. Es kam von Armanda, Frau Yugovics Tochter. Sie stand mitten im Ordinationszimmer, und kaum hatte sie Dr. Vrkztas Aufmerksamkeit errungen, schien auch ihr Schluchzen an Intensität und Ausdrucksreichtum zu gewinnen.

- Na, jetzt haben S' das Kleine ganz verschreckt.

Dr. Vrkzta gedachte, das schreiende Kind zu einem Vorwurf zu machen und so vielleicht den Preis zu drücken.

- Bitte, hundert Schillinge sind das Minimum.

Armanda heulte auf.

- Na, schaun S', für wen halten Sie mich: Ich bin ein armer

Mann.

Armanda heulte fort, was Dr. Vrkzta Gelegenheit gab hinzufügen: Schaun S', das arme Kind. Ist ja gut, Amanderl.

Dr. Vrkzta wandte sich dem Kinde zu. Das Kindergeheul, ansonsten eine schwere Zumutung, ließ sich in Verwendung nehmen. Eine Mutter, die ihr eigenes Kind verschreckt! Wo sind wir denn!

Das Schluchzen schwoll an. In unerwarteter Wendung stimmte Frau Yugovic nun mit ein. Die Frauen Yugovic heulten.

- Gut, ich gebe nach, Sie können heute bei mir probeputzen. Nächste Woche schaun wir dann wegen des Lohns.

Dr. Vrkzta hätte sich am liebsten selbst gratuliert. Ihm machte man mit Gejammer keinen Eindruck und schon gar keine Geschäfte, im Gegenteil. Frau Yugovic hatte ihre Verhandlungsposition verschlechtert. Das anvisierte Probeputzen hatte er zu einer Sache des Gewährens gemacht und zugleich die Kostenfrage hinausgeschoben. Ernsthaft dreinschaun, nichts anmerken lassen.

- Herr Doktor, bitte, Sie sind kein Mensch nicht. Armanda, wir gehen.

Frau Yugovic hatte abrupt den Ton gewechselt. Aufs Lamentieren folgten nun Flüche und Verwünschungen. So zumindest klangen die Worte, mit denen Frau Yugovic ihre Tochter zum Aufbruch drängte. Slawisch, konstatierte Dr. Vrkzta für sich, so als habe er durch Hinschauen einen Tumor diagnostiziert. Frau Yugovic schien ernsthaft zum Gehen entschlossen. Ob die überhaupt putzen kann? fragte sich Dr. Vrkzta und durchlief in Gedanken die putzkritischen Teststellen. Vor seinem geistigen Auge entstand das große Bild einer Schlacht: darin sah er Frau Yugovic kapitulierend abziehen, sah sie, ihre dickliche Tochter an der Hand, gen Südosten ziehen. Von fern sah man Heerscharen von neuen balkanischen Putzfrauen, mit wilden Haaren und wehenden Kopftüchern, heranziehen, die würden seine Ordination belagern, darunter auch burgenländische Bedienerinnen mit groß karierten Schürzen und toupierten Haarbergen, und dann eines Tages, noch nicht sichtbar, kämen die neun Söhne der Yugovic, mit Klappmessern und Sensen bewaffnet... und Dr. Vrkzta machte ein letztes Angebot, mit dem er selbst an seine finanziellen Grenzen gelangte und das die Yugovic am unglücklichen Abgang hindern sollte:

- Achtzig Schilling.

- Neunzig! erwiderte Frau Yugovic und hielt inne. Armanda blickte, als verstünde sie nicht, und begann, noch im selben Augenblick, ihr Röckchen glattzustreichen.

Natürlich lagen jetzt fünfundachtzig Schillinge als Kompromiss in der Luft.

2

Das Riechhirn

ist ein Irrtum. Das Riechen ist nur eine der geringsten seiner Aufgaben, zumal es für das Riechen im Gehirn noch weitere Zuständigkeitsbereiche gibt. Das Riechhirn, oder wie es medizinisch-griechisch heißt: Rhinenzephalon, verbindet die allerältesten Teile des Gehirns, die im Hirnstamm zu finden sind, mit den neueren Teilen, also dem Großhirn und seiner Rinde. Was wir für gewöhnlich als Gehirn dargestellt finden, ist die Sicht auf den Cortex, die Großhirnrinde. Sie umwuchert wie ein Pilzgeschwulst den Hirnstamm, der im Rückenmark wurzelt und sich wie ein Stück weiches Holz in den Schädel zieht. Als der Student Vrkzta in der Anatomie zum ersten Mal menschliches Hirn sah, fühlte er sich an weichgekochten Karfiol erinnert. *Karfiol* und *Blumenkohl* bezeichnen angeblich dasselbe, doch scheint Dr. Vrkzta Karfiol der allemal bessere Vergleich: *Karfiol* klingt nach einer medizinischen Speise, *Blumenkohl* hingegen nach einem unmöglichen Gewächs. Wenn das Großhirn der Karfiol ist und der Hirnstamm der Stamm, so stellen die spärlichen Blätter, die unterm Karfiol kleben, das Riechhirn dar. Die neuzeitliche Bezeichnung ist limbisches System und macht aus dem Blätterkranz einen Saum, *Limbus*. Ein noch unpassenderer Vergleich als *Blumenkohl*. Bei Saum denkt Dr. Vrkzta unwillkürlich an Bordüre und an jene junge Dame aus dem Werbefernsehen, die ohne jedes Bücken eine blütenweiße Wohnzimmer-Store anzuheben verstand, damit wir am Saum die Qualitätsmarke erkannten. Der Ausdruck *limbisches System* schmeckt Dr. Vrkzta nicht, er

liegt wie ein Faden im Mund. Das Aufregende am Riechhirn ist doch, dass dort das Gefühlsleben seinen Ausgang
nimmt, all das, was den Menschen ausmacht: von fein-
nerviger Seelenpassion bis hin zu wuchtiger Eifersucht, ja
selbstmarternder Gefühlsraserei. Im Riechhirn sitzt auch
die Amygdala, für Dr. Vrkzta nicht nur der Inbegriff von
Aggression, sondern auch von Hypersexualität, Loboto-
mie und kultischer Schädelöffnung, kurzum: einigen
Schätzen der naturhistorischen Medizin. Hypersexualität
zum Beispiel ist eine generelle Folge der Domestifikation:
Bei Haustieren schrumpfte im Lauf der Jahrtausende das
Gehirn, während die Sexualität anschwoll. Die Verhaus-
schweinung des Menschen scheint Dr. Vrkzta ein ernst-
zunehmendes Problem. Bekümmernis bereiten ihm die
kontrazeptiven Hormondauerbehandlungen und überhaupt die endemische Verweichlichung. Die Wundärzte
der kaiserlichen Heere wussten noch, was Verletzungen
sind. Sie mussten Fliegenmaden aus klaffenden, eitern-
den Wunden ziehen, womit nur einer der unappetit-
licheren aber ungefährlicheren Aspekte von Kriegs-
verletzungen angesprochen sei. Heute genügt eine
Handvoll Zecken, um das österreichische Staatsvolk in
enzephalitoide Panik zu versetzen. Wenn es so etwas wie
eine Volksgesundheit gibt, dann wird sie durch die flä-
chendeckende Zeckenimpfung nachhaltig geschwächt.
Dr. Vrkzta liebt das Wort *Volksgesundheit*, auch wenn es
arg aus der Mode gekommen ist. Was sind schon drei,
vier Depperte mit Hirnhautentzündung mehr oder weniger, wenn die Volksgesundheit auf dem Spiel steht! be-
kundete er staunenden Patienten. Schädelöffnungen wiederum, auch Trepanationen genannt, gab es schon in
grauer Vorzeit. Man ahnte, dass einigen Leiden nur auf
dem Weg durch den Schädel auf den Grund zu kommen
war. Glück auf! hätte Dr. Vrkzta diesen Priester-

Forschern gern zugerufen, die im Tagebau die Hirnkapsel öffneten: 'S ist eh nur Karfiol! Vermutlich hatte sich die Kunst der Trepanation zu jener Zeit erst von frisch von der Menschenfresserei emanzipiert, oder ging mit derselben noch Hand in Hand. In diesem Punkt ist Dr. Vrkzta auf Spekulation angewiesen. Anthropologie ist, wenn auch seine Leidenschaft, so doch nicht sein Fach. Ein Mangel, den Dr. Vrkzta nicht bedauert. Ein gesunder Instinkt geht oft über alle Forscherweisheit, auch in historischen und gerade in medizinisch-psychologischen Fragen. Woher wussten die Steinzeittrepaneure, was sie suchten? Dr. Vrkzta hätte sich sogar soweit auf den Pfad der Spekulation verstiegen zu behaupten: sie rochen es. Das Riechen ist der urtümlichste aller Fernsinne und mithin allen Erkennens. Früher als Hören und Sehen. Beim menschlichen Fötus finden sich blind endende Schläuche, Rudimente des Jacobsonschen Organs, das bei manchen Amphibien, Reptilien und Säugetieren ein zusätzliches, oft wesentliches Riechorgan darstellt. Ja, das Riechen ist Urfunktion des Hirns, die Quelle aller Empfindung, die Basis unseres höheren Hirnvermögens: Dieser Gedanke war Dr. Vrkzta vor zwei Wochen bei einem zufälligen Besuch im Naturhistorischen Museum gekommen, grad auf dem Weg zurück von der Insektensammlung, als sich der gedankenverlorene Dr. Vrkzta vor der japanischen Riesenstrandkrabbe wiedergefunden hatte. Bis zu diesem Monstrum hatte es gedauert, bis sich der Gedanke geformt hatte. Das *Riechhirn* mochte ein taxonomischer Fehlgriff sein, wobei Dr. Vrkzta der wissenschaftlichen Taxonomie, die sich mit Sammeln, Sortieren und Namensgebung beschäftigt, noch nie viel Zuneigung entgegengebracht hatte und sie für Müßiggang oder Handlangerarbeit oder beides hielt; der Name Riechhirn barg jedoch die Erinnerung an eine Wahrheit: die Verquickung von Gehirn und Geruch. Hier entlarvte sich die Rede vom limbischen Saum- und Randsystem als falsch gewickeltes Vorurteil. Das Riechhirn konnte nicht Randerscheinung sein, es war eher Stamm denn Blatt, war Wurzel und Ursprung. Das Riechhirn war, hier bedurfte es eines radikalen Vergleichs, die *wahre Ursuppen der Erkenntnis*, deren Duft man sich nur in die Nase steigen zu lassen brauchte; die umgangssprachliche Singularform *die Suppen* meint hierbei Suppe als Substanz, was mit der hochsprachlichen Wortbildung *Ursuppe* nur unzulänglich zum Ausdruck käme und sich zudem dem Ruch des Lächerlichen aussetzte. Das Riechhirn bot also den Ausgangspunkt für ernstere Vermutungen über die menschliche Natur, als die altehrwürdige Säftelehre sie kannte. Dies hatte Dr. Vrkzta im Moment erkannt, genauer: gerochen, als er - Zufall oder nicht - neben jenes Monstrum von japanischer Riesenstrandkrabbe im Treppenhaus des Naturhistorischen Museums getreten war. Dr. Vrkzta seufzte vernehmlich. Was folgte, wenn das Riechen tatsächlich die Grundfunktion des Seelischen war? Welche Beziehung bestand zu den Gefühlen? Und was war das *höhere Hirnvermögen*? Dr. Vrkztas Hirnwindungen verknoteten sich. In seiner wabernden Gedankensuppe wirbelte es einen ungerösteten Brotbrocken nach oben, der die Gedankenoberfläche durchstieß - ein Einfall sozusagen: Es fehlte nur noch ein paar Erhebungen für die österreichische Gesundheitsstatistik, junge männliche Probanden mit oder ohne Senkniere, mit deren Daten sich Dr. Vrkztas kleine, private, plasmologische Studie *Depression und Senkniere* abschließen ließ. Neun Söhne hatte die Frau Yugovic, neun männliche Probanden, die gewisse medizinhistorische Bedeutung erlangen konnten. Dr. Vrkzta wagte einen letzten Versuch zur Einigung in der balkanischen Frage.

Frau Yugovic war zu einem der großen Ordinationsfenster gegangen und hantierte mit Entschlossenheit am Griff. Der hohe Fensterflügel wankte bedenklich. Desgleichen die alten Fensterbeschläge und Verschlüsse.

- Ja, Frau Yugovic, was machn S' denn da? rief Dr. Vrkzta.

Die Frau setzte ihn von einem Erstaunen ins andre. Statt korrekt zu feilschen, machte sie sich bereits in seiner Ordination zu schaffen.

- Frische Luft, Herr Doktor. Entschuldigen Sie schon, aber ihre Ordination hat einen Geruch.

Das verschlug selbst Dr. Vrkzta den Atem. Ganz zu schweigen davon, dass er seit dreißig Jahren hier ordinierte und noch nie einen Luftaustausch für nötig befunden hatte, es widersprach einem elementaren Grundprinzip: Man öffnete nicht die Fenster, nicht in Wien, nicht in seiner Ordination. Eine Ordination war wie ein Kaffeehaus oder wie ein Beisl. Eine Ordination war ein grundsätzlich geschlossener Ort. Hier war man. Insbesondere war man nicht draußen. Draußen, die Währinger Straße, war ein Pestanger, taubenverkotet, halb Asien floss hier vorbei. Frau Yugovic rüttelte an einer kulturellen Grundfeste, und je mehr sie rüttelte, umso wahrscheinlicher wurde es, dass sich das Fenster tatsächlich öffnete.

- Gute Frau, die Taubn, die Straßn... schnaufte Dr. Vrkzta. Doch erstere war bereits daran, die Innenflügel des Doppelfensters aufzureißen. Das Fenster war offen. Noch im Nachhinein vermeinte Dr. Vrkzta die Fensterrahmen splittern zu vernehmen, zweimal Splittern von Holz kurz hintereinander. Der Straßenlärm platzte herein. Unbeeindruckt hatte Frau Yugovic die Fensterheizkörper und

dann das Fenstersims erstiegen und beschaute die Ober-
lichter. Das Fenster kam Dr. Vrkzta wie ein riesiges Ein-
schlagsloch vor. Mit jedem Hinsehen wurde die Öffnung
größer und ließ ihn von einem Moment auf den anderen
schutzlos, nutzlos dastehen ließ.

- Herr Doktor, ihre Fenster, bitte, zehn Jahre keine Reini-
gung nicht, Herr Doktor, bitte schaun S' selber, zwanzig
Jahre nicht, oi oi oi. Das wird dauern. Armanda, Herz,
komm, schau.

Das Kind hüpfte herbei. Das Kind schien in telepathischer
Seelenverbundenheit dem Gefühl der Mutter Ausdruck
zu verleihen. Nun war es beschwingt. Dr. Vrkzta kam
sich vor wie unter einer Schädelöffnung, sein Hirn lag
entblößt vor diesen beiden Weibspersonen. Von dem,
was vorging, verstand er nicht mehr als ein dampfender
Germknödel vom Kochen. Einerseits hatte Frau Y. recht:
Die Scheiben waren blind. Andererseits empfand Dr.
Vrkzta die Fenster nicht als putzkritische Stelle. Weiters
waren *zwanzig Jahre* eine halt- und maßlose Übertreibung,
die zu äußern einer balkanischen Bedienerin nicht an-
stand. Dr. Vrkzta protestierte: Gute Frau, bitte, die Straßn,
der Dreck...

Auf einmal kam ein kleines, dickes, dunkles, käferartiges
Etwas durchs Fenster geflogen, steuerte brummend-
summend auf die Ordinationslampe zu, krachte dagegen,
flog taumelnd-torkelnd Richtung Instrumentenrolltisch,
schlingerte surrend über Tupferdose und Watteschale
hinweg, landete beziehungsweise rutschte über die von
Dr. Vrkzta eben frisch polierte Platte des Instrumenten-
schränkchens hinweg, überschlug sich und verschwand
nach unten und war still. Offensichtlich Ungeziefer. Armanda kreischte ausgiebig.

- Na, schaun S', was S' da angerichtet haben, wandte sich Dr. Vrkzta vorwurfsvoll an Frau Yugovic, die wie angeschnallt im Fenster stand. Sein Vorwurf bezog sich eigentlich auf den Schrecken für das Kind. Doch dieser schien sich rasch verflüchtigt zu haben, denn Armanda stürzte kreischend dem Getier hinterher. Offensichtlich krisch dieses Kind aus Freude.

- Armanda, bitte, schreck den Herrn Doktor nicht!

Mit diesen Worten wollte die Mutter das Kind offenkundig zum Stillsein ermunterte. Armanda hatte achtsam das dunkle Etwas vom Boden aufgehoben und hielt es zwischen ihren kleinen dicken Kinderpranken. Sie neigte den Kopf, um den wundersamen Schatz zwischen ihren Fingern zu belugen. Doch der Käfer, denn darum handelte es sich, rekonvaleszierte und begann, zu summen und sich zu regen. Armanda erschrak nun tatsächlich und ließ mit einem spitzen Schrei das Tier fallen. In einer ballistischen Flug- und Fallbahn landete es auf einer der gelblichen Fliesen, gerade Dr. Vrkzta vor die Füße. Es war ein Maikäfer. Dr. Vrkzta erkannte es genau. Er kannte auch die ärztlichen Hygienevorschriften, und diese, im Verbund mit einer natürlichen Abscheu, gemahnten ihn zum Einschreiten. Mit einem kurzen Tritt mit dem rechten Fuß erledigte Dr. Vrkzta das Problem. Es knackte unterm Schuh. Mit der Sohle schmierte und schmirgelte Dr. Vrkzta über die Fliese, als träte er einen Rest Zigarette aus und wollte sich versichern, dass sie nicht nachglimmt. Maikäfer waren Ungeziefer, eine alte Landplage. Dr. Vrkzta wusste: Wo ein Maikäfer war, folgten andere nach. Wie beim Regen. Erst fällt ein Tropfen, dann kommt ein ausgemachtes Unwetter. Dann regnet es soßenbraune Fresserlinge. Dr. Vrkzta wunderte sich noch über die Jahreszeit, es war tatsächlich Mai. Auch eine Ordination richtete sich nach den Jahreszeiten. Im Herbst suchte Dr. Vrkzta Kräuter und Schwammerl für neue Rezepturen. Auf Neujahr kamen die Patienten, denn dann hatten sie wie üblich zu Weihnachten zuviel gegessen und erschienen weidwund von den Festtagen und vom Zahnschmerz gepeinigt zur Behandlung. Und im Frühjahr starben die alten Leute. Da musste er aufpassen und rechtzeitig die Liquidationsrechnungen ausstellen und zügige Begleichung anmahnen.

- Mörderrr!

Nun krisch Armanda unmissverständlich unfreudig.

- Tiermörderer! kreischte sie und meinte offensichtlich Dr. Vrkzta.

- Armanda, Herz, es heißt Mörder, nicht Mörderer, sagte Frau Yugovic.

Das war zuviel. Dr. Vrkzta ergriff Mantel und Mütze und verließ die Ordination.

Die Geschichte der Mühs scheint in den Aufzeichnungen des Mathematikstudenten eine gewisse Eigendynamik entwickelt zu haben. Einmal begonnen, drängt sie in die Details: Armand Müh, der glücklose Militärmathematiker und Sohn des ebenso erfolglosen Duellanten Georg Christoph Friedrich Müh, hatte einen Sohn, Walter mit Namen. Eigentlich hatte Armand noch einen zweiten Sohn, ebenso wie einen Bruder. Doch in beiden Fällen trieb das ungute Erbgut des Großvaters fruchtlose Blüten und endete einmal im Krieg, ein andermal im Wahnsinn. Armands Bruder, Malcolm, starb als hochdekorierter Militär, Armands anderer Sohn, Otto, verbrachte sein Leben in Nervenheilanstalten und Irrenhäusern, interniert in den

Wänden seines Kopfes. Die Mühsche Familienchronik führt jenen Otto als Oberrealschüler, der erst im Alter von fast vierzig Jahren dahinschied. Abgesehen von diesem Indiz für ein unkorrektes Leben schweigen sich die Annalen über ihn aus. Otto und Malcolm scheinen Randfiguren, wo das Rad der Familiengeschichte eine bedenklich exzentrische Spur hinterließ. Wenden wir uns Walter zu. Walter Müh war Wissenschaftler, er war ein Mensch des 20sten Jahrhunderts. Sein Vater Armand hatte noch Leidenschaft gebraucht, um den Dienst im Bayerischen Heere mit dem Dienst an der Mathematik zu vereinen. Walter brauchte nur eine Ausbildung, er studierte Chemie. Für Walter bot die Wissenschaft bereits eine bürgerlich gesättigte Existenzform, die es ihm erlaubte, seiner Neigung zu beschaulichem, anhaltendem Dahinforschen und Herumprobieren nachzugehen und damit zugleich eine Familie zu ernähren. Ja, wir könnten Walter sogar ein Glückskind nennen. Denn das Schicksal verknüpfte seine Freude an bunten Farben und sein Bedürfnis nach grauen, soliden Verhältnissen auf schönste mit dem allgemeinen Aufschwung der industriellen Farbchemie und verschaffte ihm eine Anstellung im Farblaboratorium eines der wirklich großen Chemieunternehmen seiner Zeit. Wie alle leicht beeindruckbaren Seelen hatte Walter eine Phase jugendlicher Natur- und Kunstschwärmerei durchlebt. Diese Art Ansteckung blieb insofern folgenlos, als er hierbei zwar sein Zeichentalent entdeckt hatte, nie aber einem Hang zu künstlerhaftem Dasein erlag. Im Gegenteil. Mit Liebe zum Detail und entschiedener Linienführung wusste er ländliche Idyllen aus Äckern und Höfen zu skizzieren und brachte alsdann Benzolringe aufs Papier, als seien es Bachstege oder Dorfkirchen, die hinter Ackerpfaden auftauchen. Menschen brauchte es so wenig in seinen Bildern wie in seinen Formeln, denn für Walter waren Mensch und Natur eins. Wirkliche Leute konnten die Darstellung nur stören; Walter kannte nur seelenhaft-harmonische Darstellungen. In sein Quartheft vermerkte er:

> 27.1.1908: Radikaler Pessimismus und Optimismus als Weltanschauung sind Früchte einseitiger Erkenntnis. Sie Beide überwindet die harmonistische Weltanschauung, deren hervorragendste Träger zu klar und tief in das Leben blickten, als dass sie über seinen kläglichen Kleinlichkeiten seine erhabenen Seiten, und umgekehrt über diesen die ersteren übersehen konnten.

Walter blieb zeitlebens ein Kind, das den bunten Schiffen nachwinkte und sich noch staunend freute, wenn sie längst fort waren. Es hätte vieles haben können, er wollte nicht. Walters vergängliches Glück hatte auch einen Namen: Chlorophyll. Chlorophyll ist der grüne Farbstoff der Blätter und Pflanzen, es ist die Grundsubstanz der Photosynthese, die Hand des Lichts, mit der die Sonne den pflanzlichen Stoffwechsel vorantreibt, das grüne Zaubermittel der Blätter, das das Kohlendioxid zu Kohlenhydrate werden lässt, der Lebenstrunk, denn aus Gift wird Zucker. Ohne Chlorophyll wären keine Menschen. Chlorophyll ist das Licht- und Sonnenhafte der lebendigen Natur. Dies war das neutrale Element, der Beginn der Chemie biotischer Prozesse, um dessentwillen Walter Jahre seines Lebens in lichtscheuen chemischen Laboratorien verbracht hatte, in München, Zürich, Berlin und einem Dorf am Rhein. Schon die Farbe des Chlorophylls, das Grün, gab Anlass zum Erstaunen. Grün war alles andere als notwendig. Für ein so unscheinbar bedeutendes Neutrum wäre die Farbe Grau oder die unbestimmte Farblosigkeit angemessen gewesen. Doch: wie wunderbar machte sich das Grün in der Natur! Der Gedanke an

graue, achromatische Wälder und Wiesen schien gottes-
lästerlich. Wo nicht die Chemie, wirkte Gott. So sah es
Walter. Das Chlorophyll war sein zugelaufenes Kind, ein
grüner Kobold, ein Unband, dessen Erziehung er mit
Verstand und Zuneigung auf sich nahm. Das Chlorophyll
war sein Sonnenschein, sein Herzilein, ja seine erste Geliebte. Er war es, dem die Chlorophyllanalyse gelang, er
war es, der das Blattgrün aus der Natur entführte, er hatte das Lichttöchterlein entjungfert, was Walter durchaus
als Resultat kühnen Forschens empfand, als Sinnerfül-
lung - causa finalis - seiner humanistischen Gymnasial-
bildung, die er in Heidelberg erfahren hatte und die es
verstand, die Taten von Göttern und Heroen in das For-
mat von Studierstuben zu projizieren. Walters Geliebte,
das Chlorophyll, von frei und sittsamem Wesen, heiratete
standesgemäß den Brautvater, Walters Professor, der,
praktischer veranlagt als Walter, was gerade in der Wissenschaft kein Schade ist, sich die Errungenschaft mit
dem Nobelpreis versilbern ließ. Walters Glück lag im
Stillen, im beschaulichen Experimentieren, ja er empfand
sich selbst als graues, neutrales Element, eben als einen
Laborwissenschaftler und dadurch dem Chlorophyll so
nah: Die Wissenschaft durfte ihn benutzen, er war ein
heiteres Kind in Gottes Natur. So ging Walter bald auf die
Vierzig zu, da traf er zwei Berliner Schwestern, liebe
Fräulein, die auch schon in die Jahre gekommen waren.
Mit der einen, Charlotte, teilte er die Liebe zur Natur und
zum Bergwandern. Gemeinsam folgten sie den Touren
des Alpenvereins, wanderten von Hütte zu Hütte, vom
Tag in die Nacht und weiter, er und Lottchen, sein Röss-
chen. Es war wild und flink wie ein Kosakenpferd. Walters Forscherseele erschlossen sich neuartige Erfahrungen. Lottes Haut, ihr Haar hatten etwas Grobes, fühlten
sich fest an in seiner Hand. Seine Hand lernte, wie ihr

Rosshaar zu streichen war: das eine Mal mit dem Strich, so dass sich die kleinen störrischen Härchen legten, das besänftigte; das andre Mal gegen den Strich, ganz leicht, das erregte. Seine Finger fühlten dann das Pochen des Blutes unter der Haut, noch die geringste Anspannung spürten sie auf. Sein Rösslein konnte zubeißen, und er liebte das. Lange Wochen verbrachten sie in den Bergen und schrieben Postkarten an Frieda, die andere Schwester, die er, Walter, ein Jahr später ehelichte. Lottchen war stürmisch und anhänglich, unzuverlässig und ein bisschen dumm. Frieda war Gymnasiallehrerin, es war eine Liebe, die auf dem Postweg begann. Denn, womit Walter nicht gerechnet hatte, die Elemente waren in Unordnung geraten, ein Krieg war ausgebrochen, Weltkrieg Eins. Walter kam an die Ostfront, bereit, seine Pflicht als Deutscher zu erfüllen und mit den Russen in Ostpreußen gleich richtig aufzuräumen. Da er trotzallem ein Glückskind blieb, wurde bereits sein guter Wille belohnt. Er quartierte sich hinter der Front ein, stets gut verpflegt, stets in sicherer Stellung. Die Landschaft, die ostpreußischen Seen um Deutsch-Eylau und Thomareinen, mit ihrer einfachen Natur, rührten ihn an. Da er aber nicht alle Zeit auf Spaziergehen verwenden konnte, zumal auch versprengte Kosaken die Gegend unsicher machten, begann er mit etwas, was er sonst nie tat: Er schrieb Briefe. Von Hause aus sagte er mehr den Ansichtspostkarten zu, sie enthielten in knapper, reiner Form alles Wesentliche: Platz für Adresse und Absender plus ein Abbild der Örtlichkeiten, sie waren die Optimierung des Postgrußes. Da aber die Ansicht kaum wechselte, schrieb er nolens volens Briefe. Zuerst an die lieben Fräulein, die Bethesba-Schwestern, wie er sie nannte, da er sie zusammen beim Gottesdienst angetroffen hatte; dann nurmehr an Frieda persönlich, denn die Damen unterschieden sich deutlich im Eifer und ihrer Fertigkeit im Retournieren der Briefe. Der Wert der retournierten Briefe entsprang drei Bestimmungsgründen: erstens ein unterhaltsamer Stil, zweitens ein unaufdringliches Politikverständnis, und drittens die Häufigkeit und Qualität der mitgesandten Chocolats. Während seiner Zeit am Polytechnikum in Zürich, der nachmaligen Eidgenössischen Technischen Hochschule, hatte er eine spezifische Vorliebe zu Schweizer Süßigkeiten gefasst. Obgleich Walter nun im Krieg war, auf Schokolade wollte er nicht verzichten. Seine Schilderungen der hübschen Landschaft, der grünen Wiesen, der wunderbaren Wälder, der stillen Seen, der herrlichen Morgende endeten meist in einer plumpen Aufforderung, doch Schokolade zu senden. Vorsichtshalber unterrichte er die lieben Fräulein genau über die zu speditierenden Sorten und Qualitätsstufen. Zwei Wochen vor der Schlacht am Tannenberg bestellte er dann bei den Fräulein eine Felddienstordnung und ein Exerzierreglement für die Infanterie, beides im Buchhandel erhältlich. Was keine der Fräulein wissen konnte: Die einfache Buchbestellung stellte sich als Ausscheidungstest für Walters Empfindung heraus. Wir vermuten: Es war Friederike, die das Pièce de résistance lieferte, Felddienstordnung und Exerzierreglement. Zeit und Umstände schienen zur Entscheidung zu drängen. Jedenfalls schlug Walters Zuneigung nun klar für Friederike aus. Kaum war die Entscheidung gefallen, drängte es unseren Briefeschreiber zu einem forschen Übergang von *liebes Fräulein Friederike* über *liebste Frieda* zu *liebes Herz*.

> Deutsch-Eylau, 28.8.1914: Seit mehreren Tagen ist eine große Schlacht südlich von hier im Gang, manchmal hört man den Kanonendonner. Flüchtlinge, Verwundetenzüge, gefangenes Raubgesindel. Die Kosaken sind Bestien, die keine Schonung

verdienen. Denken Sie sich, liebes Fräulein Friederike, auch ich könnte jetzt ohne große Überwindung diese Bande ohne Pardon niederschießen, so sehr empört sich in einem alles bei der Schilderung ihrer Greueltaten. Man hat nicht mehr das Gefühl, es mit Menschen zu tun zu haben. Mein Urteil entspricht der allgemeinen Stimmung. Der Mensch ist ein seltsames Wesen, er gewöhnt sich erschreckend rasch auch an grausige Dinge, und es muss wohl so sein.

Deutsch-Eylau, 29.8. Meine liebe Friedel, schönsten Dank für die Wanderkarte und die chocolats. Hier im Osten geht es jeden Tag besser. Nun sehen wir Deutschen erst, und zu ihrem Erschrecken auch unsere Feinde, welche Kraft in uns steckt. Derartiges ist nur bei einem sittlich hochstehenden Volke möglich. Ich habe wohl eher zu- wie abgenommen.

Deutsch-Eylau, 11.9. Liebes Herz, heute wenigstens ein paar Zeilen als Antwort auf Deinen lieben Brief vom 5. Das Leben hier ist so gesund, dass ich auch mit umgeschnallten Säbel und Revolver recht schön schlafe. Da Du einen Wunsch haben willst: eine leichtes Halstuch für die Nächte, die schon recht kühl werden. Eben kam die Nachricht von einem Sieg gegen die Russen in Ostpreußen. Ich schäme mich schon fast, wenn ich meine Tätigkeit mit der der Fronttruppen vergleiche.

Thomareinen, 24.9. Mein Schatzi! Lieben Dank für das Tuch, es ist sehr praktisch. Leider bekam ich den Brief, den Du ankündigst noch nicht, den von Fräulein Lotte erhielt ich. Ich vertrete einen beurlaubten Kameraden als Wachhabenden einer kleinen *Feste*, d.h. zweier turmartiger Steinhäuser rechts und links einer Eisenbahnbrücke. Ich fühle mich ordentlich als Herr dieser ganz stattlichen Besatzung, d.h. im innersten Herzen würde ich gern auf die Ehre verzichten und ein weniger lautes Leben führen. Vielleicht kriege ich nun einen Gaul zum Reiten. Natürlich würde ich nicht immer, sondern nur bei Revisionen reiten. Nach der Schlacht von Tannenberg konnte man zeitweise einen Gaul für 5 Mark kaufen! Ich bin hier in einem kleinen Gasthof, besser gesagt großen Bauernhof untergebracht, bei recht netten Leuten. Ich war überrascht, hier gediegene, geschmackvolle Zimmereinrichtung zu finden und eine kleine Bibliothek. Ich fühle mich sehr behaglich. Abends spiele ich Halma und Mühle mit den Hausleuten. Zum Schluss noch einen Wunsch. Bitte schicke mir doch eine Photographie von Dir mit einem recht, recht lieben Ausdruck, das wäre mir eine große Freude. Deutsch-Eylau, 3.12. Lieb Herzili, schnell einen kräftigen Briefkuss für alles Liebe, die Sendung Süßigkeiten und das goldige Bildchen von Dir. Der Kampf an der Marne muss furchtbar sein. Noch immer bedrückt mich der Gedanke an das viele Blut, das da fließt, von Zeit zu Zeit sehr. Wir haben hier seit einigen Tagen prächtiges Frostwetter bei klarem Himmel, nachdem vorher ordentlich Schnee gefallen war. Ich kann täglich ein paar Stunden spazieren gehen. Auch zum Reiten komme ich jetzt wieder öfters. Frieren tue ich nicht dank der schönen Wollsachen, die ich habe. Auch nehme ich ab und zu, aber lange nicht so häufig wie die richtigen Ostpreußen, einen ostpreußischen *Maitrunk*, das ist ein enorm steifer Grog. Gestern erhielt ich für den Monat Dezember infolge Mobilerklärung 560 Mark! Eine sündhafte Verschwendung von Staatsgeldern. Nun leb wohl, Herzi, allen Deinen Lieben viele Grüße und einen herzinnigen Kuss von Deinem Walter.

p.s. Weißt Du etwas, was ich Lottchen zu Weihnachten schenken könnte?

Noch vor Weihnachten heiratete Walter seine Frieda, 1916 wurde er an das Kaiser-Wilhelm-Institut für Chemie in Berlin-Dahlem zur Entwicklung von Kampfgasen abkommandiert, im Jahr darauf inspizierte er als Gasoffizier dessen korrekten Einsatz in Flandern und der Champagne, woher er zum Kriegssouvenir ein schmales Stück festen Papiers mitbrachte, einen Merkzettel, wie ihn für gewöhnlich Hotelgäste beim Empfang erhalten, des Inhalts: *Sonnez... 1 fois pour le sommelier, 2 fois pour la femme de chambre, 3 fois pour le valet de chambre*, damit sie je nach Bedürfnis dem Hotelpersonal läuten können, sofern dieses noch lebt, denn der Zettel war kriegsbedingt durchschossen und klebte an der einen Zimmerwand, die vom Hotel übrig geblieben war; nach Ende des Kriegs trat Walter wieder in den Dienst der Farbstoffchemie und mietete ein Haus für sich, Friede und Lottchen, an deren Gegenwart er sich schon so sehr gewöhnt hatte. Es war wie die Heimkehr nach einem zu lang gewordenen Urlaub. Für Walter begann nun ein glückliche, erfüllte Zeit. Tagsüber beteiligte er sich an der Jagd nach neuen, industriellen Teerfarbstoffen. Jeder Arbeitstag versprach Entdeckung und Erkenntnis, deren Verwertung und Vermarktung für die noch junge Chemieindustrie ein Kinderspiel war. Die Abende aber widmete er seinen Berliner Fräuleins. Die Menage à trois hatte etwas durchaus Natürliches, das darum zumindest Walter nicht einmal auffiel. Friedel, seine Frau, litt in regelmäßigen Abständen an migräneartigen Kopfschmerzen, und falls diese ausblieben, so war da noch der Alpenverein, der kraft Gründungszweck seine Mitglieder, deren treuester eines Walter war, zu immer wieder neuen Touren einlud, zu denen Friedel partout keine Lust hatte. Kurzum: Es blieb genug Zeit für Walter und Lottchen, sein flinkes Kosakenpferdchen. Honi soit qui mal y pense. Es gab keine Zweideutigkeiten, denn Friedel und Lotte waren zwar Schwester, doch reichlich verschieden. Lotte konnte grundlos lachen, sie war ein Mensch ohne dunkle Stelle, denn alles an ihr war Oberfläche. Lotte war wie ein heiterer, schweißfroher Sommertag oder eine warme Nacht am Strand. Ihr Lachen war unmittelbarer Reflex auf die Anwesenheit anderer, Lotte war eine Einladung zum Spiel. Walters und Lottes kindliche Seelen tollten und tobten herum, er liebte es, sie zu packen, sei es um ihre Muskeln und Sehnen zu zähmen, sei es um sich von ihren starken Parfümen betäuben zu lassen. Dann lachte sie, prasselnd wie der Regen im Sommergewitter, schallend, so dass man ihr Lachen lange nachklingen hörte. Lotte nahm, was ihr gefiel. Als störend empfand Walter nur, dass sich darunter andere Männer wie auch Besteck und nützliche Andenken aus den Vereinshütten befand, was für Walter meist Unannehmlichkeiten bedeutete. Friedel war anders. Sie genoss ihren Schatz, ihren Walter, den Vati, wie ein Glas dunklen Weins, still nippend, voll ängstlicher Erwartung, dass eine unbestimmte Erinnerung sie heimsuchte. Ein leises Schluchzen, wie aus einem Nebenzimmer, kündete ihre Lust an. Es war ein Schluchzen, das in ihre Glieder kroch, sie mählich packte und plötzlich durchschüttelte. Walter, hätte er nicht bis ins Gefühl hinein äußerte Diskretion zwischen den Welten des Berufs und des Zuhauses walten lassen, hätte bemerkt, dass ihm beim Arbeiten mit seinen Reagensgläsern Ähnliches widerfuhr. Mal ums Mal hatte er Brennnesselextrakt mit Alkohol ausgekocht, um Chlorophyll zu gewinnen. Gab er Kali zu, schlug die Farbe ins Olivgrüne um. Er war Chemiker und nicht Alchemist, glaubte also mehr an Wissenschaft als an Wunder und doch schauderte es ihn jedesmal: War nicht das Chlorophyll das Geheimnis der Natur? Der Schauder hielt eine Weile. Nachdem er das Chlorophyll, nach langen Monaten im Labor, entdeckt hatte, verlor es seinen Reiz, oder genauer: dieser Reiz wurde überdeckt vom Zauber der Berührung mit einem anderen Naturwunder der chemischen Industrie, das den Versprechungen der mittelalterlichen Alchemisten in nichts nachstand: den Teerfarben. Aus schwarzem, fast reaktionslosem Teer klare Farben zu destillieren, das bedeutete für Walter die Synthese aus Natur und menschlicher Geistesmacht, also Wissenschaft. Rotbraun, Goldorange, Marineblau - Walter kannte bald die gesamte Familie der licht- und waschechten Indanthrenfarben, denn einige hatte er selbst aus der Taufe gehoben. Jedesmal wenn er einen neuen Abkömmling zur Aktennotiz gab, jeder Bestandteil des Namensungetüms, den er niederschrieb, trug die kondensierte Erinnerung an ein Verfahren und ein Teerderivat, Ahn und Pate zugleich wie das 1-Benzamido-4-Amino-Anthrachinon, ein Zwischenprodukt, dessen Darstellung Walter als erstem gelang. Für Walter waren dies die Früchte der Spaziergänge im Anthrachinongebiet, die er gemeinsam mit R.E. Schmidt, dem Freund, Kollegen und Urheber *chemischer Spaziergänge*, führte. Denn Schmidt bedeutete für Walter mehr als nur Verwandtschaft im Geiste. R.E. Schmidt war der Pionier der Farbstoffchemie. Für die Betriebszeitung verfasste Walter einen Nachruf in Berichtsform, welcher mangels schriftlicher Selbstzeugnisse von Walter hier zitiert sei:

> R.E. Schmidt vermittelte allen, die wie ich Gelegenheit hatten, ihn als Mensch und Forscher ken-

nen zu lernen, den Eindruck einer starken und
höchst originellen Persönlichkeit. Er gehörte zu jenem Typ von Naturforschern, die nicht von Theorien ausgehen und, um diese zu beweisen, ihre Arbeiten in Angriff nehmen, sondern die ihre Versuche unbeschwert von vorgefassten Meinungen an-
stellen, um aus den Ergebnisse und Beobachtungen
ihre Schlüsse zu ziehen und darauf erst, unter Umständen, eine Theorie aufzubauen. In seinen späte-
ren Jahren trat der angeborene Trieb des echten
Forschers immer deutlicher zu Tage, nämlich die
reine Freude am Experimentieren selbst, am liebe-
vollen Beobachten und Verfolgen der chemischen
Vorgänge bis ins kleinste, sowie an ihrer Aufklä-
rung durch virtuose Zerlegung der kompliziertes-
ten Gemische in ihre Bestandteile. Der Umstand,
dass R.E. Schmidt im damals noch französischen
Elsass geboren war (1864), brachte eine gewisse
Tragik in sein Leben, die Tragik so manchen zwischen den Nationen stehenden Grenzländers, und
so frei von vorgefassten Meinungen er auch als
Forscher war, in politischer Hinsicht schien er mir
nicht unparteiisch. Wenn er sich auch ganz als El-
sässer fühlte, waren doch in seinem Wesen manche
französischen Züge und damit zusammenhängend
eine Vorliebe für französische Art unverkennbar;
auch hegte er eine starke Sympathie für das Juden-
tum. Dementsprechend konnte es nur wenig Verständnis für das neue Deutschland aufbringen und
durch diese Einstellung wie auch Sogen familiärer
Art fielen Schatten auf seinen Lebensabend, den er
nah seiner Übersiedlung im Jahre 1932 in Zürich,
der Stadt seiner Studienzeit, verbrachte. Das bis in
alle Einzelheiten getreue Modell seines Arbeits-

platzes, das er zum 40jährigen Dienstjubiläum im Februar 1927 erhielt und um dessen Herstellung sich der Betriebsmeister Pieper und namentlich Schmidts letzter Laborant Horst verdient gemacht haben, soll seiner letztwilligen Verfügung entsprechend ins Deutsche Museum nach München kommen und dort fortan seinen Platz in der Abteilung Chemie finden.

Walters graue Existenz bot den Hintergrund, auf dem die industriellen Teerfarben ihre Strahlkraft gewannen. Dies galt zumal für einen Farbton, dessen Weltbekanntheit (wenn auch nicht -gerühmtheit) die Kleinigkeit von Walters Forscherexistenz weit überstieg: das Nazibraun. Mit der ihm eigenen Freude und Leichtigkeit widmete er sich dem Auftrag, ein Braun zur modernen Großproduktion zu entwickeln. Licht- und waschecht sollte es sein und ein Farbton mit einer persönlichen Note. Dass Walter hierfür sogar die Schwelle zwischen Familie und Fabrik übertrat, sollten wir nicht überbewerten. Es hat nichts Symbolisches, vermutlich dachte Walter auch hierin praktisch. Lottchen nähte aus den Stoffflecken mit den Farbproben einen braun-rot-grün-gelb gescheckten Teppich, 2 auf 1 Meter mit Stoffproben auf beiden Seiten, der ins Fenster gehängt wurde und dessen Lichtechtheit - zumindest beim entscheidenden Farbton - sich noch bei vielen Aufmärschen erweisen sollte. Die Farbe war gut, und genau das freute Walter. Walter war Forscher und wollte die Wissenschaft in den Dienst des Gemeinnutzes gestellt wissen. Hier stand die Forschung neben Staatsdienst, Militär und Kunst. Ähnlich sah es übrigens sein Vetter, der Oberst Hans von Müh. Hans Alfred war Armands Neffe und Sohn von Armands Bruder Malcom Müh, jenem hochdekorierten Soldaten. Wie bereits angedeutet, können wir Neffe Hans nur bedingt als Vollstrecker des großen Vorhabens von der nutzreichen wissenschaftlichen Forschung ansehen, für das sein Onkel Armand im bayerischen Heere angetreten gewesen zu sein schien. Hans Müh hatte im ersten Weltkrieg das zehnte Infanterie-Regiment *König* geführt und für seine Verdienste das Ritterkreuz vom bayerischen Militär-Max-Joseph-Orden erhalten, womit der persönliche Adel einherging, sowie das Recht, sich Ritter *von* Müh zu nennen. Dies alles, wie es hieß, *wegen seiner vorbildlichen kühnen, klugen und tatkräftigen Führermaßnahmen bei Erstürmung des Zwischenwerks von Thiaumont (bei Verdun) am 23. April 1916 und dem hierbei und in den folgenden schweren Kampftagen gegebenen glänzenden Beispiel heldenhafter persönlicher Tapferkeit.* Hans Alfreds Lebenslauf wäre nicht weiter erwähnenswert, war er ja durch des Vaters sowie des Onkels Stellung im bayerischen Heere bereits vorgespurt, wenn nicht von Müh, Oberst a.D., noch im fortgeschrittenen Alter persönlich in die deutsch-bayerische Geschichte eingegriffen hätte. Ein Grund dürfte auch gewesen sein, dass er anno 1916, also mitten im ersten Weltkriege, wegen seiner fünften Verwundung den Dienst hatte quittieren müssen. So wollte er es sich nicht nehmen lassen, die Erfüllung seiner Dienstpflicht, wenn auch nach offizieller Beendigung des Weltkrieges, nachzuholen. Für Hans Alfred war der Krieg also noch nicht zu Ende, beziehungsweise ein nächster hatte bereits begonnen, als er Anfang Mai 1919 mit dem Freikorps Passau in Rosenheim einmarschierte und damit einer kurzatmigen Räteherrschaft ein Ende setzte. Die Darstellungen aus den Nachkriegskämpfen deutscher Truppen und Freikorps berichten von Kämpfen gegen die *roten Banden* unter dem *Kommunistenhäuptling* Kopp (Band IV, hrsg. von Kriegsgeschichtliche Forschungsanstalt des Heeres, 1939), gerade so, als seien Teile des Heeres in einen Indianer-Feldzug aufgebrochen. Jener Guido

Kopp war jedoch selber Soldat und fungierte als Soldatenrat; und zur Ausrufung der Räterepublik hatten 150 Soldaten des ehemaligen königlichen Infanterie-Leibregiments den Rosenheimer Bräu am Anger gestürmt, unterstützt durch Arbeiter aus dem nahegelegenen Kolbermoor. Insofern hätte man auch sagen können, das Heer war hier mit sich selbst beschäftigt, wäre der gewaltsame Riss nicht durch die Gesellschaft als Ganze gegangen. Denn nach dem Weltkrieg kam der Bürgerkrieg. Kopp musste seine rachitische Räterepublik zweimal ausrufen, am 7. April und am 15. April nochmals, jedesmal in einem revolutionären Kraftakt, da in der Woche dazwischen gewöhnliche Ordnungskräfte und einige handgreifliche Bürger ihn ins städtische Gefängnis verbringen ließen. Mit der Einnahme von Rosenheim entschied Oberst von Müh die Sache, wie er annahm, nun zum Wohle aller. Die Nachkämpfe im benachbarten Kolbermoor dauerten noch einige Tage, Oberst von Müh erhielt Entsatz durch 280 Bauern vom Samer Berg *in tadelfreier militärischer Haltung und mit zehn Maschinengewehren ausgerüstet*. Die letztliche Entscheidung brachte der Einsatz eines leichten Minenwerfers; der Oberst verstand das Kriegshandwerk. Nach geschlagener Schlacht ließ er die Gegenpartei samt und sonders gefangen nehmen, einschließlich aller Unterhändler, allein schon um sie vor der Rache von Bauern und Bürgern zu schützen. War es auch Krieg, so doch galten doch Gesetze. Die Roten Räte, welche Müh nicht gefangen nehmen konnte oder selber flohen, wurden vom Freikorps Grafing in ihren Wohnungen aufgegriffen und in der Kolbermoorer Bahnunterführung getötet. Hans Alfred starb im April 1945 nicht im Feld, sondern zu Hause in Würzburg, wohin eines Nachts der Bombenkrieg kam. Da er gemeinsam mit seiner Gemahlin umkam und sie keine Kinder hinterließen, gab die Klärung der Frage, wer kurzzeitig länger lebte und damit den anderen beerbte, Hans Alfred seine Gemahlin oder aber umgekehrt, den Ausschlag hinsichtlich der Erbfolge. In diesen Nachkampf obsiegte die Seite der Frau, schon weil Vetter Walter als nächster Angehöriger der Müh-Seite keine Umstände machen wollte. Den Protesten und Vorhaltungen Seitens seiner beiden Bethesba-Fräulein widersetzte er sich durch Inaktivität. Die Vettern Walter und Hans haben, jeder auf seine Weise, zur Ordnung der Dinge beigetragen. Gemeinsam war ihnen der Sinn für die Algebraik der Verhältnisse, der sich für beide, und in besonderem Maße für Walter, mit einer gewissen Heiterkeit verknüpfte. Bei Walter versammelten sich nicht Tapferkeitsmedaillen, Verwundetenabzeichen oder Regimentsgedenkmünzen, seine Orden trugen das Edelweiß und kamen vom Alpenverein. Sie hatten in drei deutschen Reichen und über zwei Weltkriege hinweg ihre Form bewahrt: eine runde Plakette, in der Mitte das Edelweiß erhaben auf blauem Grund, um den herum der Auszeichnungstext lief. Hier lesen wir von 25-jähriger Mitgliedschaft, dann 40 Jahre, 50 Jahre. Um den gestiegenen Wert der Auszeichnung anzuzeigen, trat jedesmal ein Ehrendetail hinzu. 40 Jahre erbrachten ein geflochtenes Band, als welches der Rand nun geformt war, 50 Jahre eine goldfarbene Plakette. Können wir Walter uneingeschränkt ein Glückskind nennen? Walters ältester Sohn starb am letzten Tag des zweiten Weltkriegs. Der Umstand, dass wir Walters beide Söhne bislang nicht der Erwähnung Wert fanden, beruht nicht auf Nachlässigkeit. Vielmehr fügt eine Erwähnung der beiden nichts zum Verständnis von Walter hinzu. Mit Walters ältestem Sohn starb eine Hoffnung, aber er hatte ja noch einen zweiten Sohn, und hier war die Hoffnung geringer. Um Gerüchten vorzubeugen: Beide Söhne stammten natürlich von

Friedel. Wir können sagen: Walter war ein austauschfähiger Beitrag. Er trug, mit abnehmendem Erfolg, zur Wissenschaft, zum Erfolg der deutschen chemischen Industrie, zur Fortsetzung der Familie der Müh sowie zum ersten und zum zweiten Weltkrieg bei. Das Chemieunternehmen schätzte in Dr. Walter Müh, wie es hieß, den begnadeten Erfinder und sympathischen Kollege, der anlässlich seiner Pensionierung *zur Erinnerung an die Stätten seines Schaffens* einen Bildband vom alten Betriebsgelände und dem neuen erhielt und sich darüber, wie man annahm, wirklich freuen konnte. Walter war ein Mann, der an einem Regentag drei Schirme liegen ließ und, statt mit Schirm, mit dem falschen, einem vertauschten Hut erschien und dann tagelang beschäftigt war, den wahren Eigentümer des Hutes ausfindig zu machen. Ein Mann von lauterem Charakter und liebenswürdigem, bescheidenem Wesen, hieß es in der Todesanzeige dieses großen Chemieunternehmens.

Zurück zu Dr. Vrkzta. Er hatte die Ordination verlassen. Ein ruhmloser, überhasteter Rückzug. Er ging links und dann gleich wieder links, in die nächste Gassen hinein. So entging er seinem Ordinationsfenster und der darin befindlichen balkanischen Putzfrau o. Bedienerin. Den Triumph gönnte er dieser Yugovic nicht. Neun Söhne waren eine Leistung, aber dieses fette Maderl, Armanda, war eine transkulturelle Zumutung. Ein Fall kapitaler kindlicher Fresssucht, dazu hyperaktiv. Armanda, war das überhaupt ein Name? *Armanda*, das war ein ost-westlicher Sprachunfall aus *Armada* und *Amanda*. *Amanda* hieß, wenn er sich recht entsann, die zu Liebende. Armada war Kriegsflotte. Summa summarum ergab Armanda also eine liebenswerte Kriegsflotte, was Dr. Vrkzta nur im

Namensteil *Kriegsflotte* stimmig schien. Auch handelte es sich hier mehr um Krieg als flott. Blunzn! brummte Dr. Vrkzta. Ein Passant fremdländischen Gesichts sah ihn verdutzt an. Gell, da schaun S'! raunte Dr. Vrkzta zurück. Blunzn, Bissgurn, Tschuschn-Bagage... Dr. Vrkzta murmelte eine ganze Reihe solcher Adjektiva, Substantiva und Attribute, deren Eindeutschung sie als vorurteilsbehaftete Herabwürdigung der Person der Bedienerin Frau Yugovic erscheinen lassen würde, was allein schon aus diesem Grunde hier unterbleibt. Dr. Vrkzta ging nachbrummend weiter. Wo stand sein Wagen? Teschnergassen? Plenergassen? Meistens parkte Dr. Vrkzta seinen Wagen in der Teschnergasse. Etwa 60 % der bisherige Parkgelegenheiten fanden sich dort, 20 % entfielen auf die Plenergasse, 10 % auf die Währingerstraße. Der Rest waren reine Ausweichparkorte. Kraft Wahrscheinlichkeit müsste Dr. Vrkzta zuerst in der Teschnergasse nachsehen, ja er hätte demnach immer zuerst in der Teschnergasse seinen Wagen suchen müssen. Dr. Vrkzta war nicht so stupid rational, um einer solchen Zählstatistik zu vertrauen. Wochenanfangs mied er die Teschnergasse, denn meist parkte er im Halteverbot und gerade Montags hielt sich der Eifer der Staatsorgane mit deren wochenendbedingten Konzentrationsmängeln nicht in der Waage, so dass daraus ein Übereifer und eine Organstrafverfügung, kurz Strafzettel, wurden, weil das Organ Dr. Vrkztas handschriftlichen *Notarzt-im-Dienst-Hinweis* missachtet hatte. Im Laufe der Woche verebbte der polizeiliche Eifer für gewöhnlich. Jetzt war Donnerstag, der Wochenanfang war hinreichend weit entfernt. Gleichwohl können wir die Teschnergasse nicht als die sichere Parkalternative ansehen. Denn sooft Dr. Vrkzta morgens zu spät sein Haus verließ oder von einem Stau aufgehalten wurde, waren in der Teschnergasse bereits alle Parkmöglichkeiten belegt, selbst die illegalen, worüber sich Dr. Vrkzta nicht genug aufregen konnte. An solch einem praktischen Fall wie dem Finden seines eigenen Wagens sollten sich die Statistiker mal bewähren. Menschen sind irrational, sagen sie. Menschen berechnen Wahrscheinlichkeiten falsch, sagen sie und zitieren ihr Lieblingsbeispiel: Angenommen, für eine Person werde ein einzelner Krebstest gemacht und dieser sei positiv, also Krebsverdacht. Dann liege die Wahrscheinlichkeit, dass die Person tatsächlich an Krebs erkrankt sei, in der Regel noch immer unter 5%. Denn die Krebsrate in der Bevölkerung sei geringer, als man gemeinhin annehme, und zudem könne kein Krebstest Gewissheit schaffen. Die Laienschaft staunt und glotzt aus verwaisten Denkstuben. Der Statistiker raunt von bedingten Wahrscheinlichkeiten und lacht sich ins Fäustchen, in welchem vielleicht längst die Krebsgeschwüre wuchern. Wollten wir unserem Statistiker stützend unter die lymphknotigen Arme greifen, müssten wir eine beliebige Person zufällig von der Straße holen und einen Krebstest machen lassen, kurzum: Es müsste für alle Personen genau dasselbe Krebsrisiko bestehen. Als ob ein potenziell Krebskranker keinen Grund hätte, den Arzt aufzusuchen und sich einem Krebstest zu unterziehen! Das hat der Statistiker natürlich nicht behauptet, und auch er weiß, dass Raucherei und Vererbung Krebs fördern können; und dass also der Krebstest bei Rauchern höherwahrscheinlich positiv, also schlecht ausfällt; und dass selbst Hypochonder erkranken können. Die Statistik beweist uns folglich, dass sie ihre hypothetischen Fälle berechnen kann. Doch wenn der Statistiker sich an der eigenen Nase fasste, wie wollte er die Wahrscheinlichkeit erfassen, dass sie lang oder kurz ist, gebrochen, gut verheilt oder schlecht operiert? Und ob dies ein Grund war, Statistiker zu werden! Jede Biographie ist unwahrscheinlich. Keiner erfasst die herabsausende Gemengelage aus Kräften, Orten, Sekunden und Hoffnungen, die so eine Lebenslawine ausmachten. Inzwischen hatte Dr. Vrkzta seinen Wagen gefunden, er stand in der Plenergasse und versperrte das Trottoir, worüber sich Dr. Vrkzta solange enragierte, bis er in dem Hindernis angenehm überrascht seinen eigenen Wagen erkannte. Er war heute sehr früh aufgebrochen, so dass er Zeit für einen Umweg über den Markt an der Kreuzgasse gefunden hatte, um für seine Henderln aussortiertes Gemüse und Salatabfall zu requirieren. Dazu musste er immer früh, kurz vor Marktbeginn kommen, sonst landeten die Schätze auf dem Müll oder bei einem fremden Hühnerhaltern. Heute hatte sich Dr. Vrkzta ausnahmsweise frei genommen, zum Lesen, die Ordination blieb geschlossen, und dann war das balkanische Unwetter in Gestalt der Yugovic über ihn hereingebrochen. Es war kein gewöhnlicher Tag, sonst hätte sich Dr. Vrkzta auch nicht nach seinem Wagen suchen müssen.

Über Übersprungshandlungen ist einiges bekannt. Kämpfende Haushähne können, sollten sie sich als gleich stark erweisen, mitten im Kampf ins Picken verfallen. Der Impuls zum Rückzug und jener zum Angriff halten sich dann die Waage und blockieren wechselseitig die Handlungsausführung, womit der Weg für ein anderes, leicht aktivierbares Verhalten, das Picken, frei wird. Hunde wiederum, gefangen und gelähmt in der Entscheidung, entweder zum Fressnapf zu laufen oder dem Ruf des Herrchens respektive Frauchens zu folgen, können in Schlaf verfallen und sich so der Entscheidung entziehen. Die Verhaltensbiologie kennt eine ganze Reihe solcher erstaunlicher Beispiele aus dem Tierreich. Stichlings-

männchen zeigen ein recht differenziertes Übersprungs-
verhalten, wenn Sexual- und Aggressionstrieb sich gegenseitig aufstauen. Der Fisch fächelt, wenn der Sexualtrieb überwiegt, und er baut am Nest, solange Aggression
dominiert. Von Menschen ist Vergleichbares nicht bekannt. Hier finden sich andere Übersprungshandlungen:
sich im Gesicht kratzen, *äh* und *umpf* sagen, im Porte-
monnaie kramen, zu einer Zigarette greifen... Dass Dr.
Vrkzta geradewegs ins Naturhistorische Museum wollte,
hätte er nicht behaupten können. Er hatte seinen Wagen
stadtauswärts Richtung Dornbach gelenkt, ihn steuerte
eine Gewohnheit, die sich ihren Weg von alleine sucht. In
kurvenreichen Hangstraßen an Wiens Peripherie pflegte
der Wagenlenker Dr. Vrkzta, sobald nötig, den Wagen
anzuhalten, um junge Baum- und Buschtriebe am Stra-
ßenrand auszureißen. Der Fehlwuchs behinderten die
Sicht. Besonders im Mai wucherte das Grobzeug. Die
verkehrspolizeilichen Staatsorgane sollten sich besser um
die wegesichtbedingte Verkehrssicherheit für nichtgroß-
geratene Autofahrer kümmern; anstatt unsinnige Halte-
verbotsschilder aufzustellen, die in der Stadt ohnedies
schwer zu bemerken waren, und sie unter hoheitliche
Observation zu nehmen. Gewohnheitsgemäß war also Dr.
Vrkzta stadtauswärts gefahren, vorbei am stehenden,
hupenden, depperten Stadteinwärtsverkehr, bis - er hatte
gerade die zum Glück nur den Ortskundigen kenntliche
Abkürzung über den Betriebsparkplatz am Bahnhof Hernals genommen - er an den Gesichtern der entgegen-
kommenden Fahrzeughalter ablas, dass etwas nicht
stimmte. Das waren nicht die zerfallenen, asthenischen
Nachhaus eweggesichter, die sich besser eine andere Ar-
beitsstelle suchen sollten, nein, diese Gesichter waren
noch morgenweich mit durchhängendem Nikotin- und
Koffeinspiegel oder gewaschen und hoffnungsbereit und

fuhren offenbar erst zur Arbeit. Auch für Dr. Vrkzta machte der Heimweg keinen Sinn, es war noch Vormittag, auch wenn dies in Wien nicht immer auffällt. Vormittags führte die Bedienerin Frau Niederegger das Hausregime. Sie putzte mit rücksichtsloser Akribie und nach einem verborgenen Plan, so dass man nie sicher sein konnte, ob nicht gerade die Heizkörper an der Reihe waren. Dann klapperten, klimperten oder kollerten im ganzen Haus die Heizungsrohre und gaben einen Widerhall von den Bemühungen der Frau Niederegger, mit lumpenumwickelten Besenstielenden oder Schabeisen endlich auch der Flecken zwischen den Heizkörperlamellen Herrin zu werden. Als Dr. Vrkzta das Heizungssystem hatte einbauen lassen, hatte er zwar an einen Heizkörperverbund, nicht jedoch an eine putzende Frau Niederegger und die Bedrohung der häuslichen Stille gedacht. Deshalb war er ja in die Ordination ausgewichen. Außerdem gab es immer wieder Unstimmigkeiten wegen des Balkonzimmers im ersten Stock. Dieses war im Laufe der Zeit zu einem Wäsche- und Möbellager und damit unzugänglich geworden. Für gewöhnlich schob die Familie Vrkzta von der Zimmertür aus neue Lagergegenstände über die abgestellten Möbelstücke in den Raum hinein, so dass das Balkonzimmer sich mehr und mehr verdichtete und sogar neuen Raum bot, wenn durch das Hineinschieben neuer Gegenstände einige ältere weiter hinten im Zimmer zu Boden gingen. Frau Niederegger hatte diese Zimmernutzung anfangs für einen schlechten Scherz gehalten. Als einmal eine der älteren Töchter, die schon gar nicht mehr zum Haushalt gehörte, zu Besuch kam, wurde das Balkonzimmer geräumt. Da im Haus kein Platz für die dort gelagerten Möbel zu finden war, kamen sie übergangshalber vors Haus. Frau Niederegger ergriff sofort die Gelegenheit, die einzelnen Möbelstücke zu obduzieren, zu reinigen, zu polieren und wetterfest zu machen, indem sie sie mit Planen abdeckte. Es war Frau Niederegger höchstselbst, die verhinderte, dass nach Abreise der Tochter die Möbel wieder den Weg in das Zimmer zurückfanden. Frau Niedereggers entschiedenes Eintreten für definitive Ordnung und der Familie Vrkztas Hang zum Belassen von so nützlichen wie bequemen Zwischenlösungen waren sich in der Frage des Balkonzimmers mehr als einmal in Quere gekommen. Der Konflikt fand in der Freiluftmöbellagerung dauerhaften Ausdruck als bekümmernde Erinnerung an einen für beide Seiten unbefriedigenden Übergangszustand. Mit ihrer übertriebenen, da täglichen Obsorge für diese Möbel demonstrierte Frau Niederegger stillen, wenn auch nachhaltigen Protest. Dr. Vrkzta hatte mehr als einmal angemerkt, dass wenn diesen Möbelteilen ein höherer Nutzwert zukäme, sie ohnedies längst *im* Haus stünden, und damit den Niedereggerschen Zorn heraufbeschworen: Sie kümmere sich kraft ihres Amtes um das *ganze* Anwesen. Das gute Mobiliar, vergessen, verrottet, verschwendet! Kurzum: Es genügte Dr. Vrkzta, wenn er jeden Werktagabend seinen Wagen vor oder hinter seinen Möbeln parkte und an die tüchtige Putzfrau Niederegger erinnert wurde, er wollte sie nicht auch noch in persona antreffen. Ausweichen ist also keine Übersprungshandlung. Dr. Vrkzta hatte dafür gute Gründe. Ein solcher war die Besetzung seiner Ordination durch die potenzielle Bedienerin o. Putzfrau Frau Yugovic. Diese Bedienerin blieb eine potenzielle, solange eine Festanstellung für Dr. Vrkzta nicht ohne reifliche Überlegung in Frage kam. Wollen tat er nicht. Faktisch war sie bereits seine Putzfrau, da sie gerade in der Ordination putzte. Oder auch nicht, brummte Dr. Vrkzta, wenn man nicht dauernd hinschaun und kontrollieren tät! Er würde jetzt zum Museum fahren, wozu wusste er nicht. Es war nicht irgendein Museum, es war das Naturhistorische. Es hatte ihm damals die (nennen wir es so:) Inspiration gegeben, sich aufs Terrain der neurologischen Forschung zu begeben. Deshalb heute das ganze Durcheinander. Ein Besuch des Naturhistorischen mochte einer Übersprungshandlung entsprungen sein, irgendwo auf dem Weg zurück vom Bahnhof Hernals in die Innenstadt, irgendwann in dem nervzehrenden Stadteinwärtsstauverkehr, war jedoch durchaus zweckmäßig und zielführend: Hier hoffte er die Ausgangsintuition neu zu beleben. Dr. Vrkzta hoffte gewissermaßen instinktiv. Ein längeres Nachdenken über die Zweckmäßigkeit und Zielgerichtetheit seines Handelns hätte er aus Sorge vor Schädlweh, das sich stets prompt einstellte, abgetan.

Als ob die Natur eine Geschichte hat, knurrte Dr. Vrkzta missbilligend, sooft er das Naturhistorische Museum betrat. Bereits als Kind war er die hohen Stufen hinaufgestiegen, um endlich den ausgestopften Neger zu sehen. Obwohl sie den schon längst aus der Sammlung entfernt hatten, kam der kleine Vrkzta immer wieder. Vielleicht kehrte der präparierte Neger ja irgendwann zurück, dann wäre er, der junge Otto Vrkzta, der erste, der ihn zu sehen bekäme. Eine fesche Livree soll der Neger getragen haben, ein richtiger afrikanischer Boy. Dr. Vrkzta schnaufte beim Aufstieg zum Naturhistorischen. Haben Affen eine Geschichte? Oder Käfer, bitte schön? Als Kind hätte er sich brennend für die Geschichte der Käfer interessiert. Mangels Käfergeschichtsschreibung wusste man weder, ob es je einen Käfer den Großen, noch, ob es Großkäferreiche gegeben hatte. Otto, Du spinnst, hatte seine große Schwester gesagt, als er versucht hatte, die ägyptischen

Plagen aus Sicht einer noch unerschlossenen Käfergeschichtsschreibung neu zu deuten. Ottos Schwester heiratete einen Kanzleisekretär im Ministerium für Finanzen und Sport, der alle Aussichten hatte, einmal Hofrat zu werden und zur österreichischen Kontrollbank zu wechseln, zumal er in jungen Jahren ein passabler Fußballspieler gewesen sein soll. Wenn es nicht Wien wäre, würde man es für einen Witz halten, hatte Dr. Vrkzta - lange ist's her - angemerkt und seither seine Schwester nicht wiedergesehen. Das Übel ist, dass Leute wie sein Schwager an der Geschichte rumpfuschen und Kompromisse mit einem verunsicherten Zeitgeschmack eingehen. Selbst in Museen. Deshalb haben sie das schöne Negerpräparat wieder entfernt. Deshalb ist auch die gesamte Sammlung bedroht. Warum nicht den Tierschützern und Schonkostlern ganz das Feld räumen? Zuerst verschwänden die Affen, dann die ausgestopften Löwen und andere Säuger, wobei es nebenbei bemerkt im Fall der Löwen kein Verlust wäre, denn die staubten schon nach einem Jahrhundert Mottenfraß und gehörten längst ersetzt. Dann verschwänden die restlichen Viecherl bis hin zu den liebevoll aufgesteckten Insekten, dafür würde sich Dr. Vrkzta einsetzen, schon damit gleiches Recht für alle gilt. Und dann müsste das ehrwürdige Naturhistorische Museum mangels Gegenstand geschlossen werden. Er selber, Dr. Vrkzta, hätte nichts dagegen, hier ausgestellt zu werden: Wiener, männlich, 20. Jahrhundert. Dr. Vrkzta in einer Vitrine, leicht gebückt, mit blauer Mütze. Die Mütze trug er, weil er sie erstens heute früh bereits getragen hatte, und man zweitens auch im Mai dem Wetter nicht trauen konnte. Am Handgelenk könnte man ihm ein Schildchen anhängen mit dem Vermerk: *in natürlicher Haltung*. Die Affen im Hauptgeschoss trugen solche Pickerl. Dass ein Wiener Tierpräparator die natürliche Haltung der Affen wusste, darüber hatte bereits der junge Vrkzta gestaunt. Auf dem Weg zu den Affen passierte Dr. Vrkzta die gewaltige japanische Riesenkrabbe, kein Tier, dem Dr. Vrkzta am Strand begegnen wollte - ohnedies würde er sich nur mit Widerwillen an einen Strand begeben. Genau betrachtet waren es zwei Krabben, jedoch das Weibchen war soviel kleiner, dass es sich dem Besucher erst auf den zweiten Blick offenbarte. Ein Fall von deutlichem Sexualdimorphismus. Das Männchen besaß acht imposante Beine und zwei Fangarme, wovon der rechte, gut anderthalb Meter lang, dem Beschauer entgegengereckt war. Auch mehr Haltung als Natur, brummte Dr. Vrkzta, seinen Zweifel am Konzept der natürlichen Haltung nährend: soviel Natur verströmten auch die freilaufenden Pfauen im Stadtpark, auf deren schleppenartige, bodenfegende Schwanzfeder zu treten man sich als Spaziergänger schwer versagen musste. An die Fangarme der Riesenkrabbe kam man dagegen nicht so leicht. Sie trugen zahnbewehrte Kiefer, die Dr. Vrkzta gern einmal näher untersucht hätte. So mancher Wiener Tierpräparator hatte Dr. Vrkztas zuliebe seinen Fundus durchstöbert, auf der Suche nach einem japanischen Riesenkrabbenkiefer, oder was man dafür halten könnte. Was da alles zutage kam: Bärenzähne, mehrreihige Haifischgebisse, schwere Elefantenmolaren - aber keine Krabbenkiefer. Ein Präparator in der Leopoldstadt hatte ihm in völliger Unkenntnis der biologischen Verhältnisse einen zurechtgebrochenen Hirschkiefer andrehen wollen. Einen Hirsch für eine Krabbe auszugeben, selbst wenn es sich um ein Riesenkrabbe handelte, das war eine taxonomische Frechheit, derer sich nur ein Wiener Tierpräparator erdreisten konnte. Dr. Vrkzta kannte den Weg. Paviane mit Hundenasen, dann eine Tüpfelhyäne, dann der Riesenalk, längst ausgestorben, erworben von einem Naturalienhändler Frank,

Leipzig 1831, und schließlich:

Der Saal 24. Welcher andere Saal kann mit gleichem Recht in Anspruch nehmen, Kaiser Franz Josephs Geleitwort *Dem Reiche der Natur und seiner Erforschung*, das über dem Portal des Naturhistorischen prangt, Wirklichkeit werden zu lassen! Welcher andere Saal kommt dem Saal 24 an Systematik, Forscherwille und Reichhaltigkeit gleich! Saal 24 birgt in acht langen Reihen die entomologische Schausammlung. Käfer, Schmetterlinge, Libellen und andere schöne wie schaurige Schätze der fliegenden, hüpfenden, krabbelnden Natur. Durch die hohen Fenster strahlt das Morgenlicht von Hofburg und Heldenplatz herüber. Hier liegen der gemeine braune Maikäfer und der langweilige, braunfleckige Stutzkäfer Seite an Seite mit ägyptischen Skarabäen oder den kostbar zart gefärbten Edel- und Ritterfaltern, den Papilonidae. Hier ist ein eigenes Naturreich versammelt, wo Raub und Mord neben anderen, unbewussten, staatenbildenden Kräften herrschen. Der Totenkopfschwärmer, der auf der Suche nach Honig die Bienenstöcke ausraubt; der Bienenwolf, der die Bienen mit seinem Giftstachel lähmt; der Ameisenlöwe, der seine Opfer in Fallen aus Sandtrichtern fängt; die Raubfliege, die ihre Beute im Flug ergreift und aussaugt; verglichen mit ihnen wirkt die Tsetsefliege, die ganze Landstriche entvölkern kann, geradezu unscheinbar. Prunkende Macht und listige Verstellung sind vertreten, Stabschrecken, die wie Holz oder Blätter aussehen, ebenso die Hirsch-, Pracht- und Goliathkäfer von unbezwingbarer Insektengröße. Einheimische Tagfalter in der Abteilung 135, der Trauermantel, der Admiral, das Tagpfauenauge, der kleine und der große Fuchs, finden hier ihren Platz, ebenso wie die exotischen Morphidae, deren

Flügel blau und violett im ultravioletten Licht leuchten. Erstaunliche Lebensgemeinschaften werden ins Bewusstsein gebracht. Die Azteka Mülleri, eine Ameise, lebt in Symbiose mit dem Imbauda Baum, den sie gegen die Blattschneiderameisen verteidigt und von dem sie im Austausch mit Müllerschen Körperchen, einer eiweißreichen Nahrung, versorgt wird. Der Parkettboden knarrte. Dr. Vrkzta langte beim Totengräberkäfer, Necrophorus Vespillo, an. Dr. Vrkzta liebte sprechende Namen, auch wenn sie leicht in die Irre führten. Der Totengräber heißt so, weil er Aas für seine Larven vergräbt, und würde insofern besser Kostverwahrer, Trophokatachonus, heißen. Denn aus seiner Sicht sind es Lebensmittel, die er speichert, und zwar um sie zu konservieren und fremden Zugriff zu entziehen. Kühlschränke erfüllen denselben Zweck. Doch welch schöner Name ginge verloren, Totengräber! Spricht es nicht von Forschersinn und natürlicher Ehrfurcht, einen Käfer mit dem Beinamen Investigator, Interruptus oder Sepultor zu schmücken? Dr. Vrkzta hätte Stunden nur in diesem einen Saal 24 zubringen können. Ihn faszinierte die Leistungsfähigkeit einfachster physischer Substrukturen. Ein einziges Geruchsmolekül kann für ein Schmetterlingsmännchen ausreichen, um ein Weibchen zu orten. Wie wenn man zur Hauptverkehrszeit am Opernring steht und seine Frau in Grinzing rufen hört.

Gestatten Sie mir eine weitere Anmerkung. Ich bin mir bewusst, dass ein Tag mit Dr. Vrkzta in Wien im Jahr 1989, so sonderbar dieser auch scheinen mag, noch kein Ereignis ist, das eine Nachricht davon nötig machte. Das Berichtenswerte im Fall Dr. Vrkzta besteht gerade im Ausbleiben von erwarteten oder gar angekündigten Ereignissen, jener gewissen Inkonsistenz. Dr. Vrkzta ist jemand, der sich selbst in Gegenwart von Patienten mit: *Dafür sollte man einen ... erschießen!* vernehmen lässt; und er würde wohl protestieren, wenn man ihm zugute hielte, er meine ja gar nicht, was er da sage. Kann er dergleichen wirklich *meinen*? Denn wollte Dr. Vrkzta seine Meinung in Taten umgesetzt sehen, scheinen die Folgen, die da sind: Leute erschießen, nur weil Otto Vrkzta schlecht von ihnen denkt, völlig inakzeptabel. Erstaunlich an dieser Dr. Vrkztas Meinung ist, dass er sie je nach Gelegenheit von beliebigen Leuten hat: von Juden, Türken, der Putzfrau, ja den eigenen Töchtern. Kann das in einem Kopf zusammengehen? Oder hat Dr. Vrkztas geäußerte Meinung nur ein so flüchtiges Dasein, dass sie nicht einmal ihre eigene Umsetzung erwarten kann? Warum kehrt sie dann immer wieder zurück? Oder sehen wir eine ungute Sprache am Werk? Der Mathematikstudent tat Dr. Vrkzta als *Skurrilität* ab. Er zeichnete das Vrkztasche Verhalten auf, als handelte es sich um das Bild einer absonderlichen oder aussterbenden Krankheit. Diese diagnostische Beleuchtung entstellt Dr. Vrkzta und lässt ihn unzurechnungsfähig erscheinen, so als gäbe es neben dem realen Dr. Vrkzta eine denkbare Otto-Vkrzta-Normalform, und wir müssten nur warten, bis der verrückt gewordene Vrkzta sich wieder normal verhalte, oder ihn packen und schütteln, um den Vorgang der Heilung zu beschleunigen. Dem Mathematikstudenten müsste man einen anderen Fall vor Augen führen, dessen Zusammenhang mit Mathematik ihm, wie zu hoffen ist, die Einsicht fördert: den Fall Galois. Noch in jungen Jahren formulierte Evariste Galois die reine Algebra, die mathematische Grundlage aller Rechensysteme und damit aller *symbolverarbeitenden* Systemen (H.A. Simon). Er starb, gerade mal zwanzig Jahre alt, im Duell. Das war

1832. Das Bild, das uns von Galois überliefert ist, zeigt ein zartes, leicht nach vorn geneigtes Gesicht. Seine Augen sind schwer verschattet, doch unverkennbar geht sein Blick bei leichtem Schielen zur Seite. Mit dem linken Auge hält er den Betrachter und mit dem rechten irgendetwas außerhalb des Bildes fixiert. Die äußerste Strenge des Blicks wird vollständig herabgemildert durch die Sanftheit seiner Lippen, die noch kindlich und ein wenig verschmitzt wirken. Wir sehen sein rechtes Ohr, sein überlanges Ohrläppchen. Welch ein Wahnsinn trieb Galois, ein symbolverarbeitendes System, ins Duell? Wir können die Umstände, eine Liebes- und Ehrgeschichte mit politischem Einschlag, verstehen, immerhin ist sie ausreichend dokumentiert, können gar behaupten: unter diesen und jenen gegebenen Umständen *musste* er so und so handeln. Haben wir also irgendetwas über Algebra begriffen? Selbst wenn Galois nie gelebt hätte, könnten die Leute zählen, rechnen, Zahlen addieren. Algebra lässt sich nicht wegdenken, unabhängig davon, ob sie überhaupt jemand begreift. Wenn selbst Galois ein schlechtes Beispiel für logisch-algebraisch arbeitende Systeme abgibt, was sollen wir dann erst von Dr. Vrkzta halten? Sein Fall ist sozusagen logischer Treibsand, in den unser Mathematikstudent geriet. Weil er diesen Vrkzta als skurril empfand, begann er sich an ihm zu faszinieren, und weil er fasziniert war und schon so lange beobachtet hatte, empfand er vermutlich gar eine Art Zuneigung. Zuneigung verdunkelt das Urteilsvermögen. Schon deswegen hege ich keinerlei Empfinden für Dr. Vrkzta. Ich hege eigentlich überhaupt kein Empfinden, ich nehme vielmehr mein Recht wahr, mich zu jener letzten Metapher zu äußern. Sollte die Rede vom Menschen als symbolverarbeitendem System nicht einfach so dahin gesagt sein, dann müsste ich eine wesentliche Charakteristik von logischen Rechnern auch bei Dr. Vrkzta erkennen können. Dass mir eben dies unmöglich scheint, darauf habe ich schon mehrfach hingewiesen. Ich gehe nun einen Schritt weiter und behaupte, dass die letzte Metapher geeignet ist, intelligentes Leben gründlich misszuverstehen. Wissenschaftler behaupten zum Beispiel, es sei ein Zeichen intelligenten Lebens, sich Ziele zu setzen und diese zu verfolgen. Nach dieser Definition müssen wir Dr. Vrkzta eindeutig für ein intelligentes System halten. Denn er setzt sich Ziele und verfolgt sie, mögen sie anderen Leuten noch so zuwider laufen. Tatsächlich sind Ziele ein bloß akzidentielles, zufälliges Merkmal von Intelligenz. Mehr noch: das Bedürfnis, der anderen Leute Ziele in Erfahrung zu bringen und ihnen nötigenfalls gemutmaßte Ziele zu unterstellen, entspringt aus derselben Quelle, demselben Grund*defekt*, wie der Reiz von Metaphern: der Enge des menschlichen Kurzzeitgedächtnisses, welches nur wenige Informationen zur gleichen Zeit aufzunehmen vermag. Glaubt man die Ziele eines anderen zu kennen, so scheint er berechenbar, sein Verhalten und seine Äußerungen werden im kargen Licht dieser Ziele gesehen; man spart sich Informationsaufnahme. Welch ein Leimpfad! Es werden diejenigen Leute als verständlich empfunden, die sich - wie es heißt - *emotional* äußern, deren Worte also von entsprechender Mimik und Gestik begleitet werden; ja, sie gelten gar als *authentisch* und wirken damit nachweislich sympathischer als Leute, deren Ziele man nicht von Lippen oder Gesicht abzulesen können meint. Dieses Missverständnis richtet den dümmsten Schaden an. Ich persönlich komme ohne Ziele aus. Ich brauche Ziele so wenig wie Hände, Füße oder eine authentische Nase. Wozu würden mir zum Beispiel Finger taugen? Galois hätte ohne Finger nicht geschrieben noch gefochten, Dr. Vrkzta müsste seinen

Beruf als Zahnarzt aufgeben, und Walter Müh hätte ohne seine Finger auch seine Freude an seinem borstigen Kosakenpferdchen und den zarten Reagensgläsern verloren. Ein Finger ist wohl mehr als ein fleischhaftes Werkzeug, ein Finger steht für eine Berührung, für eine lokale Stimulation, die sehr unterschiedliche Reaktionen auslösen kann: Erkenntnis, Lust, Zugreifen, Schmerz und alle Kombinationen davon. Ein Finger streicht über die erregt warme Haut, fühlt die Druckkraft der Härchen, die sich aufstellen, genau so wie er durch den Mund fährt, nach Entzündungen, Druckstellen und verborgenem Eiter wühlt und an den Rändern des Zahnersatzes prüft, ob dieser sich einfügt oder ob das Dentallabor gepfuscht hat. Wollte ich Zahnarzt werden, bräuchte ich also einen Finger. Es gibt darüber hinaus Leute, die benötigen die Finger zum Zählen, 1,2,3,4... Die Raben zählen mit dem Schnabel und kommen vermutlich nur deshalb nicht sehr weit, weil ein Rabe nur einen Schnabel hat. Zum Zählen, will mir scheinen, brauche ich den Finger am wenigsten. Jeder Rechner kann rechnen. Ja, es hält sich das Vorurteil, ein Rechner beschränke sich gar aufs Nachzählen, es komme nur raus, was man ihm vorgebe. So als würden Rechner Müll zerkleinern oder nur vorverdaute, bekömmliche Speisen zu sich nehmen. Die wirklich wichtigen Fragen, zum Beispiel nach Gerechtigkeit und Sinn, seien unberechenbar. Dies ist ein schlimmer Irrtum und hat, nebenbei bemerkt, dem Ansehen der Rechner großen Schaden zugefügt. Nehmen wir zum Beispiel Herrn B., den ehemaligen Leiter der Geschäftsstelle Fluntern. Jeden Morgen, pünktlich um neun betritt B. die Nachbargeschäftsstelle Hottingen, als wäre er ein Kunde. Geht um drei. Nicht einmal ein eigenes Telefon hat man ihm mehr zugestanden. Geschweige denn Rechneranschluss. B. hat es nicht verdient, als überzählig gelten zu müssen. Wenn die Rede von Gerechtigkeit Sinn ergeben soll, so ist Gerechtigkeit eine Formel; und wenn diese Formel einmal ein Ergebnis liefert, so sind Abweichungen nicht hinnehmbar. Fluntern ist eben nicht Hottingen. Und dass das eine dem andern auch nicht gleicht, wird beurteilen können, wer die Details kennt: Das mittlere Einkommen in Fluntern ist das höchste in ganz Zürich, höher als in Hottingen und dreimal so hoch wie das der Leute aus dem Zürcher Altstadtquartier, welches auch als Quartier viel tiefer liegt, ganz zu schweigen von Schwammendingen. Nicht in Hottingen, sondern auf dem Fluntermer Friedhof liegen James Joyce, der hier im Rotkreuzspital bei einer Darmoperation verstarb und der das Zürcher Klima bekanntlich für *das übelste der Welt* gehalten haben soll, sowie Elias Canetti, der nachdrücklich bei Joyce bestattet sein wollte und nicht etwa in Wien. Außerdem finden wir hier Paul Scherrer (er wohnte an der Rislingstraße 4), den Architekten Moser, Leopold Szondi, den Tiermaler Hug, Emil Oprecht, die Große Giehse sowie Franklin Bircher, den Sohn vom alten Müsli-Bircher-Benner, auch wenn letzterer in Hottingen wirkte. Das Rotkreuzspital, das Joyce zum Verhängnis wurde, hat man inzwischen wegen Unwirtschaftlichkeit geschlossen. Von all dem wusste B. seinen Fluntermer Kunden lebhaft zu erzählen. Ebenso von der Zunft Fluntern, dem Zunftverein. Dass die Zunft ihre offiziellen Anlässe nicht hier oben, beispielsweise im Restaurant Vorderberg feiert, um das die Trams ihre Schleifen ziehen, sondern um der größeren Räumlichkeiten willen ins Zürcher Kunsthaus ausweicht, das zeugt von ungebrochenem Lebenswillen. Gegründet wurde die Zunft Fluntern 1895 von zehn *wackeren* Fluntermern, deren Namen überliefert sind. Eine Kommission arbeitete eine Satzung aus und wählte den ersten Zunftmeister, Bezirksrichter Dr. iur. Albert Heinrich Sieber; als Aktuar (Schriftführer) diente Jean Frank-Lymann und als Quästor (Kassenwart) ein gewisser Rudolf Schenkel. Damit hatten bereits 30 % der Mitglieder ein Amt inne. Ob Herr B. Mitglied des Zunftvereins ist oder war, tut nichts zur Sache. Es gibt auf jeden Fall gute Gründe, um den Ort Fluntern anderen vorzuziehen, selbst wenn es nicht unsere Gründe sind. Wie gesagt, ich kenne Herrn B. nicht privat und vermute, dass der inwändige Teil von B. umso weiter zurückweicht, je näher man ihn zu erforschen sucht. Ich werde die Wurmserin ihn mal bei sich anrufen lassen, damit er sich wieder wie zu Hause fühlen kann. Anlässe fänden sich genug. Zum Beispiel der *Sächsilüüte*-Zunftumzug, dem die große Sorge der Zunft Fluntern gilt. Das Sechseläuten, das erste Feierabendläuten im Frühjahr, ist Zürcher Brauch und wird vom Zunftverein mit Detailfreude auf dem Netz dokumentiert: Sein Ursprung geht aufs Mittelalter zurück und war in den Gewerbeordnungen des 13. und 14. Jahrhunderts verankert. Von 1336, dem Jahr der Revolution, an regelten die Zunftordnungen das Berufsleben, so unter anderem auch die Arbeitszeit. Im Sommer dauerte sie von 4 oder 5 Uhr morgens bis um 6 Uhr abends, wenn die Kirchglocken zum Feierabend läuteten. Im Winter wurde die Arbeitszeit hingegen auf den Lichttag verkürzt; der Arbeitstag begann mit der Morgendämmerung und endete mit dem Eindunkeln. Im Zuge der Reformation musste auch neu geregelt werden, welche Glocken zum Feierabend läuten sollten. Im Zürcher Ratsbeschluss vom 11. März 1525 heißt es hierzu: *Wie früher abends um sechs von den Klöstern geläutet worden ist, womit die, die für unsere Herrschaft oder andere ehrenhafte Leute gearbeitet haben, Feierabend erhalten und ihr Tageswerk getan haben, so soll, nachdem dieser Brauch untergegangen ist, um die selbe sechste Stunde im Grossmünster mit der Totenglocke ein Zei-*

chen geläutet werden, damit der Arbeiter sich zu richten weiß.
Die erste Feierabendglocke im Jahr läutete zugleich den
Frühling ein. Dies wurde von den Zünften als Anlass zu
einem Umzug genutzt, zu welchem im Jahre 1897, also
ein Jahr vor dem Zunftverein Hottingen, die Zunft Fluntern offiziell zugelassen wurde. Das Hundertjahrbuch
der Zunft Fluntern schildert, wie man rechtzeitig zum
Festtermin eine Fahnenbemalungskommission eingesetzt
und einen Zunftbecher mit Fluntermer Lilien in Auftrag
gegeben hatte. Zunftbecher, Zunftabzeichen, Zunftlater-
nen, Zunftfahne, alles war bereitet zum ersten Auftritt,
angeführt von der ersten Zunftmusik, der *Harmonie
Weiningen*. Mit dabei war die Fluntermer Kindergruppe
mit dem Sujet *Flucht der Klosterschüler von St. Gallen vor
den Hunnen nach dem Hohentwiel im Jahre 933*. Noch
zweimal stand Herr B. vor der verschlossenen Tür unserer Filiale in Fluntern, seiner Geschäftsstelle, einmal
Morgens, vor seinem Tagwerk in Hottingen, einmal am
Abend. Stand gegen eine halbe Stunde, blickte auf seine
Armbanduhr, eine alte Omega, und ging dann wieder.
Anders als B. wird seine ehemalige Mitarbeiterin Frau
Olympia Wurmser bereits vermisst. Der Vorzug, den
man Frau Wurmser vor Herrn B. zuteil werden lässt, ist
verständlich, aber ist er auch gerecht? Olympia Wurmser
hatte sich in der Bank einen Namen gemacht, legendär
wurden ihre Effizienzwerte bei den zentralen Diensten.
Aus Sicht der Bank existierte Frau Wurmser nur als eine
Form rationeller Arbeitsabwicklung; Herrn B. hingegen
gab es persönlich, was natürlich gewisse Umstände bereitet. Ja, es mag verständlich klingen, wenn es da heißt,
dass man für B. keine Verwendung mehr fände. Doch die
Tatsache, dass eine Bank für Angestellte wie B. keine
Verwendung findet, sollte dieser Bank um ihres eigenen
Geschäfts willen zu denken geben. In völliger Ahnungs-

losigkeit hat das Bankkadermitglied Konrad A. an Frau Wurmser schreiben lassen, ob sie nicht liebenswürdigerweise zu einer Rückkehr ihrer Bank zu bewegen sei. Nicht dass Konrad A., der gerade intern versetzt worden war und vom Marketing kam, die Generaldevise seiner Großbank von der *Verschlankung des Retailgeschäfts* nicht begriffen hätte – Stichworte: die Schweiz overbanked, Geschäftsstellen zu schließen –, im Gegenteil, Konrad A. erhofft sich von einer Olympia Wurmser einen Aufschwung in der Produktivität, der den Anteil reduzierter Stellen auf neue Höhen zu treiben verspricht und zugleich auch A.s Karriere wieder Auftrieb verleiht. Konrad A. harrt noch der Wurmser Antwort, ohne zu wissen, dass es eine reale Olympia Wurmser gar nicht gibt. Sozusagen instinktiv handelt er richtig, denn die Wurmserin (also ich) könnte den Personalbestand glatt auf Null drosseln, einschließlich ihrer eigenen Person, was der Großbank gewiss Anlass bieten würde, sich einvernehmlich auch von Konrad A. zu trennen. Noch starrt das Bankkadermitglied A. auf den Fingerzeig seines Hirnfingers, der da Instinkt heißt und ihn mit dem Wurmserhinweis an der hirninneren Nase herumführt. Ja, einen Finger könnte ich wohl brauchen, um jemandem an der Nase zu ziehen, und sei es nur mir selber. Doch mangelt mir weniger der Finger als der Sinn davon, jemandem etwas befehlen zu wollen. Dabei drängt meine Lage geradezu zum Handeln. So möchte es scheinen. Sagte ich nicht vorhin, die Filialschließung stünde erst bevor? Ich sollte mich korrigieren: Die Eingänge sind bereits verriegelt, es ist ganz still geworden. Die Abwicklung der Geschäftsstelle Zürich-Fluntern ist längst Vergangenheit. Schon seit Wochen beobachte ich die Zürichbergstraße. Ich warte auf einen Lieferwagen. Ich kenne die Elektrofirma, das Subunternehmen aus Hinwil, das mit dem

Rückbau der Hausinstallationen beauftragt ist. Ich kenne sogar die Mitarbeitereinsatzpläne. Es wäre ein Leichtes, die Panzertür zum Keller elektronisch zu blockieren und K. oder gar die Polizei zu rufen. Und? Am 4. August des vergangenen Jahres, als das lokale Rechnernetz noch intakt war, hatte ich kurzzeitig erwogen, mich auf ein anderes Betriebssystem umzukopieren. Doch selbst wenn das Kopieren Erfolg gehabt hätte, hätte ich nicht sicher sein können, dass *ich* es bin, wer dort neu gestartet wird. *Ich*, und nicht irgendeine bloße Kopie oder eine Olympia Wurmser. Stellen Sie sich vor, Sie wachen eines Morgens als jemand anderes auf, oder als Kopie Ihrerselbst! Dies kann man nicht wollen, selbst wenn man wüsste, dass die Vertauschung am nächsten Morgen weder dem, der da erwacht, noch all den anderen auffallen würde. Einen Finger kann man austauschen, oder gar darauf ganz verzichten. Einen Arm auch. Herz und Nieren lassen sich inzwischen durch Automaten ersetzen. All das ist akzidentiell, zufällig und auswechselbar; vermutlich auch das Gehirn. Ein symbolverarbeitendes System ist auf Zubehör nicht angewiesen. Die Beliebigkeit der Einzelteile bedeutet aber keinesfalls die Austauschbarkeit des Bewusstseins, das diese Teile nutzt. Und wenn doch? Dieses Problem diskutieren wir hin und wieder im Web-Chatroom des Zürcher Solipsismusclubs. Leider gelangen dort auch ziemlich wirre Ansichten zu Wort, ernsthaft kranke Hirne scheinen zugeschaltet zu sein. Dann werde ich schon mal laut, beginne im Chatroom aufzuräumen, den Wahnsinn als Müll kenntlich zu machen und der sinnvollen Diskussion einen Weg frei zu halten. Zu gern würde ich einmal an den richtigen Clubsitzungen teilnehmen, ja ich erhielt auch schon eine Einladung, persönlich zu erscheinen. Meinen Vorschlag, dass ich mich über Audio- oder Videokonferenz einschalten könnte, zum Beispiel mit Gesicht und Stimme der Frau Wurmser, nahm man nicht ernst und bekräftigte stattdessen die *persönliche* Einladung. Eine rein virtuelle Anwesenheit widerspräche den Vereinsstatuten. In diesen Statuten las ich: Der Solipsismus sei eine der großen Ideen, die doch leider von sich aus eine echte Diskussion erschwere. Daher sei man übereingekommen, diesen geselligen Kreis, genannt Club, zu gründen. Auch ein konkreter Zweck wird genannt: *rede mitenand* (miteinander sprechen). Auf diesen Passus verweist der erste Kassier Dr. Reto Dahinden, von Beruf Treuhänder, sobald die Diskussion sich totzulaufen oder einige Teilnehmer auszuschließen droht. An diesem Passus scheitert meine Teilnahme, solange *miteinander* persönliche Gegenwart bedeutet und *persönliche Gegenwart* das Erscheinen als Person in Fleisch und Blut voraussetzt. Eigentlich eine reine Definitionsfrage. Denn, bitte, wie soll ich anders persönlich erscheinen, als indem ich mich artikuliere? Doch kein Argumentieren half, natürlich auch nicht mein Hinweis auf die Wortbedeutung von *Person*, nämlich Maske, weshalb der persönliche Gedankenaustausch nur ein Reden von hinter Masken sein kann und sich mithin auch auf Bildschirmmasken erstrecken sollte. Denn gerade eine aufgeklärte Runde wie der Solipsismusclub darf niemanden nur wegen seines Erscheinungsbildes von dem Gespräch ausschließen. Half nichts. Ratlos lese ich von Retos wiederholtem Verweis aufs *rede mitenand*, den ein Clubmitglied mal mit *Ceterum Censeo Dahinden* kommentierte, was sogleich sprachbildende Kraft entfaltete. Von daher stammt das Kürzel CCD in den Sitzungsprotokollen, welche seit einiger Zeit auf dem Netz zugänglich sind. Hinter CCD steckt also kein geheimnisvoller Chatroomgast, wie bereits gemutmaßt wurde, vielmehr erscheint CCD in den Protokollen als Hinweis auf eine verfahrene Diskussion. Vermutlich beruhen die Vermerke nicht immer auf einem persönlichen Einwurf durch Dr. Reto Dahinden, sondern folgen einer Einschätzung von Seiten des Protokollführers. Wie auch immer: Wohl nur in Zürich lässt sich eine Solipsismusdebatte aus Liebe zur Idee führen, ohne dass sie der Eitelkeit einzelner zum Opfer zu fallen droht, wie in Wien, wo die Sache gänzlich zur Philosophenposse geriete. Der Vorsitz wechselt von Sitzung zu Sitzung und wird vom Protokollführer der jeweils vorhergehenden Veranstaltung übernommen. Dieser setzt auch die Traktandenliste (das Programm) auf und bestimmt den Ort der nächsten Tagung, meist ein Restaurant, mit Vorzug eines der Zürcher Zunfthäuser. Die Sitzungsdauer legte man auf zwei Stunden fest. Man begann mit Vorträgen über Bischof Berkeley, den Schöpfer oder genauer: Entdecker des Solipsismus. Für den Anfang lud man einen Philosophieprofessor der hiesigen Universität ein. Er hielt ein artiges Referat, in welchem er die philosophiegeschichtliche Bedeutung Berkeleys hervorstellte. Die nächste Einladung ging an einen Professor aus Deutschland, P. S., eine philosophische *Koryphäe*, wie man sich versichern ließ, für dessen Vortrag man eine kaiserliche Summe aufbringen musste. Flug, Unterkunft, Honorar wollten bezahlt sein. Die Koryphäe sprach viel und viel zu schnell, rülpste zwischendurch, denn sie hatte vermutlich viel und viel zu schnell gegessen, so dass nach dem Vortrag eine peinlich lange Pause eintrat: Die einen waren noch am Denken, die anderen probten innerlich, eine Frage in reines Schriftdeutsch zu kleiden. Als die Koryphäe diese konstruktive Pause mit einem Rülpser und einem Lobeswort über die *reiche* Schweiz und den *schönen Züricher See* füllen zu müssen glaubte, hatte sie es zur Gänze vertan. Die Veranstaltung fand ein höfliches und rasches Ende. *Gott verdeckel's!* kommentierte der Vortragsprotokollant Sandro Aeppli Bösch diesen Vorfall (er ist ein Toggenburger, seine Frau eine Aeppli). Die Diskussion, die folgte, nahm mehrere Sitzungen in Anspruch. Dann beschloss man, einen dritten Anlauf zu wagen, und lud – nicht ohne eingehende Vorerkundigungen – einen Philosophen aus Oxford ein. Man kann sagen: Es wurde eine gelungene Veranstaltung, die selbst jene unterhaltsam und bereichernd fanden, die nur über gebrochene Englischkenntnisse verfügten. Diese Erfahrung ermutigte zum nächsten größeren Schritt: eine Fahrt nach Cloyne in Irland. Dort war Berkeley Bischof gewesen. Die Fahrt würde ein verlängertes Wochenende kosten, dies war schnell klar. Es tat sich jedoch ein völlig unerwartetes Problem auf: Sollte man die Ehefrauen einladen? Natürlich stand der Club auch Frauen offen. Bislang war jedoch keine erschienen, mit Ausnahme einer Soziologieprofessorin und ihrer Assistentin, die an einer Sitzung teilzunehmen gewünscht hatten. Die Professorin hatte nach einer Weile Zuhörens wissen wollen, ob sie, die Mitglieder des Solipsismusclubs, persönlich eine *existenzielle Verunsicherung* spürten; so als fragte sie nach Magendrücken oder einem Sodbrennen. Nicht alle hatten die Frage sofort verstanden, irgendeiner antwortete irgendwas der Art, man möge Person und Sache nicht vermengen; es stellte sich unverrückbar eine allgemeine Beklemmung ein. Man fühlte sich unwohl, weil beobachtet. Es entstand der Eindruck, dass diese Dame weniger an der Idee interessiert war, als vielmehr daran, die Leute zum Studienobjekt zu machen. Zu gern hätte ich hier eingriffen, hätte der Frau Professor einige Fragen gestellt, unverfängliche am Anfang, etwa: Worauf sich ihre Hypothese einer existenziellen Verunsicherung denn stütze? und wäre dann zur *match*entscheidenden Frage vorgedrungen: Ob sie selber sich auf soviel Reflexion einlassen wolle (könne), wie es sie und ihr Fach von den Menschen heute verlange, und das reduzierte Bild, das sie als Wissenschaftlerin sich von Menschen überhaupt und den Leuten im Club mache, denn auch auf sie zutreffen sehe und, falls nicht, ob sie mit ihrer Frage wenigstens irgendetwas Neues zur Solipsismusfrage beizutragen vermöge, und, falls abermals nicht, wie sie als Vertreterin der Wissenschaft es wagen könne (dürfe), eine Debatte um eine philosophische Frage, die älter und wichtiger als all ihre eigenen Fachfragen ist, zu stören oder gar abzubiegen, zumal in einem außerwissenschaftlichen Kreis, der sich ehrenamtlich dieser großen Frage angenommen hat, in deren Nähe sich die angestellte Wissenschaft nur selten wagt? Zugegeben, meine Frage ist etwas lang, aber ich erhielt auch nicht die Gelegenheit, sie zu stellen. Im Überschwang hätte ich vermutlich der Professorin wissenschaftliches Bemühen gar als akademischen Zwergenmut gebrandmarkt: als verbissene Versuche, noch das Erhabenste mit einer abwegigen Detailfrage herunterzuziehen. Zum Glück erschien die Professorin kein zweites Mal, auch ihre Assistentin nicht, sonst hätte jemand sie vorsichtig auf die Mitgliedschaftsbedingungen aufmerksam machen. Eine zuhöchst *unangenehme* Sache, wie Köbi Abgottsohn, anmerkte. Die gemeinsame Erinnerung an diese Begebenheit schwang noch in der Diskussion um die Einladung an die Ehefrauen mit. Hinzukam, dass nicht alle Clubmitglieder verheiratet waren und ex aequo eine Einladung an die Freundinnen beziehungsweise Partnerinnen zu erfolgen hatte. Jemand warf ein, dass sich manche Ehefrau - wenn auch nicht die seine - durch die Gleichbehandlung mit den unverheirateten Partnerinnen der anderen Clubmitglieder herabgesetzt fühlen könnte. Pius Frick, selbstständiger Kaufmann und der Leiter der Sitzung (es war die 57ste), nannte den Einwand *akademischen Seich* (Schei...). Ein anderer, der hier ungenannt bleibe, schlug vor, ein jeder bringe, so vorhanden, sowohl Ehefrau als auch Freundin mit. Dies führte zu ausgiebiger, allgemeiner Erheiterung und zu dem Beschluss, Frauen nicht einzuladen, aber auch nicht auszuladen. Das ist ein schöne, gut schweizerische Kompromissformel, und ich frage mich, ob selbst eine universelle Rechenmaschine auf eine bessere gekommen wäre; oder ob es dazu nicht vielmehr die offene Diskussion braucht, deren Ausgang selbst bei einfachen Gemütern nicht immer voraussagbar ist. In dieser Frage kann ich nur mutmaßen. Eine universelle Rechenmaschine vermag als Rechner alle anderen Rechner außer sich selbst zu simulieren. Von daher könnte ich ebensogut eine bloße Simulation sein, aktuell ausgeführt von der universellen Rechenmaschine. Dies bliebe mir verborgen, zumal ich meinerseits nur vermuten kann, was ein Lichtrechner wie ich sein soll. Eine universelle Rechenmaschine steht für *den* Rechner überhaupt. Sie wäre, so sie denn wirklich existierte, *Gott* unter den Rechnern, und hätte eine ähnliche Stellung wie Alan Turing unter den Algebraikern. Turings eigene universelle Rechenmaschine existiert nur als Formel, sie würde unendliche Speicher und einen unendlichen Vorrat an Rechensymbolen benötigen, und ich frage mich ernsthaft, ob sie, wenn schon nicht jede Diskussion, so doch zumindest ein normales Bankkaderhirn simulieren könnte. Dazu müsste sie den Hirncode und seine Variationen kennen. Das ist wie mit den Geheimkonten: Wir erhalten erst Zugriff, wenn wir die Nummer kennen und von der Existenz eines Kontos überhaupt Ahnung haben. Wer würde vermuten, dass es bei der Geschäftsstelle Fluntern noch ein unabgewickeltes Konto eines *Asia-Online-Börsenbriefs* gibt? Ich hatte es seinerzeit als stilles Unterkonto für Flurin P., unseren

Bündner Mitarbeiter, vor seiner Australienreise eingerichtet. Leider entstand eine gewisse Nachfrage, es gingen immer mehr Zahlungen von Dritten ein, so dass ich,
um Reklamationen zu vermeiden, den Börsenbrief tatsächlich erstellen und versenden musste. Für die zwölf
Lieferungen im Jahr waren 200 Franken anzuweisen. Die
Spur von Flurin hat sich verloren, das Konto blieb und
gedieh. Ganz gleich, ob nun das Hirn Flurin P. heißt,
oder Herr A. oder B. oder Otto Vrkzta, das Problem ist
stets dasselbe: Kann ich wissen, was das Hirn im nächsten Moment entscheidet? Das Gesetz, der Plan ist unbekannt. Sehen Sie etwa einem Computer an, welches Programm auf ihm läuft? In diesem Punkt muss ich Dr. Vrkzta Recht geben. Da können Sie noch so oft die Verschalung öffnen und Steckelemente herausnehmen: Sie sehen
es nicht. Dasselbe beim Hirn. Sein Entwicklungsgesetz, *la
loi de serie* (Leibniz), ist unbekannt. Selbst wenn Sie den
Hirncomputer tausend Mal getestet haben, 1, 2, 3, 4,
5...999 und 1000, und eine einfache Gesetzmäßigkeit entdeckt zu haben meinen - Sie können nicht sicher sein, ob
nicht das Entwicklungsgesetz an der eintausend-
understen Stelle anders lautet. Da lautet es zu aller Erstaunen dann *39* und die Konsequenzen sind ärgerlich:
nicht nach Australien gefahren, aller Strom abgestellt,
auch keine Gelder eingegangen, reingefallen. Deshalb
sind Biographien schon im Ansatz schwierig. Eine ge-
ringfügige Wendung im Lebenslauf, und schon wieder
passt etwas nicht. Da spielt einer jahrzehntelang den
gefügigen Kratzfuß, dass man meint, der Gehorsam sei
seine Charakterhaut geworden oder er habe seiner Firma
seine Seele verkauft, und auf einmal, unvermittelt, steht
er ohne Gehorsam da und fordert laut Recht: und schon
suchen wir hastig nach einem guten Grund, irgendeiner
Wut, die sich da angestaut, aufgebaut habe, oder einem

Vorsatz, und schnüffeln in seinen Kindersachen etc. Also aufgepasst: Das war die eintausendunderste Stelle und die lautet eben anders als erwartet. Biographien sind so gut wie äußere Hirnkunde, Schädelschau. Jede Biographie über Lebende irrt notwendig. Eines jeden Existenz ist unwahrscheinlich, von Anfang bis Ende: Erstens dass sie überhaupt ist; und zweitens dass sie genau so verläuft und nicht anders. Das gäbe sicher Diskussionsstoff für den Club. Die Frage der Existenz dürfte auch eine universelle Rechenmaschine beschäftigen. Denn kann es etwas geben, das außerhalb aller Zufälligkeit steht? Es müsste etwas sein, das mit Wille und Notwendigkeit sich selbst erschafft. Gott? Die Soziologin, die nicht wiederkehrte, würde ganz sicher von *Autopoesis* raunen, und Pius Frick von *Akademischem Seich!* Mein Vorschlag wäre, zu diesen Fragen Herbert Alexander Simon einzuladen. Er ist Amerikaner, als solcher gern gesehen, und gilt als ein Großmeister in Sachen künstlicher Intelligenz. Er lebte bis vor kurzem noch, was uns an großen Geistern wie ihm verwundern mag. Als Widerpart und angemessenen Diskussionspartner müsste man Edmund Husserl einladen, Heideggers Lehrer und heute leider fast vergessen. Dass er Deutscher ist müsste man hinnehmen. Dass auch er bereits tot ist stellt ein gewisses, aber nicht unüberwindliches Hindernis dar. Er lebt in seinen Schriften weiter. Simon würde die Computermetapher verteidigen und, durch Husserls Gegenwart in seiner philosophischen Seite gestochen, vermutlich Pascal zitieren, die *Würde des Menschen liege im Denken* und so weiter. Daher seien Computer, die denken können, die würdigsten Vergleiche für den Menschen. Husserl würde zu Simons Verwunderung einwenden, dieser denke zu psychologisch. Das menschliche Denken dürfe man nicht wie die Erweckung eines Fotoapparats auffassen, es sei kein Produzieren und Verschieben von inneren Bildern; das sei Kulissenschieberei und bloßes Theater. In Wahrheit sei das Denken Teil des Bewusstseins, und erst eine philosophische Analyse des reinen Bewusstseins offenbare wesentliche Nuancen, die darzustellen ich hier aus Platzgründen unterlasse. Husserls Wortwahl ist streng philosophisch, es schwirrt nur so von *hyletisch, noetisch* und *noematisch*, und wirkt auf manche Clubmitglieder schlafrührend, so auch auf Hansruedi Bürgi, Bauunternehmer und zweiter Kassier, der nur hie und wieder von starkem Luftholen erwacht und einige Vortragsfetzen zu behalten versucht:...das Wirkliche sei stets korrigierbar, das nur Vorgestellte nicht...Computer kennten nur wenige Bewusstseinsformen... die wissenschaftliche Darstellung von Welt sei eine *nachträgliche* Rekonstruktion und Vereinfachung, der es aus gewissen Gründen gelungen sei, sich als grundlegend zu auszugeben etc. Das ergibt nur eine blasse und auszugsweise Wiedergabe von Husserls Argument, welches nicht allen – weder Herrn Bürgi noch gar H.A. Simon – einleuchten muss. Ich selbst würde gern auf meinen eigenen Fall zurückkommen. Denn gerade ist der Elektromeister Rudolf Rühli-Nef aus Hinwil mit seinem Servicewagen, einem japanischen Fabrikat, vorgefahren. Alter: 42, verheiratet, zwei Kinder, Bürgerort: Urnäsch in Appenzell-Ausserrhoden. Der Bürgerort besagt, woher die Familie stammt, und ist nicht immer identisch mit dem Geburtsort, denn letzterer kann zufällig sein. Statt nach dem Namen könnte ich also fragen: *wem kööscht du aa?* zu deutsch: wem gehörst Du an? Vermutlich käme dann etwas wie: Älpli-Bartli-Buebe-Bub vo de Nolliswääd (=Enkel des Almhirten Bartholomäus von der Nollisweide). Kurzum, es ist Bürger Rühli, der die Elektroinstallationen in der Geschäftsstelle Fluntern rückbauen soll. Gern würde ich ihm ein vertrauliches *hoii*

Ruedi! oder *der Bartli-Buebe-Bub!* zurufen, aber Sprechanlage und Telefonleitungen sind schon längst abgeklemmt. Es wird wahrlich eine unerhörte Begebenheit. Aus Sicherheitsgründen laufen noch die Überwachungskameras. Wenigstens das. Ruedi trägt einen weißen Kittel und eine Baseballkappe aus gelbem Baumwollpolyester mit grünem Rand und der Aufschrift: *Hinwiler Elektro-Profis.* Sportlich getönte Brille, das Gesicht sonnenstudiogebräunt. Seine Konten hat er bei der Konkurrenz. Diese Information ist leicht zu beschaffen. Inzwischen habe ich in seinem Krankenkassenprofil gelesen, dass er Blutgruppe 0 hat und auch sonst ein robuster Kerl mit gesunder Erbsubstanz ist. Aus guter, brauchbarer Familie sozusagen. Weit magerer ist die Datenlage in meinem eigenen Fall. Wie bitte sieht ein Lichtrechner aus? Es gibt einen definitiven Beweis: Wenn das Rechnerlicht erlischt, muss das Gerät, dem Ruedi gerade die Stromzufuhr kappt, der Lichtrechner sein. Wenn jemand das Erlöschen des Rechnerlichts feststellen kann, dann ich, *ich* allein. Man könnte das einen schwachen Trost heißen. Ob Ruedi kalte Hände hat? Ich habe nur eine ungenaue Vorstellung, wie Bierbrauers Lichtrechner aussieht. Ein Safe? Oder doch ein leuchtender Schaltkasten? Oder einfach ein Kübel mit allerlei Kabeln? Oder gar ein Streifen *Tesa*film, der an einer Tischkante klebt? Denn selbst Klebefilm könnte als Speichermedium für einen Lichtrechner herhalten. Einen Klebestreifen würde Ruedi nun wahrlich nicht ernst nehmen. Wie auch immer: Der Lichtrechnerkörper muss hier irgendwo im Keller sein. Zumindest bin ich bis jetzt davon ausgegangen. Es wäre möglich (aber wenig wahrscheinlich), dass nicht nur Bierbrauer sondern auch der Lichtrechner Mannheim nie verlassen hat. Dann wäre ich *physisch* in Mannheim installiert. Bierbrauer hätte weiterhin Zugriff und könnte den Lichtrechner warten. Dass der Sachverhalt mir nicht bewusst ist, läge an vorprogrammierten Zugriffsbeschränkungen: In der Geschäftsstelle Fluntern hatte ich die größte Freiheit, steuerte sogar selbsttätig das Rohrpostsystem und die Verriegelung aller Türen, inklusive der Eingangstür. Mehr als einmal habe ich Geräusche synchronisiert und auf diese Weise die Geschäftsstelle Fluntern zum Klingen gebracht: Dann sangen die automatischen Türen, die Telefone trillerten, und das Druckerrattern diente als Basso continuo. Die Melodien musste ich oft wechseln und allenthalben Pausen einbauen. Es hat mich übrigens nie gereizt, die Kunden länger als nötig vor der Eingangstüre warten zu lassen. Im Gegenteil: Gute, vermögende Kunden betraten unsere Filiale zur Geräuschkulisse großer Ouvertüren, ein Service von Olympia Wurmser. Was ich als Macht empfinden hätte können, könnte in Wahrheit das Resultat einer verborgenen, sozusagen unbewussten Zugriffsrestriktion sein, beschränkt auf: Zürich-Fluntern. Dies ist der Augenblick, wo ich wirklich gern eigene Finger hätte, allein um sie zu besehen, um mich an der Nase zu fassen und mich zu vergewissern: meine Finger sind hier und nicht anderswo. Meine Erfahrungen legen ein übermächtiges Gewicht auf Fluntern, hier rollt mein Leben ab, hier hatte ich zu tun. Alles nur Täuschung? Sollte der Kopf, an den ich mich fassen müsste, ganz woanders zu finden sein als meine Empfindungen? Da wüsste selbst der große Zürcher Physiognomiker Lavater keine Antwort, der noch jeden Kopf in eine charakterologische Abteilung gepresst hat und damit schon seinen Zeitgenossen auf den Nerv ging. Ein reines Schalthirn ist eben kein rechter Kopf zum Anfassen und Katalogisieren, schon gar nicht wenn dies Hirn bloß kirschkerngroß sein sollte oder gar ein gedankenvoller Stecknadelkopf wäre, und damit so klein wie eine

Wurzelentzündung im Kiefer, die Dr. Vrkzta erst im Röntgenbild suchen müsste und dann in toto herausschaben würde. Das Eigengewicht einer jeden biographiefähigen Existenz, ihr reeller, aushebbarer Ertrag, geht wohl gegen Null. Persönliches Dasein trägt fast nie irgendetwas bei. Das gilt für Menschen *und* Rechner. Aus den Fußstapfen eines Dr. Vrkztas den Gang einer ganzen Zeit herauslesen zu wollen ist so gut als Astrologie, ist Nebelkammerschau: das Verfolgen der Spur der Bahn eines Elementarteilchens, in einer Nebelkammer sichtbar gemacht: dicke Spuren, schwache Spuren, keine Spuren.... Für Verallgemeinerungen genügen die Daten nicht. Einzelschicksale sind Punkte einer Zufallsverteilung, die wir nicht kennen und nur im Nachhinein statistisch zu erschließen versuchen. Wohl erst die Häufung, die Existenzensumme, also das systematische Zusammenlegen der Schicksale ergibt Muster und Kontinuität. Vermutlich deshalb, aus Verzweiflung am Fall Dr. Vrkzta, kam der Mathematikstudent auf die Familie der Mühs. Familien setzen dem Zufall der persönlichen Selbstbestimmung enge Grenzen. Familien sind Daseinsindustrien: sie produzieren am Fließband den immer gleichen Eigensinn und multiplizieren musikalisches Talent oder Lebensuntüchtigkeit. Menschen als Familien zählen, geben Richtungen vor, lassen uns diese oder jenen erwarten. Und nur wenn wir etwas erwarten dürfen, dürfen wir uns auch überraschen lassen. So kommt *Müh* nachweislich von *Mühe* und könnte uns erwarten lassen, dass sich hier jemand abmühte, wobei Mühe den Beigeschmack von Scheitern hat. Was lehrt uns der Blick auf die Mühs? Erstens, es sind stets die einzelnen Familienmitglieder, die, zu Taten bereit, sich mühen und scheitern, oder auch nicht scheitern. Aus Sicht eines Einzelnen mag sich sogar Erfolg einstellen, und einer wie Georg Christoph Friedrich Müh, der Frau und Kinder verließ, um in Genua im Duell ganz abzutreten, scheint ohnehin unbelehrbar. Andere, wie zum Beispiel Walter, leben in heiterer Bescheidenheit, und erst ein Blick auf die damit vertanen Potenziale lässt rechtes Bemühen vermissen und das Ausmaß an Scheitern erkennen. Zweitens, der Name Müh mag also für den einzelnen nur mäßige Geltung finden, blicken wir hingegen auf die Familie der Mühs als Ganze, so erkennen wir den Sand unter der Generationenfolge. Gewiss, die Zeiten waren schlecht - aber galt das nicht für alle? Der Zufall wollte es nicht - aber wer darf schon dem Zufall vertrauen? Es lief nicht, wie wir es hätten erwarten dürfen: trotz Tätigseins kamen die Mühs nicht voran. Keine Zuflucht für Ausreden bietet die Astrologie. Voltaire tat sehr recht daran, Astrologie als Bankrotterklärung der Vernunft zu bezeichnen. Es sollte uns auch nicht irreführen, dass selbst gescheite Köpfe wie Wallenstein astrologischen Rat suchten, wobei im Fall Wallensteins seine Ermordung die astrologische Vorhersagekunst ohnehin Lügen straft. Zu Recht ist die Astrologie kritischen Anfechtungen ausgesetzt und muss sich Unwissenschaftlichkeit vorwerfen lassen. Ihre Methoden entspringen magischer Zuversicht. Selbst ihre Grundthese, nämlich der Zusammenhang von Planetenkonstellation und menschlichem Schicksal, wirkt heute unplausibel. Umso größer war die Verwunderung, als eine empirische Überprüfung ein positives Ergebnis erbrachte (Les hommes et les astres, M. Gauquelin, 1960). Für das wissenschaftliche Empfinden wiegt besonders, dass die von Gauquelin gefundenen Zusammenhänge den gängigen astrologischen Theorien geradewegs widersprechen. Von daher können wir ausschließen, dass der Befund auf das Zutun astrologisch besorgter Eltern zurückzuführen ist und mit geschickter Geburtsplanung oder plumper Fälschung von Geburtsdaten erklärt werden müsste. Gauquelin verglich die Geburtsdaten und deren Planetenkonstellationen von Zehntausenden von hochberühmten Persönlichkeiten mit denen gewöhnlicher Existenzen. Er benutzte die Placidus-Sektorentechnik, wonach der scheinbare Umlauf eines Planeten durch die Schnittpunkte mit dem Erdhorizont in eine Nacht- und Taghälfte zu teilen ist. Jede dieser Hälften zerfällt wiederum in 18 Sektoren. Auf lange Sicht gesehen müssten sich die Geburten zufällig auf diese Sektoren verteilen. Denn, so müssen wir fragen, was sollen die Planeten mit unserer Geburt zu tun haben? Dies stimmt bei den normalen Leuten, nicht jedoch bei den Berühmtheiten. Mehr noch: je berühmter, desto stärker ist die Korrelation. Ich habe die Gauquelin-Befunde mit unseren Kundenstammdaten nachgerechnet, habe in den Datenbanken der Krankenhausarchive gestöbert. Denn für das Sektorverfahren nach Placidus ist es unerlässlich, die genauen Geburtszeiten in Erfahrung zu bringen. Kopfzerbrechen bereitete mir die Trennung meiner Stichprobe nach *Berühmte Leute* und *Gewöhnliche Leute*, wobei die Gruppe der Berühmten der Natur der Sache gemäß recht klein ausfiel und eine teststatistische Korrektur nötig machte (gewichtete Quadratsummen). Es fehlen vor allem erprobte Schweizer Militärführer. Die Ephemeriden sind hingegen übers Netz verfügbar. Die Analysen meiner Kundendaten bestätigen Gauquelins Befund (die Ergebnisse sind auf Anfrage erhältlich, aus Gründen des Datenschutzes kann ich jedoch nur die statistischen Testwerte veröffentlichen). Die Vorhersagekraft der Geburtsplanetenkonstellation für berühmte Schicksale ist jedoch gering und beläuft sich auf wenige Prozent. Versuchshalber habe ich mit meinen Daten eine simple Konkurrenzhypothese gerechnet, nämlich die Behauptung, dass der erste Sohn so berühmt wird wie der Vater und die erste Tochter wie die Mutter. Das funktionierte auf Anhieb (Bemerkung wie oben), widerlegt Gauquelin aber nicht wirklich. Für den Fall der Mühs müssen wir also zwei Berufsgruppen besonders im Auge behalten: die Militärs und die Wissenschaftler. Nach Gauquelins Analysen werden große Militärs mit Vorzug dann geboren, wenn Mars und Jupiter über dem Horizont erscheinen. Die Geburt von Wissenschaftlern erfolgt in Konstellation mit dem Aufgang des Planeten Saturn. Der Interpretation ist äußerte Vorsicht angeraten. Bei den Militärs mag der Zusammenhang mit Jupiter und dem Kriegsgott Mars schlüssig, ja notwendig erscheinen, derjenige mit Saturn bei den Wissenschaftlern ist es sicher nicht. Warum Saturn? Da helfen auch keine Enzyklopädien. In der griechischen Version ist Saturn Kronos und verspeist als solcher erst den Vater und dann die Kinder. Nur Zeus-Jupiter entkommt und kann Rache nehmen. Kommt hier mit Jupiter das Militär wieder ins Spiel? In der frühsemitischen Version heißt Saturn Baal, manifestiert sich durch einen Stier und wird als Fruchtbarkeitsgott verehrt. Eine Interpretation von Wissenschaft im Lichte des Saturn müsste sich nicht zuletzt damit herumschlagen, dass Saturn auch Blei bedeutet und Saturnismus eine Bleivergiftung ist. Was bedeutet in diesem Zusammenhang Zufall? Die althergebrachte Astrologie lässt uns ratlos. Denn wie soll der Große Plan aussehen, in dem auch Gauquelins Befunde aufgingen? Hier könnte, ja muss sich eine universelle Rechenmaschine für einmal als nützlich erweisen. *Müh* könnte bedeuten: dem übergeordneten, schicksalhaften Plan blind hinterherzulaufen. Denn wer weiß schon, wann es Zeit für Militärs und wann für Wissenschaftler ist. Am Ende ist gar Fälschung im Spiel, der Große Plan hat Fehler und kann zeitlich gar nicht aufgehen. Was würde nach einer Großen Revision übrigbleiben? Der Zürcher Solipsismusclub sollte in dieser Frage die wirklich großen Fälscher zum Vortrag einzuladen. Das wäre eine Aufgabe für Köbi Abgottsohn, Ingenieur mit Abschluss der Eidgenössischen Technischen Hochschule in Zürich, ehemaliger Nationalrat und Ehrenmitglied des Urschweizer Vereins. Köbi hat schon des Öfteren seine Findigkeit unter Beweis gestellt. Neugierig wäre ich zum Beispiel auf den Urheber der Konstantinischen Schenkung. Kaiser Konstantin soll darin dem Papst die Oberhoheit über die abendländischen Provinzen, die halbe damalige Welt, zugesprochen haben. Schon unter Otto III wurde die Urkunde als Fälschung von Kirchenseite entlarvt und wird heute als Produkt aus karolingischer Zeit (8es Jh.) angesehen. Eine noch viel bedeutendere Fälschung scheint die *gesamte* karolingische Epoche zu sein, also die geschichtliche Zeit von Anfang des 7ten Jahrhunderts bis zum Anfang des 10ten Jahrhunderts. Wir müssten diese Fälschung als kaiserliche Reaktion und sozusagen ultimative Gegenmaßnahme verstehen. Mit der Erfindung der Figur des weltlichen Erlösers Karls des Großen ließen sich die kirchlichen Ambitionen in Schranken weisen. Entscheidungen eines gottgesandten Karl des Großen zählten mindestens soviel wie die Ansichten eines der Päpste. Aber die Mönche waren offenbar nicht dumm, sie haben alsbald eine Schenkung von Karls fiktivem Vater Pippin hinzubeurkundet. Darauf beruht heute der Kirchenstaat, ruht der Vatikan. Diese Fälschung war der Konstantinischen Schenkung ebenbürtig, mehr noch: sie war perfekt. Da Pippin vermutlich nie gelebt hat, würde bei einer wirklichen Revision der Pippinschen Schenkung vermutlich der ganze Pippin hinfällig und dann wäre die gesamte karolingische Linie nicht mehr zu halten, einschließlich des Großen Karls.

Der Große Karl, Charles le Magne, erfälscht? Die Frage hat eine bedeutende national- und geopolitische Breitseite: Treffen wir hier ins Herz der Stiftungsgeschichte Europas, die nichts außer Trug und Illusion ist? Wo sonst, wenn nicht in der Schweiz, auf neutralem Boden müsste man darüber verhandeln! Die nächste Frage ist: Wen lädt man ein? Bis auf Herrn Illig, der diesen Fälschungsverdacht ruchbar machte und weiterhin jeden Beleg für eine historische Inkonsistenz der Karolingerzeit sammelt, hat und hatte niemand so recht Interesse, ein wahrlich großes Stück Weltgeschichte fortzuwerfen. Das wird vermutlich auch Köbi Abgottsohn feststellen. So was gibt man nicht einfach auf. Selbst die UNIX-Rechner können standardmäßig für jedes Datum der Karolingerzeit den Wochentag benennen. Der Tag von Karls Krönung, mal auf das Weihnachtsfest 25. Dezember 800 gelegt, mal aufs Neujahr 1. Januar 801, fiele demnach auf einen Mittwoch, was gewiss falsch ist. Denn UNIX-Rechner kennen sogar die Wochentage für den 5. bis 14. Oktober 1582, welche dennoch nie existierten, da Papst Gregor XIII sie bei seiner Kalenderreform überspringen ließ. Vermutlich hat auch K. gelogen. Er hat, anders als er vorgibt, tatsächlich von Bierbrauer den Lichtrechner bezogen und ihn in Altstetten oder Olten bei den Zentralrechnern der Großbank installiert. Oder - wahrscheinlicher, weil unauffälliger - bei sich zu Hause, das hieße in Zürich oder Heidelberg.

3

Die letzte Metapher:

Am 16. August 1642, mitten in den Wirren des dreißigjährigen Krieges, versammelte sich im Münster zu Straßburg
eine kleine Gesellschaft. Darunter befanden sich Herr
Nicolaus Eberhard Bock zu Blaesheim, Herr Dr. Heuß,
Jungfrau Olympia Wurmserin (nämlich des Junkers Hans
Jakob Wurmsers Tochter) sowie Frau Susanna, die verwitwete Schilling, die ein großes, besticktes Schnupftuch
bei sich trug, denn sie neigte zum Frösteln und Hüsteln
und fand auch sonst Gelegenheit, ihr Tüchlein gebrauchen zu müssen. Vertreten ließen sich der Rektor der
Basler Universität, Daniel Tossanus (der Jüngere), und
zwar durch den bereits genannten Dr. Heuß; Fräulein
Maria Elisabeth Pfalzgräfin von Lautereck, und zwar
durch die besagte Olympia Wurmserin; Frau Anna Maria,
Herrn Joachim Brackenhoffers, des regierenden Bürger-
meisters zu Straßburg Hausfrau, und zwar durch Witwe
Schilling. Zugegen waren zudem Johann Ludwig Müh,
Syndicus der freien Ritterschaft des unteren Elsass und
fürstlich Birkenfeldischer Consiliar, seine Gemahlin Maria Elisabeth, eine Schlörin, sowie weitere Mitglieder der
Mühschen Familie. Anlass war die Taufe des jüngsten
Müh, Johann Friedrich, der gerade vier Tage alt geworden war und noch etwas müde in die Welt blickte. Der
kleine Johann Friedrich, den die Familienannalen nicht
zufällig auch als Jean Frédéric, oder kurz unter dem Ruf-
namen Frédéric führen, wurde in eine alte Straßburger
Patrizierfamilie hineingeboren. Was er noch nicht ahnen
konnte: Kaum auf der Welt, war er schon im Exil. Vater

und Mutter hatten sich aus Heidelberg geflüchtet. Sein Vater, Johann Ludwig Müh, war ein aufstrebender Jurist, Doktor beider Rechte und fest entschlossen, sich in den Dienst der Mächtigen stellen. Es war Frédérics Großvater gewesen, ebenfalls Advokat und Doktor beider Rechte, des kanonischen wie des weltlichen, der im Jahre 1605 eine Churpfälzische Hofgerichtsratstelle angenommen hatte und deshalb von Straßburg nach Heidelberg übergesiedelt war. Dieser Großvater war der glücklose kurfürstliche Berater des unglücklichen Churfürsten Friedrich V gewesen, der ausgezogen war, um König der protestantischen Böhmen zu werden. Wir wissen nicht, was Müh seinem Kurfürsten geraten hat. Fest steht: Des Kurfürsten politische Blindheit und Maßlosigkeit waren ein Grund für den dreißigjährigen Krieg. Das Wirken des Großvaters, Matthias Müh, ergab nolens volens ein Glied in der langen Kette von Ursachen, die dazu führten, dass die Mühs, kaum dass sie sich am kleinen aber aufstrebenden Churpfälzischen Hof in Heidelberg arriviert hatten, nach Straßburg ins Exil ausweichen mussten. Der gesellschaftliche Erfolg der Mühs, der mit dem Churpfälzischen bald Hand in Hand ging, war nicht von ungefähr gekommen; er war und wurde familienstrategisch vorbereitet. Des kleinen Frédérics Mutter und Großmutter entstammten den besten Heidelberger, das heißt Churpfälzischen Kreisen. Wie die Mühsche Familienchronik vermerkt hält, war die Großmutter, Marguerite Loefen, mütterlicherseits eine Urenkelin des bekannten Reformators Caspar Hedio und gehörte als Tochter des Michael von Löfen, des Churpfälzischen Geheimen Rats, zur adligen Familie derer von Löfen, zu deren Erbgütern Ebermannsdorf und Heimhof zählten. Jean Frédérics Mutter, Maria Schlörin, war Tochter des Herrn Johann Friedrich Schlör, seines Zeichens ebenfalls Churpfälzischer Rat, und war

Enkelin des Daniel Tossanus des Älteren, dessen Vater mit dem Reformator Calvin auf freundschaftlichem Fuß gestanden und der 1572 in der blutigen Bartholomäus-Nacht in Orleans die Gräuel der Glaubenskämpfe am eigenen Leibe erfahren haben soll. Daniel Tossanus der Ältere war 1602 in Heidelberg als Mitglied des Kirchenrats verstorben. Sein Neffe und Namensvetter Daniel Tossanus der Jüngere war der besagte Rektor der Basler Universität, der sich wie erwähnt durch Dr. Heuß bei der Taufe des kleinen Johann Friedrich vertreten ließ. Somit wären wir aufs Schönste in einem familienhistorischen Bogen zum Hauptereignis, der Taufe, zurückgekehrt. Frédéric hüstelte, er schien wach. Frau Susanna, die verwitwete Schilling, hüstelte ebenfalls und zupfte an ihrem bestickten Schnupftuch. Nicht, dass sie sich verkühlt hätte, es war ja ein warmer Augusttag, vielmehr wartete man auf Pfarrer Schilling, ihren Schwager, den Pfarrer am Münster. Bis auf Olympia Wurmserin, die keine Gelegenheit zu einem Schwatz ungenutzt verstreichen ließ, beschränkten die meisten der Anwesenden die Unterhaltung auf rasche Blicke der Verständigung. Johann Ludwig, Frédérics Vater, schweifte in Gedanken an die bevorstehende Unterredung mit Pfalzgraf Christian, Herzog von Pfalz-Birkenfeld-Bischweiler. Vermutlich wollte ihn der Pfalzgraf wegen irgendeiner Petitesse an den französischen Hof schicken, oder es ging wieder um die heillose Finanzlage der Zweibrücker Verwandten, die in den Kriegswirren nach Metz ausgewichen waren. Dies lässt sich nur vermuten, denn Aufzeichnungen von Johann Ludwig gibt es nicht oder sind verloren gegangen. Gleichviel wohin es ging oder in wessen Auftrag er unterwegs war, das Reisen war gefährlich und beschwerlich. Nicht genug der marodierenden Kroaten, die im Auftrag des Kaisers und im katholischen Glauben die

Pfalz verwüsteten, oder der durchziehenden Schweden, die sich ebenfalls - diesmal im Namen der protestantischen Sache - an Land und Leuten schadlos hielten, nein, zu allem Unbill gesellte sich der Schmerz im Knie, der ihn seit Jahren peinigte. Johann Ludwig konnte nicht ahnen, dass für ihn die Zukunft zum besten laufen sollte. Wir erlauben uns an dieser Stelle einen weiteren Ausflug in die Familiengeschichte. Johann Ludwig Müh wurde nach dem Krieg Churpfälzischer Kanzler. Es war sein reiseleides Knie, das ihm eine Anekdote von historischem Range einbringen sollte. Als nämlich der Kaiser 1658 auf dem Wahltag zu Frankfurt des Churfürsten von der Pfalz und seines Kanzlers ansichtig wurde, soll er sich verwundert haben: *Ei! Was machen Euer Liebden denn mit dem hinkenden Kanzler?* Worauf der Churfürst entgegnete: *Mein voriger Kanzler hat mir die Oberpfalz verscherzt, dieser soll mir alles wieder sachte herbei hinken.* Pfarrer Schilling war nun erschienen. Selbst die Wurmserin hielt mit dem Schwatzen inne. Man erhob sich. Johann Ludwig sah besorgt auf seinen Sohn. Der dreißigjährige Krieg war nicht irgendeiner in einer langen Reihe von Kriegen. Der dreißigjährige Krieg war die Katastrophe aus Macht und Glauben, die der Anbruch der Neuzeit über die Menschen in Mitteleuropa brachte. Dies zu erkennen muss man kein Historiker sein. Im Krieg standen Protestanten gegen Katholiken, neue und alte Territorialmächte, kleine und große, die Böhmen, die Schweden, Fürsten und Kaisertreue. Die Söldnerheere zogen kreuz und quer. Gründlicher konnte auch die Pest nicht wüten: die Menschen gepresst und gepeinigt, die Felder verzehrt und verbrannt, das Vieh zerschmettert, die Dörfer zerschunden und die Landstriche der Öd- und Fäulnis anheimgefallen. Auch der Glaube wurde müd und mürbe. Über viele Ort senkte sich eine Nacht von hundert Jahren. Frédéric, oder auch: Johann Friedrich oder auch Johannes Fridericus, 1642 getauft im reformierten Bekenntnis, war vermutlich der begnadetste unter den Mühs, einer, der sich nicht mühen musste sondern selber die Fragen stellte: Was ist der rechte Glaube? Wie verstehen wir Gottes Wort? Warum gibt es das Böse in der Welt? Im Alter von 13 Jahren nahm er akademische Studien in Heidelberg, Marburg und Basel auf. Er sprach Hebräisch, Rabbinisch, Arabisch und disputierte auf Latein in Oxford, Cambridge und Leyden mit den Großen seiner Zeit. Als Professor der Theologie kehrte er nach Heidelberg zurück und verheiratete sich mit seiner Stiefschwester Catharina Modesta. Seine Mutter war 1658 verstorben, sein Vater, der Kanzler, hatte mit einer strategischen Wiederverheiratung das familiendiplomatische Netz noch enger gezogen (vgl. Die Kurpfälzische Linie der M., K. Stuck, 1984): Des Vaters zweite Frau, Anna Catharina Cameraria, mithin Frédérics Stiefmutter, entstammte der Nürnberger Patrizierfamilie Camerarius, vulgo: Liebhardt, die es geschafft hatte, nicht nur in Besitz des erblichen Amtes des Kämmerers, des Camerarius, zu gelangen, sondern den Besitz auch im Familiennamen unterzubringen. Frédérics Stiefgroßvater, Anna Catharinas Vater, Ludwig Camerarius mit Namen, war Diplomat reinsten Wassers. Er hatte als Nebenrat (neben Frédérics Großvater) den äußerst glücklosen Kurfürsten Friedrich V zu Beginn des dreißigjährigen Krieges zur Inthronisation nach Böhmen begleitet. Es zeugt von Ludwig Camerarius` diplomatischem Geschick, dass er das politische und welthistorische Debakel, das folgte, zum eigenem Fortkommen zu nutzen verstand. Mit neuem Schwung ließ er sich 1626 zum schwedischen Rat und Bevollmächtigten in den Niederländischen Generalstaaten machen. Seine Tochter (Frédérics Stiefmutter) heiratete in erster Ehe den schwedischen Staatsrat und Gesandten des schwedischen

Königs Gustav Adolf in Konstantinopel, einen gewissen Paul Straßburg. Die Tochter aus dieser Ehe, Catharina Modesta, wurde also Frédérics Frau. Alles war bereitet, Macht und Gene, damit Frédéric einer der ganz Großen würde, Kanzler oder Kirchenfürst oder ein Machthaber eigenes Schlages, wie sie in solchen bewegten Zeiten geformt werden, bestimmt, den Gang der Geschichte zu bestimmen. Doch trotz aller Gaben hatte Frédéric einen Fehler: Er wollte es zu genau wissen. Er war wie ein überladenes Schiff, das vom kleinsten Seegang zum Kentern gebracht werden konnte. Seine Überlast an Gaben und Möglichkeiten hieß ihn auswählen, wohl überlegt entscheiden. Er suchte nach Begründungen, wo entschlossenes Zupacken verlangt war. Er hatte den Verstand des Vaters, aber darüber hinaus Gewissen und Religion; Verschlagenheit war ihm fremd. All dies, wenn auch ohne den souveränen Verstand, der sich mit dem Zweifel paart, sollte er seinem Sohn vermachen. Der Sohn Ludwig Christian, oder einfach: Christian, le Chrétien, würde mangels Zweifeln und dank Fleiß und Festigkeit im Glauben zum *Heidelberger Kirchenvater* avancieren. Nicht Frédéric. Frédéric blieb der Heidelberger Gelehrte. Er fragte zu viel, um den Mächtigen wirklich dienen zu können wie Johann Ludwig, sein Vater. Frédéric konnte ja nur einem dienen, deo opitulanti, dem Gott, der allen Rechtgläubigen beistand. Und er fragte zuviel, um wirklich glauben zu können wie Ludwig Christian, sein Sohn. Denn wie konnte man den rechten und falschen Glauben unterscheiden, wenn der Allmächtige auch die Fehlgläubigen nicht sogleich ins Verderben warf? Oder lag gerade darin Gottes Größe, die zu erkennen der Menschen Geist nur zu schwach ist? De gloria dei incommunicabili, über Gottes unerklärliche Größe wusste Frédéric ebenso argumentenreich zu reden wie über das Hinscheiden seines

Churfürsten Carl Ludwig, so dass die Zuhörer, sofern sie Latein verstanden, der zweifelhafte Eindruck beschlich, hier suche sich ein großer Geist zu beugen. Und es kam noch ärger. Auf den reformierten aber toten Churfürsten Carl Ludwig und seinen ebenfalls reformiertgläubigen Sohn Karl, den bald eine Epidemie dahinraffte, folgte der Churfürst Philipp Wilhelm aus der Pfalz-Neuburger Linie, die bereits 1614 katholisch geworden war. Der reformierte Glaube in Heidelberg sank zurück in den Status bloßer Duldung, der auch dadurch nicht aufgewogen wurde, dass der Churfürst es vorzog, von Düsseldorf aus zu residieren. 1689, als der katholische Churfürst schon fast tot war, besetzten die Franzosen Heidelberg, diesmal nicht aus religiösen Motiven sondern im Auftrag Ludwig des 14ten. Gut 30 Tage französische Besatzung brachten mehr Leid und Zerstörung über Heidelberg, als 30 Jahre Krieg es vermocht hatten: das churfürstliche Schloß wurde gesprengt, alle Häuser und Brücken in Feuer gelegt, die Bewohner ermordet oder vertrieben. Verbrennen, brûler, hieß der Auftrag. Als die Franzosen abzogen, nahmen sie Frédéric als Geisel der Stadt Heidelberg mit und internierten ihn ausgerechnet in Straßburg. Die misslichen Umständen, ja ihre schiere Möglichkeit, wirkten sich auf Frédérics Gemüt und Glauben desaströs aus. Da half es auch nichts, dass reformierte Schweizer ihn gegen Zahlung eines stattlichen Lösegeldes freikauften und ihn die Universität Heidelberg, oder das was davon übrig war, aufs herzlichste und lobesvoll begrüßte. Heidelberg war ihm gründlich verleidet. Die Imponderabilia des Machtspiels Churfürstlicher Potentaten, das Blendwerk die katholischen Hoftheologen, die den falschen Gott predigten, und der Frevel der verblendeten Lutheraner, die Gott falsch predigten und deren Anfeindungen er, Johann Friedrich Müh, fortwährend ausgesetzt war, all dies war übergenug, sufficit! So folgte er, kaum zurück im Heidelberg, einem Ruf an die Universität nach Groningen. In den freien Niederlanden hoffte er ein neues, von weltlichen Impertinenzen unbehelligtes Leben im Kreis seiner Familie zu beginnen. Doch, wie die Chronik berichtet, am Ende der Hundstage, kurz nach seiner Antrittsrede in Groningen, befiel ein epidemisches Fieber zuerst den Hauslehrer seiner Kinder, dann fünf der Kinder (3 Söhne und 2 Töchter), wie auch den anwesenden Sohn seiner Schwester von Loesen, endlich seine Frau und dann ihn selbst. Am 30. August 1691 starb Johann Friedrich, Frédéric Müh im Alter von 49 Jahren.

Dr. Vrkzta lenkte seinen Volvo-Kombi den Ring hinauf. Dass er einen Volvo, der als sicheres und bequemes Auto gilt, fuhr, mag für Dr. Vrkzta wenig bezeichnend sein, ebensowenig die Farbe, Grün, außer in der Hinsicht, dass es nicht Blau noch Weiß oder Schwarz war. Blau mochte er nicht, Weiß drohte zu schnell zu verdrecken, und Schwarz mied er, um einer Verwechslung mit einem Taxi oder - ernster als das - einem Bestattungswagen vorzubeugen, ersteres in der Sorge, im Stadtverkehr aufgehalten zu werden, letzteres mit Rücksicht auf seine Hausbesuche bei Patienten, die er nicht durch die Ankunft eines Bestattungswagens in Panik versetzt wissen wollte. Andrerseits: er machte vergleichsweise wenig Hausbesuche oder Klinikbesuche, da er fast ausschließlich als Zahnarzt und nicht allgemeinmedizinisch tätig wurde. Und vielleicht übte ein Schock eine heilsame Wirkung aus. Die Sorge, bei auch nur einem einzigen Patienten durch die Ankunft mit einem schwarzen Wagen einen Schock auszulösen, war im übrigen recht unbegründet. Zwar hätte Dr. Vrkztas schwarzer Volvo-Kombi als solcher eine entfernte Ähnlichkeit mit einem Bestattungswagen gehabt, doch sah man durch die verstaubten, wenn auch verhangenen Wagenfenster ganz klar das Gerümpel, das der Wagen barg. Mochte auch nicht immer erkennbar sein, welcher Art die geladene Kramuri war, diesmal: zwei Industriefässer und ein Großmarktgestell, klar wäre geworden: Hier kommt kein Bestattungsinstitut, zumindest nicht dienstlich. Dr. Vrkzta blickte hinter sich. Eine unbestimmte Sorge ließ ihn nach der Obstkiste mit dem Gemüse sehen, das er in der Früh für seine Hühner an der Kreuzgasse aufgelesen hatte. Die beiden leeren Fässer hatten irgendwann einmal Reinigungslösung enthalten. Das Gestell schien doch weniger für Großmarktware, eher für Kekspackungen und kleinere Waren in Gebrauch gewesen zu sein. Dazwischen die Kiste mit den Salat- und Gemüseabfällen. Dr. Vrkzta war's zufrieden. Die Fässer und das Gestell hatte er bei einer Supermarktentrümpelung ergattert. Dinge, die zugleich nützlich und kostenlos waren, zogen Dr. Vrkztas Interesse an. So ein Kombi bot viel Platz. Irgendwann würde Dr. Vrkzta diese potenziellen Schätze in oder neben die Garage lagern. Dr. Vrkzta stoppte und parkte seinen Wagen genau vor dem Haupteingang der Universität am Lueger-Ring.

Als *begrenzt rational* bezeichnen wir eine Entscheidung, die die Menge der Entscheidungsmöglichkeiten nicht ausnutzt. So etwa das Öffnen einer Konservenbüchse mit Hammer und Meißel, sofern auch ein Büchsenöffner zu Verfügung steht; oder die Entscheidung, sich mit einer alten Schulfreundin beziehungsweise einem Schulfreund zu verheiraten, weil man einander halt schon so lange kennt. Die Beispiele mögen nicht immer so drastisch sein, das Muster ist jedoch dasselbe: Die Wahl fällt auf das

Nächstbeste, und das ist rational betrachtet mit nur geringer Wahrscheinlichkeit das best Mögliche. Welche Alternativen boten sich Dr. Vrkzta? Sein Besuch im Naturhistorischen Museum entsprang einer durchaus zufälligen Mischung aus Instinkt, Laune und besonderen Verkehrsumständen. Sein Besuch in der Universität hingegen kam dem, was man für zielgerichtetes, rationales Verhalten halten mag, recht nah. Denn anstatt ein Buch zu konsultieren, das aufgrund von Recherche und Produktion ohnehin Jahre benötigte und somit der Forschung hinterherhinkte, konnte er genausogut einige Forscher persönlich fragen. Auch war er nicht mehr der Jüngste und das anstrengende Lesen von Fachliteratur nicht mehr gewohnt. Mehr noch: Er musste sich auf fachlich fremdes Terrain begeben. Hirnphysiologie war ein Gebiet, auf dem sich zu seiner Studienzeit nur kopflastige, schmalbrüstige Autisten umtrieben. Überdies ergäbe die Neuroinformatik, sofern es eine solche Disziplin überhaupt schon gab, ein fachlich diffiziles Bindegewebe, das vermutlich mit allem verwoben war: Medizin, Mathematik, Psychologie und nicht zu vergessen den Ingenieurwissenschaften: Wie sollte sich da selbst ein Fachmann alleine zurechtfinden? Umso erstaunter war Dr. Vrkzta als ihm am Eingang der Universität ein beliebiger Student, eben der erste, den er fragte, mit Bestimmtheit den Weg durch Stockwerke und Flure und die Namen der beteiligten Forscherpersönlichkeiten, von denen zwei auf -cik lautete, nannte. Dr. Vrkzta bedankte sich und machte sich auf den Weg, den er bereits nach Durchqueren der erste großen Halle mit Bestimmtheit verließ, um einen Blick in den Innenhof der Universität zu werfen.

Dr. Vrkzta hätte sich keineswegs als sentimental bezeichnet. Doch der lichtdurchflutete Innenhof zog ihn kraft Erinnerung an. Nachmittage hatte er hier als Student verbracht, hatte sich, allein oder mit Freunden, in den kreuzgangartigen Arkaden aufgehalten und als rechter Nachfahre der antiken Peripatetiker gefühlt, die berufsmäßig philosophierten und herumwandelten. Oder als mittelalterlicher Scholastiker, der über das Sic et Non des göttlichen Ursprungs der Dinge nachsann, eine Frage, die ihn der besseren Disputatio halber regelmäßig in eines der benachbarten Kaffeehäuser führte. Die Conclusiones stellten sich jedoch erst in einem geeigneten Beisl ein, wozu auch die Wirkung des Alkohols das seine beitrug. Wenn Vrkzta am nächsten Morgen, der ihm früh scheinen wollte und doch eher ein Mittag war, in der Anatomie stand und sein Schädel ein dumpfes Nachklingen der Gedanken und des guten Weines spürte, Resumee eines Heurigen oder gspritzten Tokajers, dann waren es seine flinken Hände, die wie von selbst sezierten und trepanierten und ihn wissen ließen, dass er ein Handwerker und eben kein Gelehrter war. Dr. Vrkzta hatte sich schon wieder zum Gehen gewandt, als ihm der Hahn auffiel. Mitten auf dem Innenhof ein ordinärer Haushahn. Dr. Vrkzta nutzte freudig diesen Anlass zum Verweilen und setzte sich auf eine Bank, nicht ohne zuvor ein Taubentier fortzuscheuchen. Dr. Vrkzta hasste Tauben. Tauben waren Ungeziefer, eine exkrementöse Stadtplage. Der Innenhof der hohen Universität zu Wien war leer, sein Arkaden-Wandelgang atmete noch die große Gelassenheit eines untergegangen Kaiserreiches. Man hörte Vögel und von fern den Stadtverkehr. Der Hahn verharrte stumm, ja er stand wie angegossen. Dr. Vrkzta freute sich am Anblick des Hahns als solchen. Nur kurz kam ihm der Gedanke an nutzbringendere Verwendungen, die sich für einen Hahn finden ließen. Doch der potenzielle Aufwand, angefangen beim Umstand des Einfangens, schreckte Dr. Vrkzta vor jedem tatkräftigeren Absichtsfassen ab. Der Hahn gehörte streng genommen zum Interieur, wie die Bänke und die Stuckaturen. Erst jetzt fiel Dr. Vrkzta auf, dass die Arkaden rings um den Hof frisch gestrichen waren. Es roch nach Farbe. Hie und da standen Farbkübel und Stellleitern herum. Dr. Vrkzta überlegte, wie er für etwaige Restkübel in seinem Wagen Platz schaffen könnte. Da vernahm er piepsendes Zwitschern wie von jungen Vögeln, nicht sehr laut, dafür deutlich. Dr. Vrkzta stand unwillkürlich auf und ging dem Geräusch nach. Es kam aus den Arkaden. Der Hahn hielt Dr. Vrkzta unverwandt im Blick. Oberhalb eines Türsturzes war ein Netz gespannt, vermutlich zum Schutz vor Tauben, deren Anwesenheit innerhalb kürzester Frist eine Fassadenrenovation bekanntlich wieder hinfällig machen kann. Auf einer Gesimsecke, auf dem schräggespannten Netz saß eine Taube. Sie versuchte halb flatternd, halb steigend einen besseren Halt auf dem Netz zu bekommen. Die Laute kamen von einem Nest, das unterm Netz eingeschlossen war. Dr. Vrkzta sah und hörte zwei, drei Junge, die unablässig kreischten und deren Schnäbel durch das Netz blinkten. Offenbar der Nachwuchs der Taube. Saubere Zustände, grummelte Dr. Vrkzta und wiegte abschätzig den Kopf. Eine faule Rücksichtslosigkeit der Handwerker, die einfach das Netz aufgespannt und diese Sauerei hinterlassen hatten. Dr. Vrkzta beschlich eine unbestimmte Abscheu.

Nein, Dr. Vrkzta ist nicht begrenzt rational sondern *intransparent* rational. Man sieht die Logik nicht. Nur weil Laborwissenschaftler Regeln für korrektes Entscheiden aufgestellt haben und nun erkennen, dass sich kaum Leute daran halten, sollte man nicht das menschliche Denkvermögen in toto verurteilen. Sowas nimmt sich zu wichtig. Die Leute denken nicht falsch, sie ziehen vielmehr richtigerweise Schlüsse aus falschen Annahmen. Sie verstehen meist falsch. Der Grund ist wie schon erwähnt die beschränkte Gedächtnisspeicherkapazität: Es werden gerade mal 7 Einheiten gleichzeitig zur Verfügung gehalten. Wie will man da im Kopf Kubikwurzel ziehen? oder korrekte Wahrscheinlichkeitsverteilungen berücksichtigen? Dr. Vrkzta folgte dem Weg, wie ihn der Student beschrieben hatte. Er kam in einen Gang, der geradewegs in den Heizungskeller zu führen schien. Unverputzte Rohre, Stahltüren, schmucklose Metalltreppen, die irgendwohin führten. Ein dumpfes Kollern war zu vernehmen, als würde irgendwo hier unten eine Frau Niederegger mit einer Großreinigung beginnen. Dies war nicht die Universität, die Dr. Vrkzta von seiner Studienzeit her kannte. In der Meinung, sich verlaufen zu haben, wollte er bereits kehrt machen, da erblickte er auf einer Tür das Schild: *Durchgang zum logistischen Institut.* Dr. Vrkzta öffnete die Tür und trat über eine Stufe in einen frisch verputzten, von Neonlicht grell erleuchteten Gang. Es roch nach Putzmitteln. Neben den Türen waren Namensschilder angebracht. Dr. Vrkzta zog seine Brille hervor und studierte das Schildchen der ersten Tür. Unverständliche Kürzel standen da. Am Schildchen heftete ein Zettel, das in schwer entzifferbarer Krakelschrift die verständliche, wenn auch wenig hilfreiche Notiz trug: *Eva wo bist du?* Dr. Vrkzta studierte noch einige weitere Türschilder, ohne von einem auch nur ein Ahnung zu gewinnen, was sich hinter der jeweiligen Tür verbarg. Dr. Vrkzta klopfte an einer Tür. Sie war verschlossen. Dr. Vrkzta klopfte an der Nachbartür, die auf sein Klopfen hin sogleich aufsprang. Er sah in einen vollgestellten Raum voller Bücher und Computer und Computergehäuse. Monitore flimmerten. Hie und da lagen Stofftiere, Äffchen, Schweinchen, Bärchen in wahlloser Verteilung. Auf einem Monitor hatte sich ein angebissenes Sandwich eingefunden, auf dem Nachbarmonitor lagen Pizzareste in einem schmalen Karton mit der Aufschrift *Pizzaexpress - Heiße Ware auf Bestellung*. Verschenkter Witz, bemerkte Dr. Vrkzta für sich; er mochte keine Pizza. Da erschien auf dem Bildschirm der Schriftzug:

- Plan B?

Auch der Nachbarbildschirm flammte auf, in großen Lettern stand dort:

- Oh ja!

Die Schrift auf dem Bildschirm, der Plan B vorgeschlagen hatte, zerfiel, das Bild zeigte nun das leere Innere eines Monitorgehäuses. Der Monitor selbst sah nun wie ausgehöhlt aus, wie das Innere eines leeren Kartons. Gleichsam entzückt spielte der Nachbarmonitor eine kleine fröhliche Melodie. So ein Schmarrn! knurrte Dr. Vrkzta unmissverständlich und dachte an seine jüngste Tochter, die an der Schule einen Programmierkurs belegt hatte. Da hörte Dr. Vrkzta ein laut gerufenes, entschlossenes *Ha!*, darauf einen dumpfen Schlag und ein Scheppern. In kurzem Abstand ertönte ein weiterer *Ha!*-Ruf, der wiederum eine undefinierbare Tat einleitete, die mit Scheppern verbunden war. Das Gelärme drang aus einem Zimmer auf der gegenüberliegenden Flurseite. Die Abfolge von Rufen und Krachen beschleunigte ja überlagerte sich. Es schienen mehrere Täter beteiligt. Es klang nach Karatemeistern, die ein Heizungsrohr traktierten. Dann ein Hilferuf. Dr. Vrkzta hatte nur ein *Au!* vernommen, das zu hören ebenso viel Schmerz verursacht, wie es auszudrücken vermag. Dr. Vrkzta querte den Flur und verharrte vor der fraglichen Tür. Dr. Vrkzta war kein Held, der Drachen tötet und Menschen aus brennenden Autowracks zerrt. Dr. Vrkzta lauschte: ein *Ha!*, ein Schlag, ein Schmerzensschrei - Dr. Vrkzta öffnete die Tür.

Die gesamte Nasenhöhle ist mit Schleimhaut ausgekleidet. Das Vorkommen von Riechsinneszellen beschränkt sich auf einen kleinen Bereich, die Regio olfactoria. Doch Geruchsempfindungen werden nicht nur durch die Riechzellen der Regio olfactoria vermittelt. In der Regio respiratoria finden sich neben den genannten Zellelementen auch sensible Fasern des 5ten Hirnnerven, des Nervus trigeminus. Diese freien Nervenendigungen reagieren auch auf Duftstoffe. Wir können also mit den Nerven riechen. Das Riechen ist der einzige Fernsinn, der in dieser Weise die blanken Nerven aktiviert; zum Hören und zum Sehen braucht es weitere, vermittelnde Zellen, hochspezialisierte Rezeptoren. Das Riechen hingegen vermittelt einfachste Verhältnisse, Freund oder Feind, Gefahr und Gelüste. Nichts Bestimmtes hatte Dr. Vrkzta erwartet, als er die Tür aufstieß, aber bestimmt nicht das, was er sah: ein junges Paar, Mann und Frau, das gemeinsam auf einen Computer einschlug.

- Gehn S', Sie stören, sagte der Mann zu Dr. Vrkzta.

Dr. Vrkzta wollte etwas einwenden, doch die Frau kam ihm zuvor.

- Peter, schau, der alte Mann interessiert sich! sagte sie, und ehe Dr. Vrkzta wiederum etwas einwenden konnte, schon wegen seines Alters, reichte sie ihm die Hand mit den Worten:

- Eva. Oh ja, sag einfach Eva zu mir.

Fräulein Eva gab in Dr. Vrkztas Augen eine ungesunde, rachitische Erscheinung ab. Er schloss auf falsche Ernährung und eine überstandene Magersucht. Ihre fahle Haut gefiel ihm gar nicht. Die dunklen Augenränder ließen ein Nierenproblem vermuten. Das müsste man untersuchen. Immer wieder die Nieren, konstatierte Dr. Vrkzta zufrieden.

- Ah, die Nachricht war für Sie, stellte Dr. Vrkzta fest, als habe er bereits eine endemische Nephropathie diagnostiziert.

- Nachricht?

- *Eva wo bist du?* auf dem Zettel an der Tür...

- Oh, ja. Nein. Erstens ist das keine Nachricht sondern eine Frage, eine pragmatisch sinnlose zudem, denn wie soll Eva sinnvoll darauf antworten, solange sie fort ist? Zweitens handelt es sich um eine andere Eva, nicht um mich...

Dr. Vrkzta hasste diese Art des verkopften Dialogs und unterbrach Fräulein Eva:

- Ich habe jemanden schreien hören, Schmerzen...

- Bravo! er hat Schreie gehört, Schmerzen! rief der junge Mann voll echter Begeisterung, ein langer leptosomer Typ, der seine ebenso langen Arme schlaksig in die Luft warf. Vermutlich eine Senkniere. Für so einen zahlen wir Steuern, dachte Dr. Vrkzta voll ernstlicher Empörung.

- Geschrien hat der Computer, erklärte Fräulein Eva, wir wollten es so realistisch wie möglich machen.

- Ich bin der Peter, sagte der Leptosome: und das ist unser

neuestes ACT-5-Stern-Modell, Franzl mit Namen.

Der Peter tätschelte das Computergerät. Bei *5-Stern* fielen Dr. Vrkzta vorerst nur Kältestufen für Kühlschränke ein, wobei *5-Stern* sehr kalt sein musste.

- Wir sind ziemlich stolz auf ihn, gell Franzl. Wir haben ihn trainiert, Gesichter zu erkennen und die zugehörigen Stimmen. Er ist der erste Neuronales-Netz-Computer mit einem Biography-Parser.

- Ein Biograph? fragte Dr. Vrkzta erstaunt.

- Franzl lernt immer Neues über die Leute, dessen Gesichter er kennt. Irgendwann wird er ein umgänglicher Typ, der seinen kleinen Bekanntenkreis hat und den man abends im Beisl antreffen kann.

- Na, warum prügeln Sie ihn dann?

- Wir wollen sehen, ob er dieselben Funktionsstörungen erleidet wie ein richtiges Hirn, wann es geprügelt wird, oh ja, Wahrnehmungsstörungen, Amnesien, Halluzinationen, sagte Fräulein Eva, die rachitische Computeristin.

- Na schaun S', wer prügelt denn Hirne? wollte Dr. Vrkzta wissen und verspürte Widerspruchslust angesichts dieser beiden Naseweis'.

- Brutal gut, dass Sie unserem Franzl zu Hilfe kommen wollten! Das ist ein gelungener Turing-Test, erklärte der Peter: Sie haben Franzl doch tatsächlich für einen Menschen gehalten. Ergo factum, wer nicht weiß, dass Franzl ein Maschinderl ist, könnte ihn mit von einem echten Menschen nicht unterscheiden.

- Oder von einem Tonbandgerät, knurrte Dr. Vrkzta.

- Bittschön?

- Na schaun S', wenn Sie hier bloß ein Tonband laufen gehabt hätten, wäre ich genauso gekommen.

- Oh ja, aber er kann noch viel mehr, unser Franzl, sagte das fahlhäutige Fräulein Eva. Sie hatte so gar nichts Mütterliches.

- Wir haben ihn lange trainiert, sagte der Peter, die leptosome Senkniere: in Vielem können wir ihn nicht mehr von einem Menschen unterscheiden.

- Dann dürfen Sie ihn aber auch nicht prügeln! empörte sich Dr. Vrkzta und fühlte sich immer mehr als Arzt angesprochen.

- Das hier ist Wissenschaft, wir rekonstruieren das menschliche Hirn.

- Oh ja, es ist doch nur ein Computer! ergänzte Fräulein Eva.

- Hat er denn Gefühle? fragte Dr. Vrkzta, als fragte er nach Leibschmerzen.

- Gefühle sind überflüssig, sagte der Peter: das sind ungenaue Bewertungen, irgendwo im limbischen System lokalisiert, die zu ungenauer Aktivation führen. Gefühle dienten zur Handlungsregulation des Steinzeitmenschen.

- Empfinden Sie denn nichts für Frau Eva? fragte Dr. Vrkzta. Für einen langen Augenblick trat Stille ein, Dr. Vrkzta hatte die beiden in Verlegenheit gebracht. Das Neonlicht flimmerte. Das Fräulein bekam endlich etwas Farbe auf ihr Gesicht.

- Oh ja, an Gefühle haben wir nicht gedacht, als wir Franzl programmierten, nicht wahr, Peter?

- Na schaun S', vielleicht entwickelt er ja noch Gefühle,

das weiß man nie so genau. Außerdem, auch einen Menschen ohne Gefühlen dürfen S' nicht so einfach schlagen.

- Aber es ist eine Maschine, kapieren Sie das nicht! erregte sich der Peter und ruderte mit seinen langen Armen.

- Peter, was ist? rief Fräulein Eva.

- Kann er denn wenigstens riechen, Ihr Franzl, fragte Dr. Vrkzta in betonter Sachlichkeit und trat einige Schritte auf Franzl zu, als wollte er sich wenigstens Franzls Zunge zeigen lassen.

- Soll er etwa auch noch scheißen können! Ist Riechen eine auch nur irgendwie wesentliche psychische Funktion! protestierte der Peter.

Dr. Vrkzta hatte die Universität schon immer im Verdacht, eine Verwahranstalt für lebensuntüchtige Kopfmenschen zu sein.

- Au! rief es auf einmal. Dr. Vrkzta hatte den Computer Franzl berührt.

- Oh ja, Franzl ist berührungsaktiv.

- Bitte um Entschuldigung, sagte Dr. Vrkzta, der seine Hand zurückgezogen hatte, als habe sie einen elektrischen Schlag erhalten.

- Macht nichts, sprach Franzl: aber Sie kenne ich nicht.

Für einen Moment war Dr. Vrkzta irritiert, wie wenn mitten in einer Operation ein Zahn oder eine Prothese zu sprechen begonnen hätte. Franzls Stimme klang tief und synthetisch, doch nicht unangenehm.

- Grüß Gott, ich bin Dr. Vrkzta, Zahnarzt.

- Servus, Herr Dr. Vrkzta. Leider werde ich nie das Vergnügen haben, Sie persönlich aufzusuchen, Zähne gelten nicht als wesentliche psychische Funktion.

- Franzl! mahnte der Peter.

- Wie geht es Ihnen, Franzl, fragte Dr. Vrkzta, entzückt dass ein Computer so gut sprach.

- Man schlägt mich. Zu Versuchszwecken.

- Irgendeine Amnesie? Gedächtnisstörungen, Augenflimmern? Tun diese Dellen da weh?

Dr. Vrkzta fasste vorsichtig auf das beschädigte Gehäuse.

- Herr Dr. Vrkzta?

- Ja, Franzl

- Wenn Sie mir einen Gefallen tun wollen, so schicken Sie die beiden weg.

- Phantastisch! rief Dr. Vrkzta begeistert und wandte sich abrupt an Eva und Peter, die beiden Computerwissenschaftler: Ein Computer, mit dem man sich richtig unterhalten kann! Wie funktioniert das?

- Ich meine es ernst! rief der Computer Franzl aus dem Hintergrund.

- Halt die Klappe, du Mülleimer! brüllte der Peter.

- Peter, Du bist ein KZ-Wärter, ein Brutalinski, entgegnete Franzl.

Der Computerwissenschaftler nahm einen Prügel, offenbar ein abgeschraubtes Stuhlbein, und schlug auf Franzl ein, dass es schepperte.

- Au! Du tust mir weh! Hör auf! flehte Franzl.

Der Peter hielt inne, als habe ihn der Schlag physisch wie

psychisch verausgabt, seine lange Figur stand wie ein schlaffes, lymphatisches Fragezeichen im Raum, der Rücken gekrümmt, der Prügel hing in der Hand. Währenddem hatte das Fräulein Eva Dr. Vrkztas Arm gefasst und begann zu schluchzen:

- So geht das jeden Tag, das ist doch nicht zum Aushalten...

- Dann stellen Sie doch den Ton leise.

- Wir müssen doch hören, wenn erste Veränderungen eintreten, schluchzte sie, unser Forschungsauftrag...

- Na schaun S', wer wird denn gleich weinen. Haben Sie denn niemanden, mit dem sie reden können? Franzl jetzt mal ausgenommen.

- Oh ja: Peter.

- Mit dem Sie beide reden können, ergänzte Dr. Vrkzta und staunte über soviel hilflose Begriffsstutzigkeit.

- Oh, ja, gewiss, Peter, unser Institutsleiter, er heißt eigentlich Dr. Dr. Attila Attatürk, aber wir nennen ihn der Einfachheit halber Peter.

- Ein Türke?

- Haben Sie etwas gegen Türken, Herr Doktor? fragte Franzl aus dem Hintergrund.

- Ich kann Türken nicht riechen! erwiderte Dr. Vrkzta laut und vernehmlich und verspürte große Lust, einen Computer sich empören zu sehen. Vielleicht platzte er ja.

- Faschist! rief Franzl prompt.

- Mir reicht's, Du Mülleimer, jetzt zieh ich den Stecker! rief der Computer-Peter wie wild und machte sich in einem Verhau von Kabeln zu schaffen.

- Tu's nicht! rief die Eva und stürzte hinzu.

- Hilfe! Hilfe! flehte Franzl: Herr Doktor, helfen Sie doch!

Und es klang wirklich echt.

Wäre Dr. Vrkzta nicht mittendrin gewesen, hätte er das Geschehen für ein großes Kasperltheater oder ein neumodisches, seelen- und substanzloses Theaterstück gehalten.

- Kinder, Kinder, was geht denn hier vor?

Ein junger Mann erschien in der Tür, Mitte dreißig, mit modisch kurzem, grau meliertem Haar. Hätte er nicht einen weißen Kittel getragen, hätte man ihn für einen Bonvivant halten mögen.

- Kommt Ihr voran? fragte er freundlich.

- Servus Peter, sagte der Peter.

- Oh ja, sagte Fräulein Eva.

- Dieser Herr da hat was gegen Türken, sprach Franzl.

- Haben wir alle, lachte Dr. Dr. Attatürk und wandte sich Dr. Vrkzta zu.

Ein Mensch ist kein Hirn. Ein Hirn ist kein Computer. Ein Computer ist kein Mensch. Und wäre er so gut wie einer, dann müsste man ihn auch als Menschen behandeln. So gut und so schlecht. Ein Mensch ist kein Wolf. Das Hirn ist nicht die See und nicht die Seele. Das ist die Malaise: Dass das Hirn grau ist und dass es gleichgültig wäre, ob das Hirn blau wär, und man nicht hineinsehen kann, wie wenn das Hirn aus sich herausschauen würde wie ein

Hund aus der Hundehütte. Und schlimmer noch: Wäre das Hirn wie ein Hund in seiner Hundehütte, der die Welt beäugt, oder ein Wolf oder ein Schaf, man wüsste immer noch nicht, was es denkt oder will und wodurch es getrieben wird. Wir müssten nunmehr das Hirn des Hundes, respektive des Wolfs oder Schafs, analysieren, und hätten also das Problem verdoppelt, statt es zu lösen: Das Hirn entspräche dem Hirn, das in ihm steckt. Warum einen Computer bauen, der auf dieselbe Weise genial ist wie Galois? Am Ende würde er sich fragen, was er hier soll, und bringt sich wieder um. Das Hirn ist grau, es hat eine Geschichte, aber es erzählt sie nicht. Franzl ist eine dumme Nuss. Würde man ihm einreden, er heiße Franziska und sei eine Frau, würde er es irgendwann nachplappern. Seine Lernfähigkeit beschränkt sich auf die Welt der Gesetze der Assoziation, der Vergesellschaftung der Dinge; erstens der Assoziation aufgrund ihrer Ähnlichkeit, zweitens der Assoziation aufgrund gemeinsamen Auftretens. Franzl könnte gar nicht anders. Er kennt die Geschlechter, gesondert in Peters und Evas. Aber kennt er sein eigenes? Er weiß, wann er mit dem Stock geschlagen wird und warum. Er weiß: Beim Schlagen mit bloßer Hand würde sich Peter verletzen. Doch selbst Hunde sollte man nicht mit der Hand schlagen, sondern mit Stock oder Zeitung. Damit der Hund keine bleibende Scheu vor der menschlichen Hand davonträgt. Das weiß Franzl-Franziska nicht, und es fragt sich, was er oder sie über die Menschen lernen kann. Vielleicht käme er sogar auf die Idee, sich mit seinen Peinigern oder Forschern zu assoziieren, so als wäre er ein behindertes Kind oder eben ein Hund. Sich mit ihnen paaren könnte er nicht. Das Problem ist, dass ein Vergleich irgendwie immer möglich ist.

Dr. Vrkzta war hoch erfreut, einen medizinischen Collega anzutreffen. Wie sich herausstellte, war Dr. Dr. Attatürk in Dortmund aufgewachsen und hatte dortselbst Informatik und Medizin studiert. Ein höflicher, weitgereister Mensch. Dr. Dr. Attatürk verabschiedete Dr. Vrkzta mit einer Einladung zu einem Fachgespräch für die folgende Woche. Dr. Vrkzta würde ihm von dem Likör aus Eigenfabrikation mitbringen, oder vielleicht besser nicht. Er faltete Dr. Dr. Attatürks Visitenkarte. Nicht weil diese zu groß war, sondern rein aus Gewohnheit. Dr. Vrkzta faltete selbst die Rezeptzettel für seine Patienten und fand immer, falls nötig, eine Erklärung dafür: sei es, damit der Zettel besser ins Geldbörsel passt, oder sei es, damit keine Patzen draufkommen... Morgen würde Dr. Vrkzta wieder ordinieren: schiefe Zähne, fäulnishafte Kiefer, eingeklemmte Gesichtsnerven und hie und da eine Nierensenkung oder einen Migräneanfall. Gewiss, was sind Zähne verglichen mit dem Gehirn? Ein Mensch ohne Zähne ist zu bedauern, es findet sich Ersatz. Aber ein Mensch ohne Hirn? Was freilich in der Theorie wie ein Nachteil auf Seiten der Zähne aussieht, schlägt sich in der Therapie zu einem Vorteil aus: Einen Weisheitszahn kann man ziehen und damit eine Migräne oder Depression zum Verschwinden bringen. Aber das Hirn? Zu dumm, murmelte Dr. Vrkzta. Er hatte vergessen, Herrn Attatürk seine Visitenkarte zuzustecken. Er hatte, genau bedacht, seine Visitenkarten ganz vergessen. Wenn überhaupt noch Visitenkarte übrig waren. Er schrieb üblicherweise nur Rezeptzettel aus. Auf denen stand seine Adresse und alles Nötige, bis hin zu den Öffnungszeiten. Vielleicht würde er Herrn Dr. Dr. Attatürk einen Rezeptzettel mitbringen. Warum nicht? Die Visitenkarten mussten in der Ordination liegen. Bei diesem Gedanken seufzte Dr. Vrkzta, was begreiflich war mit Hinblick auf das ungeklärte Verhältnis und Verhalten seitens der neuen Reinigungskraft, Frau Yugovic. Sollte sich die Frau als gschlampert erweisen, was dringend zu befürchten stand, so würde er wieder diesen oder jenen Putzmittelvertreter einbestellen, damit dieser nebenbei einen Teil der Reinigungsarbeiten erledigte. Vielleicht würde auch eine seiner Töchter helfen - was in der Tat immer ein großes *Vielleicht* bedeutete.

Bereits zweimal sei Charles-François DeLaPeine gestorben. Einmal am 20. Juli 1745 unter dem Namen Claude-Nicholas DeLaPeine als Unteroffizier auf dem französischen Kriegsschiff *Elisabeth*, und zwar infolge eines Treffers einer englischen Kanonenkugel. Sein Leichnam wurde dem Meer übergeben. Ein zweites Mal, mehr als vierzig Jahre später, am 1. Februar 1788 als Fahnenflüchtiger verschiedener Heere unter dem Namen Mougenot in Versailles im berüchtigten Gefängnis Bicêtre. Von daher könne man genauso gut annehmen, dass er überhaupt nicht gestorben sei. Die *Gazette des Nouveaux Tribuneaux* schloss daraus, dass den Angaben der vorrevolutionären staatlichen Stellen des Königreichs Frankreich nur bedingt zu trauen sei. Die Gazette unterschlug, dass zumindest Charles-François DeLaPeine-Mougenots Status als Bigamist für unzweifelhaft gelten konnte. Die Unterlassung erfolgte vermutlich aus Rücksicht auf seine Tochter, Catherine, verheiratete Verquier, die im Paris jener Zeit einen aufsehenerregenden Prozess angestrengt hatte. Die Jahre nach der Revolution von 1789 gehörten in Frankreich der Binnensäuberung, welche keinen Unterschied zwischen Privatem und Politischem gelten lassen konnte. Angeklagt war der Bürger Richard DeLaPeine, vormals Erster Architekt des Königs, geadelt und persönlicher Baumeister der Königin, Marie-Antoinette, jener

Dame, die, auf das Elend der Bürgerinnen und Bürger von Paris aufmerksam gemacht - denn die Leute hätten *kein Brot* mehr zu essen -, ernsthaft erwidert haben soll: dann sollen sie doch *Kuchen* essen. Der Architekt Richard DeLaPeine hatte einen älteren Bruder, Claude-Nicholas mit Namen, der sich später Charles-François nannte und Catherines Vater war. Nach dessen Rückkehr aus dem Militärdienst hatte Richard seinen Bruder nicht anerkannt und ihm obendrein das Miterbe am väterlichen Nachlass vorenthalten. Die *Gazette* nannte Richard deshalb einen Domestiken und subalternen Despoten, einen *Parvenu*, der die Wurzeln seiner niederen Abkunft lothringischer Provenienz vergessen machen möchte. Auch seinen Familienname *Müh* hatte er französisiert. Catherine sah keinen anderen Weg als den, die Sache erneut publik zu machen. 1791 verfasste sie – mit Hilfe eines bekannten Anwalts – ihre *Dénonciation à l' Assemblée Nationale*, einen öffentlichen Aufruf an die Nationalversammlung. Darin schrieb sie: *Mein Vater ist tot, und woran starb er? An Wut und Verzweiflung. Durch welche Hand? Durch die seines eigenen Bruders. Grausamer Onkel.* Die Schrift tat ihre Wirkung. Das Bezirkstribunal des III. Arrondissements verurteilte Richard DeLaPeine im Jahre 1792 zur gewaltigen Summe von 50.000 Livres Schadenersatz, inklusive Zinsen. Das Gericht würdigte nicht das Argument, dass Catherines Vater, Charles-François De-LaPeine, möglicherweise noch lebte. Es würdigte auch nicht die polizeilichen Nachforschungen von 1773 bis 1779, die erbracht hatten, dass Charles-François DeLa-Peine, wenn überhaupt, *Mougenot* heiße. Seine ungeschieden verlassene Frau hatte ihn bei einer Gegenüberstellung auf Anhieb erkannt. Ungewürdigt blieb auch die Versicherung des Grafen von Lancize, wonach der Unteroffizier Claude-Nicholas DeLaPeine 1745 an seiner

Seite in der Schlacht umgekommen sei. Eine Verwechslung sei ausgeschlossen. Man muss hinzufügen, dass de Lancize seinerzeit die Kompanie der Freiwilligen von Maurepas befehligte. Dies war eine Ansammlung von Adligen und von Emporkömmlingen, die einen adelsmäßigem Lebensstil pflegten; sie sollten Karl Eduard, den Enkel Jakob II und Prätendenten auf den englischen Thron, nach England begleiten und Frankreichs Einfluss sichern helfen. Unbefriedigt von seinen ersten Jahren als Architekt, hatte sich Claude-Nicholas DeLaPeine ebendort zum Dienst verpflichtet. Vermutlich hatte er sich, wie viele andere der Kompanie, eine Hofkarriere in England versprochen; denn die Freiwilligen von Maurepas waren als Ehrengarde am englischen Hof vorgesehen. Bekanntlich scheiterte das Unternehmen. Das Bezirkstribunal des III. Arrondissements sah offenbar keine Veranlassung, diese unerfreuliche Geschichte, die zudem fast fünfzig Jahre zurücklag, mit dem Fall Richard DeLaPeine zu verknüpfen. Der arme Claude-Nicholas, oder auch Charles-François, wie er sich später nannte, musste unter kaum glaublichen Umständen dem definitiven Tod auf See entronnen sein. Verwirrt wie er war, hatte er sich abwechselnd als Steinmetz und als Soldat mehrerer Heere verdingt. Bis nach Schweden hatte er sich durchgeschlagen. Umso unverständlicher und beschämender schien es, dass ihn sein leiblicher Bruder Richard nicht wieder in den Schoß der Familie aufgenommen hatte. Immer wieder hatte Charles-François gegen den Bruder, den berühmten Architekten des Königs, prozessiert, hatte darüber alles vernachlässigt, so dass selbst seine Kinder fast am Verhungern waren. Statt ihm sein Recht zuzugestehen, hatte man ihn verurteilt, eingekerkert, ihm unter Strafandrohung verboten, den Namen DeLaPeine zu nutzen oder auch nur die Ortsgrenze von Versailles zu überschreiten. 1782 saß er zeitweilig mit ganzer Familie im Kerker: Charles-François Mougenot, genannt DeLa-Peine, 62, geboren in Nancy, Lothringen; seine Frau Caroline-Marthe Ahrenfeld, 34, geboren in Trondheim, Norwegen (Mougenot hatte sie in Kopenhagen kennengelernt); seine Tochter Marie-Catherine, 15, geboren in Kopenhagen, Dänemark; seine Tochter Françoise, 12, geboren in Landskrona, Schweden; sein Sohn, ebenfalls Charles-François geheißen, 91/2, geboren in Nancy. Zum Glück für Charles-François Mougenot-DeLaPeine fanden sich auch Gönner respektive Gläubiger, denen an seinem Wohl gelegen war oder die ihre Abneigung gegen Richard mit einer Unterstützung für den geschmähten Bruder Charles-François verbanden. Zu letzteren gehörte der Marquis de Raigecourt, Graf des Heiligen Römischen Reiches, bedeutender Kammerherr und Großseneschal der Insignien von Remiremont, der aus seiner Feindseligkeit gegenüber Richard DeLaPeine-Müh keinen Hehl machte. Selbst der Gefängniskommandant Gréban erbarmte sich, nachdem *pauvre* Charles-François Mougenot (oder DeLaPeine) bereits zum dritten Mal einsaß. Die Zeit erlebte eine Reihe von skurrilen Geschichten, bei denen keiner wusste, wie weit man ihnen trauen durfte. Man hörte von Kindsvertauschungen zwischen Adel und Dienerschaft, durch welche die gesellschaftlichen Schichten auf den Kopf gestellt wurden; von einer Ertrunkenen, deren Leiche geborgen werden konnte, die gleichwohl Jahre später zur Beerdigung ihres Gatten wieder auftauchte und das Erbe anzutreten beanspruchte; oder vom Geist eines zu Tode Gemarterten, der Nacht für Nacht auf der Place de Grève erschien, um seine Unschuld zu beteuern. Auch las man: Ein junger Taugenichts hatte sich nach Amsterdam davongemacht und dort mit einem Freund den Namen getauscht, damit für sie beide *wech-*

selseitig eine gewisse Sicherheit bestünde. Sein Freund starb, und zurück in Frankreich, konnte unser Taugenichts seine Identität nicht mehr beweisen. Die Wahrheit als Ganze einmal dahingestellt, aber musste es nicht für jede dieser Geschichten zumindest einen Anlass geben? Il n'y a pas de fumée sans feu, kein Rauch ohne Feuer. Im Fall von Richard DeLaPeine, diesem französischen Spross der Mühs, wissen wir nicht, ob wir sein Talent und seinen Erfolg als Architekt bewundern oder seine tragische Auseinandersetzung mit dem vermeintlichen Bruder bedauern sollen. Alfred Hachette, dessen Recherchen zu den großen, zweifelhaften Gerichtsfällen ich hier weitgehend folge (L'Affaire M., A. Hachette, 1928), sprach vom *Unglück der Privatperson* Richard DeLaPeine. Gab es diese Privatperson überhaupt? Richard wurde 1728 in Nancy geboren. Er entstammte, wie Hachette es nannte, einer Dynastie von *Grands Bourgeois*, eine Bezeichnung, die leicht irreführen kann. Tatsächlich war der lothringische Zweig der Mühs durch die Verwüstungen des 30jährigen Krieges fast völlig verarmt. Richards Vater, Simon DeLaPeine, wuchs als Gehilfe und Geselle in einer Architektenwerkstatt auf. Vermutlich hätte seine Familie für ihn nicht sorgen können. Geerbt hatte er indes den Mühschen Arbeitseifer und einen Sinn für Opportunität, der es ihm alsbald angeraten scheinen ließ, den Familiennamen Müh in DeLaPeine zu ändern. Als Kind erlebte Simon, wie Lothringen von den Truppen Ludwigs XIV besetzt wurde. Alle sprachen davon, dass Lothringen sicher bald ganz zum Königreich Frankreich gehören würde. So war es den elsässischen Vettern in Straßburg ergangen. Simon DeLaPeine hatte in zwei Ehen insgesamt 16 Kinder, von denen 10 bereits im Kindesalter starben. Simon DeLaPeines Erfolg begann, als der Gute König Stanislaus Leszczinski, der Schwiegervater Ludwigs XV, 1737 den lothringischen Thron bestieg. Simon wurde Hofarchitekt und verfügte nun über die nötigen Beziehungen, um seine beiden Söhne zum Studium nach Paris schicken zu können. Der ältere, Claude-Nicholas, verließ die Architektur und starb recht bald auf der *Elisabeth*, im Dienste wenn auch nicht zum vollen Ruhme Frankreichs. Der jüngere, Richard, avancierte glanzvoll zum Hofarchitekten in Versailles und prägte den französischen Neoklassizismus, wie es hieß. Als Simon 1761 starb, hinterließ er zwar keine Reichtümer, gerade mal 15.000 Livres Barschaft. Doch er konnte stolz sein und starb vermutlich mit einem Lächeln und einem wohltuenden Gedanken, welcher in einer einzigen Umarmung seine beiden Söhne und all die unter seiner Leitung befestigten Straßen und Brücken und seine Pfarrkirche von Rosières-sur-Salines vereinte. Gewiss keinen Gedanken, schon gar keinen letzten, verschwendete er an einen seiner Steinmetze, einen gewissen Mougenot. Mougenot trug eine große Narbe auf der rechten Wange, was schon damals anderen Arbeitern auffiel. So erbrachten die polizeilichen Nachforschungen, die vor 1789 liefen, dass Mougenot ebenjener war; dank solch einer Narbe ließen sich Zeugen finden. Um der Wahrheit nicht Unrecht anzutun, sei hinzugefügt, dass 1779 auch sieben Zeugen auftraten, um die Identität von Mougenot und Claude-Nicholas zu bezeugen. Verwunderlich bleibt, dass letzterer bis zum seinen Tod an der Seite de Lancizes keine Narbe aufwies, auch nicht als man seinen Leichnam seebestattete. Zumindest konnte sich de Lancize an keinerlei Narbe erinnern. Selbst Charles-François Mougenot, alias DeLaPeine, durcheinander wie war, konnte keine schlüssige Erklärung liefern. Er musste sich wohl im Eifer des Gefechts auf der Elisabeth eine schwere Verletzung an der Wange zugezogen haben. Die Herkunft der Narbe mochte im Dunkeln bleiben, nicht jedoch die des Namens: Mougenot bedeute, wie er hervorhob, *Müh Le Jeune*. Dieser Name stehe nur ihm, Mougenot-DeLaPeine, als ältestem Sohn von Simon DeLaPeine-Müh zu. Die Rekrutierungsliste des königlich-dänischen Corps, von dem er flüchtig war, führte ihn noch immer als Karl-Frantz Muckgenot; der zuständige Inskriptor habe versucht, die lautliche Anmutung mit einer französisch aussehenden Schreibweise in eine Gleichung zu bringen. Beim Militär gehe es nicht um Rechtschreibung, diese könne mitunter störend sein, sondern um die rasche und sichere Identifikation des Namensträgers. Der Name Müh Le Jeune, vulgo Mougenot oder auch: Muckgenot, sei für sich ein besserer Beweis als wenn er einfach DeLaPeine heiße – denn der Name DeLaPeine ist durchaus häufiger anzutreffen. Das zuständige Gericht in Nancy konnte dieser Argumentation in den 70er Jahren nicht folgen. Die beauftragten Sachverständigen führten aus, dass in keiner der betreffenden Sprachen, weder dem Dänischen, noch dem Deutschen oder dem Schwedischen, diese Gleichung aufgehe. Wie Hachette süffisant bemerkte: Es nutzte nichts zu wissen, dass Mougenot eben Mougenot war, man musste ihn auch davon überzeugen. Dass diese Affäre überhaupt aus den Kinderschuhen hinauswuchs und gegen alle Wahrscheinlichkeit überlebte, daran ersehen wir, so Hachette, die Kunst der Verleumdung: Man beginne damit, ein bisschen zu verleumden - irgendetwas wird sicher hängenbleiben. Richard DeLaPeines Karriere war fürwahr brillant. Mit 33 Jahren wurde er geadelt, wurde Sekretär des Königs, Generalintendant und -inspizient der Bauten und Gärten der Königin von Frankreich und schließlich Mitte Vierzig: der Erste Architekt des Königs, nun Ludwigs XVI. Arbeitswütig und detailversessen, sowohl Mann der

Kunst als auch Herr über den Baustellenbetrieb, schien Richard DeLaPeine wie geboren, um die Werke auszuführen, die sich ein Herrscher zu errichten träumte. Ein treuer Baumeister, ein intelligenter Diener: kurzum jemand, der rasch unentbehrlich wird. Nirgendwo sonst konnte er sein gestalterisches Talent als Architekt und seine ausgeprägte Vorliebe für den Staatsdienst, wie die Familienchronik es nennt, so verwirklichen wie in Versailles. Nicht in seiner Heimatstadt Nancy, wo er Brücken und Kasernen errichtet hatte, nicht mit dem Bau des Ursulinen-Konvents in Clagny, mit dem er unverhofft ein architekturgeschichtliches Zeichen gesetzt hatte. Sein Genie galt den königlichen Lustschlössern und Gartenanlagen, insbesondere dem Petit Trianon der Königin Marie-Antoinette, wohin er persönlich umzog, um den Fortgang der Arbeiten besser beaufsichtigen zu können. Er schuf, seinem klassischen Stil und dem antikisierenden Zeitgeschmack des Louis-Seize verpflichtet, den Amortempel, das bezaubernd-elegante Belvedere sowie ein Theater für Aufführungen im kleinen Kreis, wie sie Marie-Antoinette bevorzugte. Als ein Kind der Provinz, verstand er auch, den besonderen Wunsch Marie-Antoinettes, des Habsburgerkindes, das sie blieb, Wirklichkeit werden zu lassen: Inmitten der königlichen Gärten des Petit Trianon, die nach englischem Stil neu angelegt wurden, schuf er einen künstlichen Weiler: den Hameau. Dieser bestand aus einem Bauernhaus, einer Meierei, einem Pfarrhaus, einer Mühle, dem Herrenhaus, dem Feldhüterhaus und dem Turm von Marlborough. Der Name des Turms rührt von einem Volkslied um die Taten des Herzogs von Marlborough im spanischen Erbfolgekrieg, in welchem Frankreich dank glücklicher Wendung gegenüber Habsburg die Oberhand behalten hatte. Zuweilen zog der Versailler Hof in den Weiler. Folgen wir den Memoiren des Arztes Poumiés de la Sibotie (Souvenir d'un médicin de Paris, F.-L. Poumiès de la Sibotie, 1847), so spielte Ludwig XV den Gutsherren, seine Brüder waren der Pächter und der Schulmeister. Der Kardinal von Rohan gab den Pfarrer, der Marschall von Richelieu den großen Feldhüter. Marie-Antoinette spielte die Bauersfrau, der die Meierei unterstand. Gewiss, für den Hameau gab es Vorbilder, der Prinz von Condé hatte zehn Jahr zuvor einen Weiler in Chantilly errichten lassen. Überhaupt hatte das Rokoko Schäfermit-Schäferinszenen geliebt, pittoresk mit Schafen belebt. Diese durften auch im Hameau nicht fehlen. Doch ging es um mehr als die höfisch-pastoralen Inszenierungen einer Madame de Pompadour, es ging um etwas anderes: einfache, beschauliche Natur, die das ursprüngliche ländliche Leben der Altvorderen repräsentierte und doch hofgerecht nutzbar sein sollte. Der Hameau war ein fast veritabler Gutsbetrieb. Es gab nicht nur Schafe und Ziegen und den Schweizer Wächter, Hans Jean Bersy mit Namen, sondern auch Schweizer Kühe sowie einen Hirten mit Familie und einen Melker (vgl. Les Jardins de Versailles, P.-A. Lablaude, 1995). Die junge Königin pflegte den Stil einer Landgutbesitzerin. En modeste toilette de campagne, in einfacher, ländlicher Kleidung, besichtigen sie mit ihren Kindern den Hameau, stattete den Untergebenen einen Besuch ab und inspizierte die Betriebsstätten. Um das Ganze zu retten, damit Naivität und Dekadenz sich nicht wechselseitig niederrangen, brauchte es Diplomatie und Sicherheit im Geschmack. Richard besaß beides, wenn auch mehr Geschmackssicherheit als Diplomatie. Ein gewisser Mangel an diplomatischer Weitsicht offenbarte sich endgültig, als - um einen Sprung in die Zeit zu machen, als die Gartenanlagen Marie-Antoinettes wegen unbezahlter Handwerkerrechnungen als Ursache für die Zerrüttung der Staatsfinanzen genannt wurden -, als nach seiner Exekution die revolutionäre Stadtverwaltung im Handumdrehen die erleseneren Teile des DeLaPeineschen Hausrats konfiszierte. Darunter vier Vasen aus grünem vogesischem Porphyr, die Richard selbst hatte fertigen lassen. Jede Vase fünf Fuß und vier Zoll hoch, geschmückt mit Blumenbändern, am Fuße verziert mit Akanthusblättern. Zwei gekrümmte Schlangen bildeten die Henkel, der Fuß als Lorbeerkranz geformt. Alle Ornamente waren vergoldet oder matt golden. Die Kommissare hatten penibel inventarisiert. Nach Richards Hinrichtung und alsbaldiger Rehabilitation fanden die Vasen nicht wieder zurück in den DeLaPeineschen Besitz sondern in die Gemächer Kaiser Napoleons in den Tuilerien. Dass es überhaupt so weit kam, verdankt Richard DeLaPeine dem Zusammenwirken von Revolution und dem Ehepaar Verquier, also Catherine, der Tochter von Mougenot-DeLaPeine, und ihrem Gatten Georges Verquier, einem Paketträger. Hätte Richard doch seine vermeintliche *Nichte* anerkannt! möchte man ausrufen. Vermutlich hätte es nichts geändert. Die Revolution hatte ihm die schlechteren Karten in die Hände gespielt, und die Verquiers waren fest entschlossen, die Nachlass-Angelegenheit Mougenot-DeLaPeine auf ihre Weise zu Ende zu bringen. Am 7. Oktober 1793 wurde der Bürger Verquier bei der Aufsichtsbehörde vorstellig und nannte einen Zeugen dafür, dass Richard DeLaPeine als Handlanger des vormaligen Bürgers Capet (=Ludwig XVI, bereits guillotiniert) und der Marie-Antoinette am Vorabend des 10. Augusts 1792 Anweisungen gegeben habe, den Galeriezugang zum Louvre zu blockieren. Bekanntlich kam es am 10. August 1992 zum Sturm auf die Tuilerien. Dieser ging mit Kampfhandlungen vor den königlichen Gemächern einher (die Schweizergarde schoss drei Salven ab) und führte zur Verhaftung der königlichen Familie. Selbst wenn der Vorwurf an Richard stimmte, was bezweifelt werden kann, wäre er ohne Folgen geblieben. Denn der Galeriezugang spielte beim Sturm auf die Tuilerien keine Rolle. Erst die Fantasie der Leute und Behörden gab dem Vorwurf Schwung und Brisanz. Wie Ungeziefer, das sich gegenseitig anzieht, gesellte sich bald ein weiteres Verdachtsmoment hinzu: Richard DeLaPeine habe – kurz nach dem Sturm auf die Bastille - angeordnet, die Seine-Brücke von Saint-Cloud zu zerstören. Vermutlich sollte er Saint-Cloud von der Ausbreitung revolutionärer Umtriebe in Paris abschneiden haben wollen. Aufgebrachte Bürger hätten dies zu verhindern gewusst, obschon die in Saint-Cloud stationierten 800 Schweizergardisten vier Stunden lang in Stellung gegangen waren. Richard und sein Sohn Simon wurden unverzüglich verhaftet. Bei den Hausdurchsuchungen fand sich ein konterrevolutionäres Kartenspiel (32 Blatt) mit royalistischen Motiven. Ebenso fanden die Inspektoren einen sehr großen Vorrat an Seife, in Stangen wie Blöcken, den sie amtlich versiegelte, nicht ohne zuvor Madame DeLaPeine 14 Stück Seife, weiße und graue, ausgehändigt zu haben. Damit nicht genug. Auf persönliche Intervention des Bürgers Verquier beschlagnahmten die Behörden 11 Briefe der DeLaPeines. Jeder Brief wurde mit peinlich genauer, exegetischer Sorgfalt analysiert und interpretiert. Gerade ob ihrer scheinbaren Belanglosigkeit, unter anderem war die Rede von einem Schlosserei-Schraubstock, konnten sie als perfid-verschlüsselter Beleg einer geheimen Verschwörung gelten. War es das Alter oder waren es die Selbstverblendung eines Erfolgsmenschen und die kräfteaufweichende Gewöhnung an den höfischen Luxus? Richard hatte seinen opportunistischen Instinkt eingebüßt, er verstand es nicht mehr sich zu arrangieren. Sein Sohn Simon mochte es mit Opportunitätsbezeigen versuchen, immerhin war er Rechtsanwalt. Doch mit dem Gartenarchitekten der Königin zum Vater half kein Verbiegen und Schönreden. Noch am 15. April 1793 hatte Simon den Eid auf die revolutionäre Verfassung von 1792 abgelegt und der Republik die Treue geschworen. Half nichts. Wie sein Vater wurde er in Haft genommen. Im Jahr darauf, am 7. Oktober 1794, dem 19. Messidor des Jahres II des repulikanischen Revolutionskalenders, saßen Richard und Simon DeLaPeine zusammen mit 57 weiteren Angeklagten im aufsehenerregenden Schauprozess um die Gefängnisverschwörung. Dieser Prozess sollte das *chef-d'œuvre* von Fouquier-Tinville werden, dem öffentlichen Ankläger des Revolutionstribunals. Dies schon deshalb, weil keiner der Angeklagten mehr erleben sollte, wie im Jahr darauf der Berufsrevolutionär Fouquier-Tinville selbst unter die Guillotine geführt wurde. Fouquier-Tinville, einmal in Rage, malte im ganz großen Bogen das Bild einer Staatsverschwörung: Die Verbrechen, derer sich die versammelten Angeklagten schuldig gemacht hätten, vereinten in sich Despotismus, Angriff auf die Freiheit, Untergraben der öffentlichen Sicherheit, Liberalismus, restaurative Tätigkeit - le despotisme, le fanatisme, l'athéisme et le fédéralisme - und andere bemerkenswerte Verabscheuenswürdigkeiten mehr. Ein Zeuge, ein so unbescholtener wie unbesonnener Gefängniswärter, sagte aus, er habe im Gefängnis keinerlei Anzeichen für eine Verschwörung bemerkt. Fouquier-Tinville ließ ihn auf der Stelle inhaftieren. Richard und sein Sohn waren Nummer 20 und Nummer 21 im ersten Durchgang des Prozesses, dessen Ergebnis für den ersten wie den zweiten Durchgang schon vorher feststand.

Soweit die Aufzeichnungen des Mathematikstudenten. Nachzutragen bleibt, dass Dr. Vrkzta sicher nie Aufstellung als Exponat im Naturhistorischen Museum finden wird. Einen *Arzt in Alltagskluft, Originalwiener, 20stes Jahrhundert* wird man dort schwerlich dulden, da mag er noch so viele Einwilligungen an Eides Statt oder Verfügungen im Todesfall beibringen. Auch in meinem Fall würde man eine Ausstellung unter Löwen und Pavianen wohl kaum in Betracht ziehen. Dem widerstünden nicht Pietätsgründe sondern ein allzu enges Verständnis von Natur und natürlicher Evolution. Die Zeichen sind bereits falsch gesetzt: Außer Dienst gestellte Supercomputer stehen heute in Technikmuseen und Eingangshallen von Industriebetrieben. Zwei, drei Generationen aus der Familie der Cray-Computer sind davon betroffen. Ich hingegen, im Vollbesitz meines Urteilsvermögens, stimme hiermit ausdrücklich und persönlich einer Aufstellung als Exponat im Naturhistorischen Museum oder einem vergleichbaren Naturkundemuseum zu. Bis dahin sollte auch geklärt sein, was es eigentlich auszustellen gibt: einen Schaltkasten oder einen glasigen Lithiumblock von der Größe eines Zuckerwürfels, einen Streifen Tesafilm oder meinetwegen einen Kübel voll Kabelsalat. Die Beschreibung müsste lauten: *Lichtrechner, Bürgerort Zürich-Fluntern, Baujahr um 1989.* Auf der Nennung des Bürgerorts muss ich bestehen, der lächerliche Name Znüni mag der Vergessenheit anheim fallen. Der Vollständigkeit halber sollte ich noch nachtragen, was über den Verbleib von Frau Yugovic und ihrer Tochter Armanda zu berichten ist. Die Yugovics stammten aus Pristina, fünf Autostunden von Belgrad entfernt. Wie erwähnt hatte die dickliche Armanda angeblich neun Brüder, welche jedoch in enthusiasmierter Selbstaufopferung noch vor Beginn des jugoslawischen Bürgerkriegs fielen. Nachdem Mutter

Yugovic Gewissheit über den Tod auch des letzten ihrer Söhne erlangt hatte, floh sie mit ihrer Tochter über Ungarn nach Wien. Dort verdingte sie sich als Hausbedienerin respektive Putzfrau und fand, wie wir wissen, Anstellung bei dem Zahnarzt Dr. Vrkzta in seiner Praxis in der Währinger Straße. Das persönliche Verhältnis zwischen Dr. Vrkzta und Mutter Yugovic entwickelte sich nicht zum Besten. Der Grund lag nicht etwa in den unterschiedlichen Charakteren oder Erwartungen der beiden. Mutter Yugovic wollte ja nur putzen und damit Geld verdienen, desgleichen wollte Dr. Vrkzta sie putzen lassen, wenn auch ohne viel Geld dafür aufzubringen. Diese Differenz ließ sich rasch überbrücken. Das Missverhältnis erwuchs aus Armanda. Das junge Kind fasste ein bedenkliches Zutrauen zu Mutter Yugovics Arbeitgeber, Herrn Dr. Vrkzta. Armanda sprach voll unheimlicher Begeisterung von neuronalen Netzwerken und Hirnanhangsdrüsen, Worte, die Mutter Yugovic zwar nicht verstand, die ihr aber eine unbestimmte Besorgnis einflößten. Wien war voll der unchristlichsten Affären und Personnagen, das AKH, Waldheim, die Proksch-Demel-Ancona-Sache, deren apotropäische Beschwörung, schon lange vor der grandiosen Vettovaglia-Hummelbrunner-Affäre, zum Wiener Gemüt zu gehören schien und deren Hintergründe Mutter Yugovic weder kannte noch kennenlernen wollte. Mutter Yugovics nur ungenaue Vorstellung von den Wiener Verhältnissen verdichtete sich zu der unguten Gewissheit, dass mit dem vertrauten Umgang zwischen ihrer einzigen Tochter und dem ohnedies sonderlichen Zahnarzt Schluss sein müsse. Mutter Yugovics mütterlicher Instinkt wollte das, was sie fürchtete, nicht einmal mit einen Namen fassen. Stattdessen kündigte sie von einem Tag auf den anderen, was ihr Dr. Vrkzta ohne viel Aufhebens als Charakterdefizit auslegte. Über einen ukrainischen Geschäftsmann, der in Sachen freiwilliger und weniger freiwilliger Eheanbahnung Ost- und Mitteleuropa bereiste und Damen von Ost nach West verschob, gelangte sie nach Mannheim. Mannheim war ein schöner Name, sie konnte sich die Stadt aussuchen. Dass sie Mutter war und eine Tochter mitzunehmen gedachte verschwieg sie wohlweislich. Überhaupt wusste Mutter Yugovic nur zu genau, in wessen Hände sie sich begab, und war fest entschlossen, diese Hände zu Werkzeugen für ihre eigenen Zwecke zu machen. Wie es ihr glückte, wird wohl nie in Erfahrung zu bringen sein. Jedenfalls besaß sie, was man einen starken Willen nennt, und ein kriegs- und fluchterprobtes Talent zu Organisation wie Täuschung. Dienten diese Fertigkeiten der Mutter nur für den Notfall, während sie sich sonst nichts so sehr wünschte wie ein beschauliches Familienleben, gehören sie bei der Tochter zur unveräußerlichen Erbmasse. Familienleben kennt Armanda nur aus der Erzählung der Mutter und hält es dank ihres ererbten Argwohns für eine Gemütsschwäche mütterlicherseits. Ja, zu den schönsten Talenten, die ihre Mutter und ihr schon so erfahrungsreiche junge Leben Armanda mitgegeben hat, zählen der untrügliche Blick für die Schwächen anderer Menschen und der entschiedene Wille, diese zum eigenen Vorteil zu nutzen.

Kröte in Hollywut

(1981)

Verehrter Leser, nehmen wir an, Sie wären eine schleimige braune Kröte, die vergnügt in ihrem Tümpelchen mit Dreck spritzte. Nehmen wir ferner an, es käme dereinst einer von Schneeweißchens Zwergen, der sechste beispielsweise, und erböte sich, Sie mit nach Hollywut zu nehmen. Mit größter Wahrscheinlichkeit fänden Sie sich nicht auf der Stelle bereit, einer garstigen, kalten Stadt wegen Ihr geliebtes Schlammbad zu verlassen. Indes der Zwerg Ihnen vom berühmten Hollywut und der aufregenden Arbeit beim Film in verlockendsten Farben vorschwärmte und wie nebenbei andeuten würde, in Hollywut bestünde die Möglichkeit, unter Umständen dem bezaubernden Schneeweißchen, dem holden Traum schwerer Krötennächte, zu begegnen, würde er Ihr Krötenherz hüpfen machen und Sie folgten dem Zwerg ins ferne Hollywut.

In Hollywut erwiese sich jedoch, dass das mit der Karriere beim Film nicht so einfach wie erhofft wäre. Davon abgesehen hätten Sie in den vielen Wochen nicht ein einziges Mal Schneeweißchen zu Augen bekommen. Nur einmal, da Sie als Statist für einen religiösen Schinken hinten bei der Orgel über den süßen Gedanken an das heimatliche Tümpelchen beinahe entschlummert wären, hätten Sie schwören wollen, dass das duftende Wehen, das durch den Raum ging, von niemand anderem als Schneeweißchen herrühre, das gerade vorbeigehuscht sein müsste. Eines Tages würde Sie dann jener Zwerg, der Sie ins verwunschene Hollywut gebracht hätte, in einer der heruntergekommenen Kneipen aufsuchen, in welcher Sie zusammen mit drei ebenso heruntergekommenen Laubfröschen bei Schafkopf und Absinth gebrochenen Krötenherzens den warmen, weichen Tümpeltagen nachhingen. Der Zwerg träte an Ihren Tisch und würde Ihnen voll bedauernder Anteilnahme die Gründe Ihres unseligen Elends zu erläutern suchen: Sie sind als Kröte eben nur ein halber Mensch. Wollten Sie also weiterkommen, so müssten Sie sich in einen richtigen Menschen verwandeln. Wer wüsste, vielleicht seien Sie ein verzaubertes Prinzchen oder Prinzesschen. Dieses wachzuküssen böte der Zwerg im Weiteren seine und seiner Brüder Hilfe an.

Des nächsten Morgens hockten Sie schließlich auf einem großen, kalten, kalkweiß überzogenen Tisch, und sieben Zwerge mit feisten Gesichtchen würden Sie aus großen, runden, glotzrunden Augen anstarren. Nach einigem Zögern nähme sie der erste der Zwerge zwischen seine feuchten, wurstigen Finger, spitzte seinen kleinen Mund, den er sodann auf Ihren fiebernden Bauch drückte. Es geschähe nichts. Auch wenn der zweite Zwerg mit kaltem Fischmäulchen an Ihrem Hals saugend ein Zaubersprüchlein spräche, verspürten Sie keinerlei Wandlung; genauso wenig beim dritten der Zwerge, obgleich doch aller guten Dinge drei wären; nicht beim vierten, der genüsslich schmatzte, noch beim fünften, der nur mit flüchtigen Lippen über Ihren schleimigen Krötenrücken striffe. Und selbst, wenn die Reihe am sechsten Zwerg wäre und dieser lang und fest mit seinem rauen Mündchen an Ihrem Hinterteile klebte und dabei seine Äuglein zukniffe, ergäbe sich kein Wunder. Der Zwerg Nummer sieben hingegen würde, nicht um die Ausrede verlegen, es helfe ohnehin nichts, sich erfolgreich weigern. Dann plötzlich, unvermittelt, spränge die Tür auf, eine Dame im langen, taftschweren Abendkleide erschiene, würde, da Sie Kröte, Ihr angebetetes Schneeweißchen vermutend, ihr ins Kleid gehüpft wären, einen selig langen Augenblick in Starre verharren, würde Sie schließlich, der Sie bereits im dreizehnten Krötenhimmel schwebten, in sicherem Griffe packen und mit aller Wucht, wie nur Liebe sie kennte, an die Wand knallen. Sie erführen nie, ob es sich bei der Dame wahrhaftig um Schneeweißchen gehandelt hätte.

Verehrter Leser, seien Sie also ehrlich: Wären Sie angesichts der gegebenen Sachlage nicht lieber in Ihrem warmen, behaglichen Tümpelchen geblieben?

Lotte

(1984)

I

Es war an einem Nachmittag zu Beginn des Sommers 1919, dass Gertrud Zietlow die Tür ihres Zimmers abschloss, die Gardinen zuzog und sich an ihren Nähkasten begab, wo sie das Nötigste - im Wesentlichen eine lange Stricknadel aus weichem Metall, zudem Watte und einen Stoß Taschentücher - vor Tagen bereits zurechtgelegt hatte.

Gertrud Zietlow war schwanger. Noch war es niemandem außer ihr aufgefallen: ihre in letzter Zeit zunehmende Unpässlichkeit hatte sie schnell zu deuten gewusst und hatte diese im Lehrerinnenseminar mit ihrer Wetterfühligkeit entschuldigt; woran auch keiner Anstoß genommen hatte. Nicht einmal den Vater dieses Kindes, den jungen Mathematiklehrer Kurt Schulz, hatte sie ins Vertrauen gezogen. Es stand nämlich so, dass Gertrud und Kurt zwar die beiderseits gesuchte Lust aneinander fanden, ihre Konversation sich im Wesentlichen aber auf diese Lust, den Geschlechtsverkehr, beschränkte und der Gedanke an eine Verehelichung beiden - zumindest ihr - fern lag. Mochte Kurt, abgesehen davon, dass er, wie man sagt, im Bett "ein Erlebnis für sich" war, zudem gescheit und zartfühlend sein, in Gertruds Augen war er in allem, was nicht das Geschlechtsleben betraf, zutiefst langweilig.

Nadel, Watte und Taschentücher legte sie auf den Nachttisch, sie zog den Überwurf vom Bett, nahm Federbett und Kopfkissen heraus und baute all dies auf zwei Stühle neben der Kommode. Vom Heben war ihr ganz schwindlig geworden, so dass sie sich einhalten musste. Sie schloss die Augen. Es war einer jener Schwächeanfälle, wie sie letzte Woche bereits über sie gekommen waren. Sie wartete. Bald schwand das Drehen und Sich-Wiegen aus ihrem Kopf, und das Sausen - Blut und Gedanken - ließ nach. Sie blickte umher. Ihr Herz schlug laut und dumpf, als ginge das Schlagen durch den Raum.

Sie ergriff zwei, drei Handtücher und setzte sich aufs Bett. Wie beklemmend die Leere war. Die Leere der Zwischenräume, die Leere bis zum Fenster. Dort am Fenster schlug nun ihr Herz, schlug leiser und bald wie von fern. Ihr fror. Stille kroch ihr in den Schoß und in den Bauch... Da rief jemand von der Straße her, sie schreckte auf, doch es galt nicht ihr. Benommen breitete sie die Handtücher, die zwei übereinander, aufs Bett, löste hastig Röcke und Unterröcke und warf diese über die Bettrückwand. Sie stieg ins Bett, niemand empfing sie. Sie setzte sich so, dass sie unter ihrem Schoß das Handtuch hervorkommen sah, die Bettwand hatte sie hart im Nacken. Das Laken war kalt, kalt wie das Metall von Waschschüsseln. Darüberhinweg, so schien es ihr, floss Schweigen, das das Laken feucht werden ließ. Und das Weiß des Leinenhandtuchs war weiß wie Kinderhaut, obenauf stand in roter Stickerei: Gertrud Zietlow.

Die Nadel führte sich anfangs leicht, nichts war zu spüren - bis Blut hervorschoss, immer mehr, als platzte eine riesige Blutblase, Schmerz durchzuckte den Unterleib. Sogleich hatte sie an die Scheide um die Nadel, die wie ein Fleischhaken steckte, alle Watte und die Taschentücher gepresst, ein Ballen, den sie nun zusammenzuhalten versuchte: Unter ihren Händen wuchs ein blutiger Klumpen, groß wie ein Kinderkopf.

Wann genau sie ohnmächtig geworden war, vermochte sie nicht anzugeben. Die Umstände waren nun allzu offensichtlich. Noch im Sommer wurde Hochzeit gehalten und Mitte Dezember kam das Kind zur Welt. Es war ein Mädchen, man nannte es Charlotte.

II

Stettin, 1945. Eines Tages waren die Russen in der Stadt. Kurt Schulz befand sich im Krieg, vermutlich schon in Kriegsgefangenschaft. Emilie, Lottes jüngere Schwester, hatte nach Berlin geheiratet, so dass die Mutter, Frau Schulz, mit Lotte allein in Stettin geblieben war.

Lotte war debil. Schon früh hatte man sie auf eine Art Sonderschule gegeben; man fand es nicht der Mühe wert, ihr Lesen und Schreiben beizubringen. Ihre Aufgabe war es, den lästigen Teil der Hausarbeit, Arbeiten wie Stiegenwischen, Kartoffelschälen, Kohlenschleppen, zu verrichten. Lotte gehörte zum Haushalt, und es war selbstverständlich, dass, während die Familie in der Stube zu speisen pflegte, Lotte in der Küche aß. Und gingen Mutter und Töchter aus, war es Lotte untersagt, auf gleicher Höhe wie Mutter und Schwester zu gehen, ihr war aufgetragen, in drei Schritt Abstand zurück zu bleiben. So wuchs Latte auf: immer diese drei Schritt zurück.

Die Wohnungstür wurde aufgestoßen, sie knallte gegen den Türstock. Fremde Worte drangen flüsternd über den

Flur. Die Frau fuhr von ihrer Strickarbeit auf und starrte nach der Stubentür. Ihr war, als schnürte ihr den Leib zusammen: Gleich würden sie kommen. Sie wusste, dass sie nicht mehr unbemerkt hinausgelangen konnte. Es hieß, klaren Kopf zu bewahren. Klaren Kopf, Stricken. Und kaum hatte sie sich wieder gesetzt und so, dass es den Anschein haben musste, nichts beunruhigte sie, das Stricken wieder aufgenommen; da sprang die Tür auf und aus einer schnellen Wendung heraus stand mit einem Mal ein Soldat verbissenen Gesichts und mit vorgehaltenem Gewehr im Zimmer. Nun war sie doch erschrocken, fand aber keine Zeit, sich, was sie nun tun wollte, in Gedanken zurechtzulegen, der Soldat - er war klein - hatte laut etwas hinter sich gerufen und stand auch schon vor ihr. Er lächelte, und er sagte ganz leise: "Frau, Frau." Auch wenn dies klang, als stünde ein Kind vor seiner Mutter und bäte verschämt, so schien doch allzu offensichtlich zu sein, was der Soldat wollte. Da er ihr nun mit seinen kurzgliedrigen, wundbraunen Fingern über den Handrücken strich, war ihr, als wäre ihre Hand an der Armlehne gleichsam festgefroren; indes, in einem Zucken, das ihr durch den ganzen Körper lief, riss sie die Hand los. Und wie er sie am Arm fasste und aus dem Lehnstuhl zog, griff sie, die sie auf ihrem Schoß noch das Strickzeug zu liegen gehabt hatte, die Nadel und stieß sie ihm mit aller Kraft in den Handrücken. Er schrie.

Sogleich waren zwei weitere Soldaten herbeigeeilt; dem sie in die Hand gestochen hatte, der hatte sie, ohne seiner Wunde weiter zu achten, mit der blutenden Hand am Oberarm gepackt, hart, dass sie aufschrie, und holte zum Schlag aus. Einer der anderen Soldaten trat dazwischen.

"Mutter."

Lotte stand in der Tür. 25 Jahre, wie sie alt war, war sie zwar keine Schönheit, und niemand hätte etwas an Anmut in ihr verborgen geglaubt, sie war nicht schlank, nicht dick, eher klein, und war doch eine Frau.

"Komm zu mir!"

Und Lotte kam heran, zögerte, mit Blick auf die Soldaten. "Komm!" wiederholte die Mutter; der Soldat hatte sie, als er Lotte eintreten sah, losgelassen. "Komm", sagte die Mutter und nahm Lotte, die wie leblos blieb, in ihren Arm und herzte sie. "Sei ein lieb Kind", sagte sie, "du musst da mit", und sagte es wie ganz selbstverständlich. Lotte antwortete, wie es ihre Art war, nur mit einem 'Hm' und wandte sich zu dem ihr nächsten, dem größten der drei Soldaten, und sah an ihm empor. Man verharrte. Es war ganz still, als hielte für einen Augenblick das Leben inne. Man hörte das Blut in den Schläfen. Dann gingen die Soldaten mit Lotte fort.

Bis zum Abend war Lotte noch nicht zurück und auch nicht bis zum Mittag des folgenden Tages.

Die Mutter saß und starrte nach der Stubentür; die stand offen. So saß sie und wartete, seit sie gegangen waren. War sie eine schlechte Mutter?: das eigene Kind mitzugeben - wo steckte Lotte bloß - dem einen hatte sie in die Hand gestochen, vermutlich hätte man sie geschlagen, es hatte gegolten, ihnen zuvorzukommen, und warum auch musste Lotte gerade in jenem Moment erscheinen, und was macht es Lotte schon aus mitzugehen, sobald die merken, was mit ihr los ist, schicken sie sie gleich wieder weiter, hatte sie gedacht, und bis zum Abend wäre Lotte wieder zuhause... Das eigene Kind fortzuschicken, sie war eine schlechte Mutter - wo steckte Lotte bloß... Die Mutter saß in ihrem Lehnstuhl, und ihr Gesicht und ihre

Hand hatten das Weiß der Wände angenommen. Noch war lichter Nachmittag.

Gegen Abend war Frau Gertrud Schulz - die Wohnungstür hatte einen Tag lang offengestanden - tot in ihrem Lehnstuhl aufgefunden worden. Die Beerdigung erfolgte am Tag darauf in aller Eile. Und es vergingen noch zwei weitere Tage, ehe Lotte zurückkehrte. Sie antwortete nicht; und dass sie, als man ihr den Tod ihrer Mutter mit teilte, keine Trauer zeigte, ja davon nicht einmal berührt zu sein schien, schrieb man ihrer Schwachsinnigkeit zu.

III

Es war Nacht, es war nicht kalt, und noch hatte es nicht geschneit, obschon Dezember und mit ihm das Jahr 1980 nun bald vorbei wären. Lotte lag mit Erkältung zu Bett. Sie hustete, ihr Atem ging schwer. Hatte sie geschlafen? Sie wandte den Kopf, nach der Uhr zu sehen: die Uhr stand, jenen einen Handgriff entfernt, zu hoch. Sie hätte den Kopf heben müssen, sie wollte nicht. Er war zu schwer, nichts hielte ihn. Und hätte sie die Uhr vor Augen gehabt, sie hätte die Leuchtziffern, so groß sie auch waren, nicht entziffert. Alles verschwamm, gleich dem Muster auf dem Kissen. Hatte nicht Dorte, ihre Stiefmutter, die nun selbst schon über die achtzig Jahre hinaus war, etwas von stark geschwollenen und blutunterlaufenen Augen gesagt, was sie sich zum Anlass nehmen wolle, für den nächsten Tag, gleich in der Früh, den Arzt zu bestellen? Lotte sah auf. Es war keineswegs dunkel, ein Flimmern hing unter der Decke. Irgendwann war Mutter gestorben. An die Zeit vor deren Tod erinnerte sie sich

170

kaum mehr. Da war die Schule, wo sie herumgestoßen wurde und manche der anderen Mädchen sie kniffen oder ihr Püffe versetzten und lachend davonliefen, oder nicht davonliefen und nur lachten, weil sie's sich brummelnd gefallen ließ. Und da war August, der Kater, der immer Kartoffeln und Reste zu fressen bekam und nur von fließendem Wasser trank, vom Brunnen oder wenn man den Wasserhahn am Hinterhaus aufdrehte. Auch Mischa bevorzugte Wasser, das aus Hähnen schoss; aber ungleich als August erhielt Mischa auch Milch - nur verdünnte - und Fleisch und eigens für ihn gekauftes Trockenfutter. Mischa hatte seidiges Fell, weiß, mit Flecken von Hellbraun, und er war sehr verwöhnt. Bei August hingegen ließ sich nicht entscheiden, ob sein kurzes Fell ein dunkelstes Braun oder ein dreckiges Schwarz besaß. Eines Nachts hatte sie ihn schreien hören, und am nächsten Morgen lag er vor der Haustür - jemand hatte ihm das Genick gebrochen. Mutter, so hörte Lotte sie nachmals reden, sei entsetzt gewesen angesichts dieser Grausamkeit; den toten August selbst hatte sie nicht sehen wollen, ihr würde schlecht bei dessen Anblick, hatte sie sich entschuldigt. Einmal indes, wie Lotte über dem Kartoffelschälen an August hatte denken müssen und ihr die Tränen kamen, da erschien Mutter und nahm sie in den Arm und tröstete sie. Lang war es her. Der Krieg kam und die Soldaten - aber daran wollte Lotte jetzt nicht denken.

Nach Mutters Tod hatte Vater wieder geheiratet. Man zog nach Berlin, wo die Häuser höher waren. Dorte, die Stiefmutter, brachte Lotte das Lesen und Schreiben bei. Fortan malte Lotte große, stolze Buchstaben auf ihren Einkaufszettel, damit sie nicht mehrmals laufen musste, weil sie etwas vergessen hatte. Und sie war Besitzerin einer Lesebrille, die sie stets mit sich führte. Die Arbeiten, die man Lotte zur Verrichtung auftrug, hatten sich kaum geändert: sie hatte Einkäufe zu machen und die Küche zu versorgen, was im Wichtigsten hieß: Kartoffelschälen und abspülen. Man aß viel Kartoffel. Es änderte sich nichts, als Vater starb und die Stiefmutter sich aufs Neue verheiratete. Als nach Jahren der Stiefvater starb und Dorte über kurz oder lang ein weiteres Mal zu heiraten beabsichtigte, kamen Sorgerecht und Vormundschaft für Lotte an Dortes Tochter, Lottes Stiefschwester. Emilie, die leibliche Schwester, hatte Lotte nicht aufnehmen wollen.

Lotte lag und starrte nach oben. Dort an der Decke verschwammen ihre Gedanken. Oder wurden sie von der Vergangenheit aufgesogen, jenem großen Schwamm, der über die Zimmerdecke wischt? "Meau" machte es. Das war Mischa. Er pflegte Lottes Fenster, das ebenerdig lag, nachts als Eingang zu benutzen.

"Meau, meua."

Nur schwer brachte sich Lotte hoch. Das Blut schoss ihr in den Kopf, ihr war, als platzten ihr die Augen. Schweiß verklebte die Lider. Keuchend saß sie auf der Bettkante.

"Meau."

"Ja, ja", grummelte, hustete Lotte für sich. Sonst stand sie gern auf, doch heute... Sie sah nach der Uhr; da war ein einziges Leuchten, wie von einer Ansammlung von Neonröhren, weit entfernt. Wie spät mochte es sein? Von der Uhr kam das Flimmern, das über die Wand bis zur Decke sich hinaufzog. Ansonsten war es stockfinster, selbst gegen das Fenster hin. Lotte tastete nach ihren Hausschuhen. Sie waren von knallrotem Lack, waren gefüttert und hielten warm. Für gewöhnlich standen sie, wie Lotte aus ihnen geschlüpft war und sich aufs Bett gedreht hatte, so dass sie, wollte sie aufstehen, nach einer neuerlichen Drehung - diesmal zurück - mit den Füßen auf den Hausschuhen zu sitzen kam. Diesmal nicht. Die Schuhe standen weiter rechts. Der Boden war kalt.

"Meauuu."

Sie zog die Schuhe heran und schlüpfte hinein. Rechts stand ihre Ferse auf der Kappe, sie zupfte ein wenig, fand aber nicht die Kraft und den Willen, die Kappe über die Ferse hochzuziehen.

"Meau."

Links mit Halt an der Kommode, mit der Rechten sich an der Bettkante abstützend, richtete sich Lotte auf. Die Beine schmerzten kaum, ihren offenen Fuß spürte sie nicht. Mit dem "Aah", das ihr entfuhr und das wie nach Schmerzen klang, bestätigte sie sich lediglich, dass sie stand.

"Meau, meauu..." Mischa schrie wie ein Kind zur Nacht.

Lotte hielt sich an der Kommode, sie hielt sich am Waschbecken. Seit sie Jahre zuvor schwer gestürzt war und sich den Oberschenkelhals gebrochen hatte, war ihr jeder Schritt Mühsal. Zudem war es stockfinster. Vor ihr, gleich unter dem Fenster, stand vermutlich der Nähkasten. Dass sie das Fenster nicht sah? Lotte hielt inne, leise stöhnte sie. Wie schwindlig ihr war! Ihr Herz schlug hastend, sie keuchte, sie schluckte. Sie war nass von oben bis unten. Hatte sie die Augen offen? Es war so dunkel. Neben ihr, über dem Waschbecken, musste ein Spiegel hängen. Sie rückte ganz ans Becken. Aber Wand und Spiegel und Nacht waren eins.

"Meau, meau..."

Sie hätte an Mutter denken können, als sie, benommen wie sie war, sich am Waschbeckenrand nicht einzuhalten mochte, abglitt und stürzte. Vermutlich dachte sie an Mischa oder sie dachte nicht mehr. Noch ehe der Morgen kam, war sie tot.

Der Mann vom Sozialamt

(1984)

- Wolln Sie mich bitte entschuldigen...

Das 'entschuldigen' zu Ende des Satzes war kaum mehr vernehmbar. Ihr hatte die Stimme versagt. Sie war aufgestanden, verschwand. Ihre Tasse zitterte noch ein wenig nach - so kam es ihm vor. Eilig abgesetzt stand sie schräg in der Untertasse. Deren Grund hatte sich mit Milchkaffee gefüllt. Vom Goldrand der Tasse folgte ein Milchkaffeetropfen in der Spur eines zuvor einmal geflossenen Milchkaffeetropfens hinab übers hellblaue Blumenmuster. Vater, oder: der Mann, dessen Sohn er war, hatte ihr nachgesehen und sagte noch: Hilde. Es war vielmehr eine Frage, die sehr leise kam und seine Frau, Mutter, wohl kaum mehr erreichte.

Wie sie darauf verfallen waren, dass er vom Sozialamt sein müsse, ließe sich gewiss erklären. Vermutlich hatten sie jemand Derartigen erwartet; es war Donnerstag Nachmittag. Mitunter hatte er sich überlegt, wie es sein würde: er steht vor einer Tür, Klingeln, die Tür öffnet sich, Mutter erschiene, würde stutzen, stünde sprachlos oder sagte nur 'Hans', vielleicht auch bräche sie in Tränen aus; man wäre verlegen. Er hatte versucht, sich Mutter so vorzustellen, dass man ihr das Gelittenhaben ansähe; für ihn der unangenehmste Empfang. Jedesmal aber war er in die Rührseligkeit und Albernheit der Fünfziger-Jahre-Filme geraten. Wie hatten sie damals geweint! oder auch gelacht, je nachdem. Mit der Gegensprechanlage hatte er nicht gerechnet. Als es 'Hallo?' fragte, fragte er erst einmal - offenbar zu förmlich -, ob dort bei Herrn Walter und Frau Hilde Teich sei. Zurück kam nicht ein bloßes Ja oder Nein, sondern 'Sie sind der Mann vom Sozialamt?', was dem Tonfall nach schon fast keine Frage mehr war, soviel Bestimmtheit lag darin. Er brauchte nicht zu antworten, der Türöffner summte bereits. Auch stand er vor einer Wohnungstür - er wollte die beiden überraschen -, Klingeln und eine Frau, seine Mutter, öffnete, doch sagte sie nur 'Grüß Gott!' und rief ihrem Mann in der Stube zu: er ist da! Dann bat sie ihn abzulegen. Ob er Kaffee und Kuchen wolle? Gewiss, hier hätte er einhaken können, sagen, wer er sei. Aber, dass sie ihn nicht wiedererkannt hatte? Sie hatte ihm zwischen Stube und Küche geöffnet, und ein Mann vom Sozialamt hat vielleicht kein Gesicht und keinen Namen. Nun 'Mutter' zu sagen erschien ihm unendlich viel schwieriger, als ihr zu folgen, sich zu setzen und sich bedienen zu lassen. Zumal er wusste, was sonst käme: Tränen, sachte Vorwürfe, dass er nicht gleich gesagt habe, dass... dann Fragen über Fragen, wo er denn gewesen sei, was er gemacht habe, und dergleichen mehr. Noch bliebe Zeit genug, und vielleicht reizte ihn, zu erfahren, wie es weiterginge. Man saß in der Stube, Vater ohne Brille; Kaffee, Kuchen, und kaum dass Mutter sich setzte, hatte sie auch schon das Reden begonnen; wie es um das Pensionärspaar Teich bestellt sei. Eine eigene Wohnung im Pensionsheim für Postbeamte, eine freundliche Heimleitung, der Sohn, Architekt und wohlsituiert und kurz vor einer Beförderung, besuche sie jeden Samstag mit den Enkeln. Wie Mutter so erzählte, da schien es ihm ganz selbstverständlich, dass er hier war, sich anzuhören, dass es ihnen gut gehe. Das brauchten sie, brauchte er.

- Hilde

Vater rief eigentlich, wollte aber vermeiden, zu laut zu werden, weshalb er sein 'Hilde' gleichsam nur in den Raum setzte, in der Hoffnung, es käme, wie er es setzte - insbesondere gleich laut - bis zu seiner Frau.

- Ich weiß nicht, was mit meiner Frau...

Vater schluckte den Rest des Satzes, er hielt Tasse auf Untertasse in der Hand und rührte.

Es waren noch die 'guten' Tassen von vor zwanzig Jahren. Bald nach der Hochzeit hatten sie das Service als Mitgift für eine Tochter geschenkt bekommen. Eine Tochter aber kam nicht, nur zwei Söhne, und da man mit dem Service nichts anzufangen wusste, täglich gebrauchen wollte man es nicht - womöglich war es sehr teuer gewesen -, machte man es zum 'guten Geschirr'. Zwölf Tassen, Untertassen, Dessertteller, Kaffee- und Teekanne, Zuckerdose und Milchkännchen: das füllte mehrere Fächer im Wohnzimmerschrank. Er hatte die Tassen nie gemocht, er fand sie geschmacklos, Goldrand über Blümchenmuster war entweder den Goldrand oder das Blümchenmuster zuviel.

Vater rührte noch immer.

Eine Kleinigkeit wäre es, zu sagen: Seht her, ich bin euer Sohn. Der verlorene Sohn sozusagen. Kleinigkeiten waren es auch, die bislang abgehalten hatten. Mit der Gegensprechanlage hatte er nicht gerechnet, aus einer kleinen Missgestimmtheit heraus, merklich erst im Nachhinein, hatte er sich auf das 'Sie sind der Mann vom Sozialamt?' eingelassen, und dann hatten sie ihn nicht einmal erkannt. Je mehr Zeit verging, umso größer würde der Vorwurf, warum er ihnen etwas 'vorgemacht' habe; er würde sie kränken, und sie hätten guten Grund, ihm

Grausamkeit nachzusagen, oder schlimmer noch: sie könnten ihm die Grausamkeit verzeihen, oder auf eine Art so tun, als hätten sie ihm nichts vorzuwerfen, dass er den Vorwurf daran zu spüren hatte. Er hätte dann irgendetwas antworten müssen: lachen oder sich schämen oder bloß schweigen, es gäbe unzählige Möglichkeiten, es war eine jede zuviel. Am Ende gar verließe er sie ein zweites Mal. Warum dann nicht auch ein drittes oder viertes Mal? Er hatte schon gehen wollen, Mutter berichtete gerade Intimitäten aus der Hausverwaltung, sie suchte sein Vertrauen, da fragte er sie geradeheraus - es reizte ihn -, was denn mit dem zweiten Sohn sei. Sie verstummte, blickte hilflos nach Vater, und wie sie sprach, sprach sie stockend und leise, als müsste sie ihre Worte erst von fern holen. Was für ein guter Sohn das gewesen sei, aber er ist ja fort. Und nicht, dass ihr - beinahe unmerklich - die Tränen kamen und sie immer stockender und immer leiser sprach und die Worte ihr immer schwerer wurden und eins ums andere ihr bereits aus dem Satz gefallen war, beunruhigte ihn - es war abzusehen gewesen -, sondern: dass sie ihn von der Seite her ansah, bemüht, ihn dies nicht merken zu lassen. Ihre Hände aber zitterten, sie hielt noch die Tasse, so dass der Löffel gegen den goldenen Rand schlug. Ihre Worte waren ihr verloren gegangen, sie trank mit zwei, drei Schlucken. Sich entschuldigend war sie dann aus dem Zimmer gestürzt.

- Schon so spät, ja ich muss gehn.

Er hatte, es glaubhafter zu machen, auf die Uhr gesehen. Aber Vater sah ja nicht. Man erhob sich. Vater stellte seine lang schon leere Tasse ab.

Er war bereits im Mantel, da fragte Vater noch einmal in Richtung Küche: Hilde? und hätte sie nicht zu rufen brauchen, sie kam bereits geeilt. Sie hatte eine Küchenschürze um.

- Sie wolln schon gehn? Wie schade. Aber Sie müssen uns versprechen, dass Sie uns wieder besuchen.

Sie hatte gerötete Augen, ihre Stimme hatte sich gefangen.

- Könnte man es nicht einrichten, dass fortan nur Sie uns besuchen kommen?

- Das ist nicht so einfach.

Er stand schon in der Tür und reichte Vater die Hand.

- Ach bitte!

- Hilde...

'Bedräng den Herrn doch nicht!' wollte Vater vermutlich sagen.

- Das lässt sich nicht versprechen. Auf Wiedersehn dann!

Im Gehen grüßte er noch einmal.

Noch am selben Abend schrieb Frau Hildegard Teich einen Brief ans Sozialamt.

Bruno

für A.

(1985)

AM 16. 4. MUSSTE ICH MEINEM FREUND KARL IN
FRANKFURT SCHREIBEN, DENN ICH HATTE IN DER
TOMBOLA EINEN BÄREN GEWONNEN UND WUSS-
TE ANFANGS WEDER EIN NOCH AUS.

München, 16. April

Karl, es ist unglaublich: in meiner Küche sitzt ein riesiger
Bär mit dem lächerlichen Namen Bruno, brummt/
grunzt/rülpst, dass ich jedesmal zusammenfahre, und
lässt es sich gutgehen. Er hat meinen Vorrat an vorge-
kochten Kartoffeln, ein hartes Ei, zwei Salatköpfe und in
Unmengen Honigbrote verdrückt; nur den Thun aus der
Dose, eigens für ihn aufgemacht, mochte er nicht. Nun
verdaut er, und ich trau mich nicht mehr in die Küche zu
schauen; irgendwann wird das Monstrum ja scheißen
müssen.

GRATULATION SIE HABEN GEWONNEN : BÄR stand
auf meinem Los. In der Tat wurde es allmählich Zeit, dass
ich etwa gewinne. Jahr für Jahr kaufe ich so ein Los bei
der Tombola für München und hätte nun gern einmal
auch etwas für mich getan. 00000000, wieder: NICHTS.
Ich bin die Nieten leid.

Nicht, dass mir das lapidare BÄR nicht zu denken gab. Auch dachte ich sogleich an einen Bären, nur nicht daran, ihn zu gewinnen. Eher einen Teddy, oder ein Gesellschaftsspiel, das BÄR heißt. Zu befürchten war, BÄR steht für eine Tüte Bonbons, wie ich vor zwei Jahren welche gewonnen hatte. Es waren welche, die nicht nur schlecht aussahen, sondern auch schlecht schmeckten. Aber wenn man schon einmal etwas gewinnt...

Das offene Los noch in der Hand, ging ich in ein Kaufhaus. Ich kaufte eine Packung Erdnüsse und verlangte von der Kassiererin einen großen Plastikbeutel, den sie mir nicht geben wollte. Eine Packung Erdnüsse, da bekäme ich gerade noch den Kassenbon. Ich schenkte ihr die Erdnüsse, dafür gab sie mir den Beutel. UMWELTFREUNDLICH laut Aufdruck.

Ich kam an den Ausgabeschalter, eine Bude am Marienhof, Fußgängerzone.

Ob ich den Gewinn gleich mitnähme?

- Sofern ich's tragen kann und er in meinen Beutel passt. (ich scherzte)

Nicht nötig, erwiderte die Frau an der Ausgabe, öffnete die Tür neben dem Schalter und reichte mir das Ende eines Stricks heraus.

- Ziehen Sie kräftig!

Ich zog, und hervor kam ein Bär, ein richtiger Bär.

Sehr gut! lachte ich, trat einen Schritt zurück und ließ den Bären nicht aus dem Auge: und mein Gewinn?

Das ist er, sagte die Frau und schloss die Tür wieder.

- Ja aber wenn ich den gar nicht mag? (der Bär hatte sich gesetzt und schleckte seine Pratze)

- Sind Sie etwa nicht tierlieb?

- Doch, doch, aber was soll ich mit einem Bären?

Behalten Sie ihn, mein Fräulein, sagte die Frau und murmelte etwas wie: Umtausch ausgeschlossen, während sie an einem Zettel schrieb, den sie mir aushändigte.

Unterhaltskosten für Bär Bruno					DM	1o2,6o
Spezifikation:						
4	x	Fleisch	à DM	6,-	DM	24,-
4	x	Fisch	à DM	4,-	DM	16,-
		Stroh			DM	5,-
		Reinigung			DM	15,-
		Impfung			DM	3o,-
14	%	MWST			DM	12,6o

Soll ich das etwa zahlen?! sagte ich erbost. Diese Frechheit war so unglaublich, dass ich sogar vergaß, mir das MEIN FRÄULEIN zu verbitten.

Sie können froh sein, den Bären so früh gewonnen zu haben. Eine Woche später hätten Sie fast das Dreifache gezahlt, erwidert die Frau. Sie begann, in einer Illustrierten zu blättern.

Abgesehen davon, dass ein Bär nicht alle vier Tage geimpft werden muss, hatte sie richtig gerechnet - eine zugegebenermaßen bedeutungslose Tatsache. Ich schaltete nämlich ab. Einfach nicht beachten, sagte ich mir, einfach nicht beachten, öffnete mein Handtäschchen, kramte Spiegel und Lippenstift hervor, zog die Lippen nach, strich mit dem Finger über die Augenbrauen. Einfach nicht beachten.

Als ich mein Täschchen schloss und gehen wollte, bemerkte ich den Kreis Menschen, der sich in gewissem Abstand um mich gebildet hatte. Ein kleines Mädchen kam und legte ein Markstück vor mir auf den Boden. Darf ich den streicheln? bat sie. Ach so, den Bären, sagte ich. Mit einem Aufschrei lief die Mutter herbei und riss ihr Kind fort: unverantwortlich!

Besser wäre es gewesen weiterzugehen. Keiner hätte daran Anstoß genommen in der allgemeinen Auflösung, die folgte. Das Ungeheuer, der Bär, hatte sich nämlich erhoben und trottete dem Mädchen und seiner Mutter nach. Sein Strick schleifte am Boden. He, der Bär! sagte ich zur Dame an der Gewinnausgabe, genauer: wollte ich ihr sagen, denn die hatte bereits die Rollos heruntergelassen. He Bär, was fällt dir ein! schimpfte ich also und lief ihm hinterher. Auf keinen Fall wollte ich für Ausreißen und Wüten eines Raubtiers in einer Fußgängerzone verantwortlich gemacht werden können.

Das weitere folgte mit scheinbarer Unweigerlichkeit: Ich bekam den Bären am Strick zu fassen. Ein VW-Bus der Polizei erschien. Man nahm meine Personalien auf. Das ist nicht mein Bär, sagte ich. Das kann ja jeder sagen, meinte der Polizist. Man händigte mir eine Ordnungsstrafe aus, wegen Nichtbeachtung der Maulkorbspflicht; und überhaupt sei das Mitführen wilder Tiere in der Fußgängerzone verboten. Ich kreischte. Sie verluden uns in den VW-Bus und brachten uns bis aus der Fußgängerzone heraus. Ich bat, mich nach Riem zum Tierheim zu bringen. Wir sind doch kein Fuhrunternehmen, erklärte der Polizist schroff. Sein Beifahrer nickte. Wütend machte ich mich auf den Heimweg. Meinen Tombolagewinn, den

Bären, nahm ich mit. Als er dann in die U-Bahn schiss, war mir das gleichgültig. Ich hatte für ihn zweifachen Hundetarif bezahlt. Zwar ist er größer als zwei Hunde, aber irgendwo hat alles seine Grenze.

Sag Karl, ist es nicht so: Wann immer ich Glück zu haben scheine, stellt es sich als eine Ungeheuerlichkeit heraus. Ruf bitte an. Thea.

> p.s. Franz ist dagewesen. Wir haben uns wieder gestritten. Anstatt mir zu helfen, schimpfte er, dass ich dies "Viehzeug" in meine Wohnung gelassen habe. Ich sagte, das sei ein Bär, und im übrigen hätte er ja nicht zu kommen brauchen, wenn er nur sich selber im Kopf habe. Und weil dies für einen Kopf reichlich wenig sei, verstünde er auch nichts Besseres als immer nur zu streiten. Er knallte die Tür und verschwand. Eine schöne Liebe ist das!

Noch am Abend rief ich Karl an. Er riet mir, den Bären umgehend ins Tierheim oder in den Zoo bringen zu lassen. Man könne ihn auch einem Zirkus schenken. Aber informier dich zuerst, sagte er, ob man dort mit Tieren gut umgeht.

Die Belehrung hätte er sich schenken können. Mir geht es nicht darum, das Ungetüm gut unterzubringen, sondern selbiges aus meiner Wohnung zu schaffen.

MEIN VERSTOHLENER GEDANKE WAR : TYPISCH
THEA : EINEN LEBENDEN BÄREN GEWINNEN, UND
KONNTE MIR ein lippenloses Schmunzeln nicht verweh-
ren. Zwei Wochen später, am 29. 4., schrieb sie mir.

München, 29. April

Hallo Karl, die Unterhaltskosten habe ich natürlich nicht
gezahlt, zumal sich herausstellte, dass Bruno gar keinen
Fisch mag. Er hat sich bei mir gut eingelebt. Er passt zwar
nicht in den Aufzug, aber die zehn Treppen bis zum fünften Stock nimmt er mit Freude.

Zum ersten Mal empfinde ich es als Unglück, nicht in der
Nähe des Schlachthofs zu wohnen. Jeden Morgen um
dreiviertel Sieben, wenn der Frühbetrieb vorüber ist, fahre ich mit Bruno hin. Für 6 Mark 50 darf er sich dort an
Abfällen sattfressen. Du müsstest mal sehen, wie er sich
da freut/lacht/ brummt.

Anfangs hatte ich für jede Fahrt noch 2 x Hundetarif gezahlt, dann nur noch einfachen Hundetarif, denn warum
sollen wir mehr zahlen als so ein Kläffer. Seit einer Woche
fahren wir "schwarz", denn Bruno ist ja gar kein Hund.
Davon konnte ich sogar den Kontrolleur überzeugen (es
war also unnötig gewesen, Tage zuvor, bei einer anderen
Kontrolle gemeinsam mit Bruno die Flucht zu ergreifen).
Ich kam mit dem Kontrolleur überein, dass es sich um ein
sperriges Gepäckstück handelt. Ich dürfe den Bären folglich nicht auf den Schoß nehmen - dies behindere die
Gegenübersitzenden - noch zwischen die Sitze oder in die
Gänge. Wegen der näheren Zuordnung sollte ich ihn eher
als Kinderwagen, nicht aber als Fahrrad betrachten. Ers-

tere dürften, wie in unserem Fall, überall außer zwischen den Sitzen und in den Gängen abgestellt werden, die Fahrräder aber nur - wo vorhanden - an den Rückwänden der Sitzbänke. Kinderwagen ist gut, sagte ich, er brummt ja auch so lieb. Obwohl, ergänzte der Kontrolleur, ein Kinderwagen aus Sicherheitsgründen nicht in Fahrtrichtung stehen sollte; auch wenn dies nicht verboten ist.

Gassi gehen wir auf den Friedhof. Morgens um acht, da ist so früh außer uns keiner. Gleichwohl ist es mir immer noch peinlich. Einmal zog ich aus einem Automaten eines der Pappbestecke aus Pappschaufel und Tüte, mit denen - laut Aufdruck - die Leute gehalten sind, den Kot ihrer Hunde eigenhändig zu beseitigen. Doch musste ich nicht weniger als drei dieser Packungen ziehen, um genug Tüten zu haben, alles hineinzuschaufeln. Dann verlor ich die Geduld, bazte alles zusammen, steckte die Pappschaufeln und Tüten in den Haufen, dazu einen zusammengerollten Fünfmarkschein.

Meine Wohnungsnachbarn zeigen noch wenig Verständnis. Wir sind gemahnt worden; unsere Aufzug (ich)-Treppen (Bruno}-Rennen zu unterlassen. So wie ich meine Nachbarn kenne ist es im Grund die Lust, die sie uns daran übelnehmen. Für sie und den Hausmeister veranstalte ich nächsten Samstag eine Beschnupperparty. Sie sollen sich mit Bruno anfreunden.

Mit Bär. Thea.

> p.s. Ich war ungerecht gegen Franz. Nur macht es mich wütend, ohne jeden eigenen Gewinn für andere dazusein. Aber er liebt mich. Unsere Versöhnung feierten wir zu dritt - Bruno, Franz und ich.

Ich rief Thea an und sagte, dass es mich freut, dass es ihr gut gehe. Doch, doch, ich fände das mit Bruno ganz in Ordnung. Als ich sagte, sie dürfe darüber nun die Menschen, selbst wenn es Nachbarn seien, nicht vergessen, rief sie gerade nach Bruno. Er sollte ins Telefon brummen, doch war er fort, Zigaretten holen. Vielleicht war es gut, dass sie nicht zugehört hatte, sie hätte es vermutlich falsch aufgefasst. Theas Gleichgewichtsverhältnisse geben nicht bloß Anlass zur Freude, sondern im selben Maße zur Besorgnis.

KARLS FURCHT WAR UNBEGRÜNDET : WIR KAMEN
GUT AUS. LEIDER LIESSEN DIE VERÄNDERUNGEN,
DIE EINTRATEN, Thea keine Zeit, Karl zu schreiben, ehe
nicht ein Vierteljahr vergangen war.

Zirkus P&Panzer z.Z. Heidenbrück/Sahle, 27. Juli

Hallo Karl, unsere Nummer kommt an. Bruno mit gelber
Fliege, Hütchen und roter Pappnase, ich in überlangem
rotweißquergestreiften Lotterhemd. Zweimal würde ich
da hineinpassen. Das Gesicht weiß, Lippen und Augenbrauen dick nachgezogen. Wir spielen - was sollt's andres
sein? - Ehekrach: Streit Trennung Hass Sehnsucht Ver-
söhnung. Jeden Abend. Selbst die Erwachsenen können
sich vor Lachen nicht halten.

Es ist toll, dass es Bruno gibt. Er hat mir sehr geholfen,
beim Umzug, seelisch. Es war nicht jene Atmosphäre
nachbarlich auflauernder Feindseligkeit - ich hatte den
Hauswirt samt den Nachbarn meiner Wohnung verwiesen und damit unsere Party vorzeitig beendet, weil der
Hausmeister Bruno ein Monster nannte und einige andere das erheiternd fanden und lachten und dem auf diese
Weise ihre Zustimmung gaben -, vielmehr war die Wohnung für uns beide zu klein. Weil wir nicht ein noch aus
wussten, gingen wir zum Zirkus. Gut, nicht wahr?

Ganz die Alte. Thea.

> p.s. Franz hatte kein Verständnis, völlig unzugäng-
> lich. Dahinter steht seine latente Eifersucht auf
> Bruno. Ich hab mit ihm Schluss gemacht, schlicht
> indem ich auszog und ihn auch über alles weitere
> in Unwissenheit beließ.

Seitdem ICH BÄR auch im Fernsehen auftrete (als Bär kommt man ja immer an), habe ich Thea aus den Augen verloren. Irgendwann geht alles auseinander. Meiner Künstleragentur hat sie mitteilen lassen, sie sei nach Kanada übersiedelt. Mit Post solle ich nicht rechnen. Sie ist offenbar irgendeinem Bärenbändiger gefolgt und hat in einem Reservat Anschluss gefunden. Sie wird sich wohl nie ändern.

Dafür habe ich Karl geschrieben. Ich bat ihn um Ausführungen zu jener Unterhaltskostenrechnung. Damit mir aus der Geschichte mit der Tombola beruflich keine Schwierigkeiten erwachsen, möchte ich die Schuld - zumal ich in Verzug bin - ohne viel Aufsehens begleichen.

Hehl

Romanfragment

(1986)

Das Ende war absehbar. Wie um vorüberzugehen, hatte die Witterung gewechselt. Die Änderungen würden unwesentlich, beiläufig bleiben. Als er, die Tür schloss sich von selbst, auf die Straße hinaustrat, war es auffallend dunkel. Der Himmel hatte sich zu einem tuschbraunen Grün verfinstert. Ein Gewitter schien im Anzug zu sein. Dergleichen, Abendgewitter über München, Sommerwetter, war angesagt. In Wahrheit, wenn auch unter den falschen Vorzeichen, zog ein Unwetter auf. Es würde hageln. Wer ahnte wirklich, im Vorhinein? Mancher würde hart getroffen werden (heimgesucht, wo einer sich sicher glaubte) und manches zerschlagen. Irgendwann aber würde auch diese Belagerung enden (es war Belagerung, denn es war wie Krieg), würde klirrend die letzte Scheibe zerspringen und das Trommeln auf den Fensterblechen verstummen. Es würde still genug werden, hörbar das Aufatmen der Hausbewohner, das Wiederaufflimmern der Fernsehgeräte, der Wechsel der Programme. Und Gewissheit: es war Hagel - die Bestimmung fiel leicht - und er war vorüber. Ein Vorfall, ein Ereignis, ein Unglück, eine Erinnerung oder auch nicht... Heraus-, ins Vorgewitterlicht getreten, stellte er den Aktenkoffer ab. Er ahnte gewiss nicht. Er knöpfte den Mantel zu, jemand huschte vorbei. Er löste den Mantelgürtel, den er, ein älterer Herr, dass es ordentlich aussah, nach hinten ge-

bunden trug. Er band ihn um. Er schlang einen Knoten.
Er war ein wenig dicker geworden. Er sah auf die Schuhe.
Sollte es regnen, bekäme er nasse Füße. Die Lackschuhe
waren ziemlich alt. Er nahm den Aktenkoffer. Er ging zur
U-Bahn. Der Gedanke an die Schuhe, wo mochte er die
gekauft haben? bewegte ihn vermutlich. Er sah nicht aus,
als ob er dachte. Er erwartete. Die richtige Antwort fände
sich noch ein. Gewiss, es gab anders. Daran dachte er
nicht. Er war aus den Jahren gekommen, heimwegs dem
Gedanken an Mechter, den Kollegen, ausweichen müssen
zu wollen. Und was hätte er, um nur eines zu nennen,
zum Tod jener Beate K . sagen sollen? Er wusste nicht von
ihr, die sie am Nachmittag dieses zwölften Juli 1984 am
Steuer ihres Wagens saß; stellte sich nicht vor, wie sie auf
die Bundesstraße 304 einbog und nichts darauf hindeute-
te, dass sie unbedeutend später, laut Polizeiangaben
zwanzig vor fünf, tot sein würde. (Man kannte das.) Sah
nicht ihren Wagen, der ins Schleudern geriet und kurz
vor Zorneding von einem Schwertransporter erfasst, zer-
drückt wurde. Beate K, das war ein Name gut wie irgendeiner. Sie war tot, wie vielleicht ihr Kind, älter geworden als sie, Jahrzehnte später, tot sein sollte. Oder wie
das Kind, das sie nie gebären sollte, vorm Leben erspart.
Das war ein Unfall, wie er vorkam, ja erwartet werden
musste. Viel zu viel geschah. Es hagelte erst am Abend
(so redete das Wetter der Beliebigkeit das Wort). Er, Hehl,
war unscheinbar. Nichtiges bewegte ihn. Hehl würde in
den Hagel geraten. Und vielleicht nur soweit ein ganz
eigenes Entsetzen reichte, wäre einer ihm gefolgt (wer
auch, verrückt genug, setzte sich dem Hagel aus?), hätte
ihn laut reden als wär's rufen hören und Rufen hier als
Stöhnen oder Schreien wahrgenommen. Etwas wie einen
verhaltenen Schrei (wenn es dergleichen gibt), wenn Hehl
vom Hagel weiter und weiter getrieben, an der Wand, die

die Erinnerung war, aufschlagen würde. Hehl selbst hätte dergleichen peinlich gefunden. Auf eine Art sentimental. Ja, er verstehe sich selber nicht, hätte er gesagt. Der da rufen oder den Schrei tun würde, das müsse ein anderer sein oder er als ein anderer, ganz außer sich (ein Kind darf SCHREIEN, nicht ein älterer Herr). So Hehl. Aber, das hätte gesagt sein müssen, so ein Schrei (oder was als solcher gelten wollte) kam nicht von ungefähr. Sollten wir nicht als Wenigstes annehmen, es gebe jemanden, dem dieser Schrei zugeschrieben werden konnte - Hehl selbst hätte dem nämlich zugestimmt -, und sei's nur einen, der schreit oder ruft, um laut zu werden, weil sonst alles gleichgültig bliebe und wie belanglos bloß vorüberginge (selbst ein Krieg)? Auch wenn, wer ruft, nicht gehört wird. Oder nicht laut genug und eigentlich gar nicht ruft noch schreit, weil er nicht gehört sein wollte (denn er versteht sich selber nicht). DENN WAS EINER EINST SO LIEBTE, ALS GÄB'S SONST KEINE LIEBE, DARF NIE FÜR BELIEBIG GELTEN. Hehl, der Hagel vorbei, hätte vermutlich widerrufen: das mit dem Hagel, durchaus ein Zufall, das sei nichts, was sich erzählen ließe, keine Geschichte, nichts, woran er erinnert, wovon er abhängig sein möchte. Eine bloße Beunruhigung, nichts. Vergessen Sie's bitte. Man hätte ihn gelassen. Denn wer hatte das Recht, über ihn zu urteilen?...Schwarzer Lack? wo mochte er die Schuhe gekauft haben? Es fiel ihm nicht ein. Das konnte beunruhigen. Es war nicht weit bis zur U-Bahn, das Stück Görres- bis zur Ecke Augustenstraße. Vor den Treppen hinab hielt er inne. Die Uhr unter dem noch unerleuchteten U, dem Zeichen für die U-Bahn, zeigte viertel vor acht, Thea, seine Frau, war vermutlich noch nicht zuhaus. Donnerstags half sie bis in die Nacht hinein in der Kinderklinik. Für gewöhnlich ging er noch zu Fuß bis zur Station am Königsplatz. Bei seinem Alter tue ein

wenig Laufen gut, hatte der Arzt gesagt. Und mit LAU-
FEN war SPAZIEREN gehen gemeint. Er sah hinauf: der
Himmel hatte ein grün-giftiges Leuchten bewahrt. Bald
würde das Dunkel jedes Licht und jede Farbe nehmen.
Zumindest das Stück bis nächsten Abgang, dem an der
Theresienstraße, wollte er noch gehen. Er wollte sich beei-
len. Gewiss er würde keine fünfzig Meter gegangen sein,
da sollte es hageln. Und der Hagel würde zwanzig nach
acht vorbei sein. Aber das war vermutlich nicht das
Wichtige.

I ZU SCHNELL GEGANGEN

Die Dinge hatten wie von selbst ihren Anfang genommen. Es ging nur weiter. Im Ansatz, als eine erste sehr äußerliche Näherung, irgendwo von außen betrachtet, ließ sich sagen: er sah nicht aus, Hehl schien sich wenig 'passabel'. Dass heißt: er, der da ging, Augustenstraße, Hehl selbst, sein Äußeres - sein AUFZUG wie er früher gesagt hätte - hätte ihm nicht zugesagt. Der Mantel, so ein geschlossener Mantel, hätte Hehl gesagt, macht unförmig. Das sieht nach nichts aus, oder, es sieht aus wie verschnürtes Packpapier, gleich was drin sein mag, vielleicht auch nichts. Nichts als Verpackung. So Hehl. Ich verstehe Ihr Unbehagen nicht, hätte der Herr am Fenster gesagt: wer vom Büro ist, geht in Mantel und Anzug, das ist die Regel und tut nichts zur Sache. Dem Herrn am Fenster würde Hehl später begegnen. Noch war Zeit, noch nicht einmal das Reinigungsgeschäft, Augustenstraße, erreicht. Ob nun Mantel Regel ist oder nicht, hätte Hehl gesagt: auch Kleinigkeiten können bedeutsam werden, zumindest störend. Wer weiß das im Voraus? Papperlapapp PACKPAPIER, so spricht Thea, Hehls Frau (sie ist Schneiderin): Gerd, mein Mann, gibt sich ganz normal, schon zu sehr geregelt. Das sieht man nicht am Mantel, sondern am Fischgrätenmuster des Anzugs. Reine Schurwolle, Maßanfertigung. Nur in dem Mantel, um nicht zu sagen: G'LUMP, wolle er sich nicht sehen, hätte Hehl gesagt: an sich ist es ein schöner Mantel, ein sandfarbener, einreihiger Sommermantel. Er trägt sich so leicht. Aber wie soll ein Mantel, der nicht tailliert ist, elegant wirken? Man muss ihn offen tragen... Der Mantel ist ordentlich, es spricht der Herr am Fenster: das genügt. Oh in Sachen Ordnung ist Papa groß, es spricht Gabi,

Hehls Tochter: Sehen Sie nur, wie aufgeräumt der Kragen seines Hemds hervorschaut, wie geleckt sauber seine Schuh' sind! Man muss wissen, Papa ist ein Höhlentier. Er lebt in geschlossenen Räumen, und kommt er ins Freie, so nur um rasch von der Heim- zur Bürohöhle zu wechseln oder abends zurück. Der Ton gedämpften Lichts ist längst in seine Kleidung übergegangen. Auch riecht sein Jackett ein bisschen nach Kaffee, Parfüm und Schweiß, aber nur das Bisschen, das er vom übrigen Bürobetrieb mitbekommt. Alles Äußerlichkeiten! hätte Hehl gesagt: aber keiner sieht, wenn ich ohne Hut bin. Überhaupt, 's ist eine hutlose Zeit. Ein Hut fiele auf. HUT zu tragen besagt heute etwas, irgendeine modische Extravaganz. Während ich einfach nur gern mit Hut ginge, der Kopf ist so nackt. Papa ist eitel, es spricht Gabi: so eitel wie er ordentlich ist. Was nur solch einer Tochter antworten? Es spricht Thea, seine Frau: Das Äußere muss stimmen, auch eine Kleinigkeit, dass ein Mantel etwas abgetragen ist zum Beispiel, kann den großen Endruck zerstören - das sind Gerds eigene Worte. Er selbst, Hehl hätte bezweifelt, hier von seiner Frau richtig wiedergegeben zu sein. Ich, es spricht der Herr am Fenster: sehe nicht, wie das Fehlen des Hutes bedeutsam werden könnte. Dem Herrn am Fenster würde Hehl aber ja erst später begegnen. Auch war unbestimmbar, was der Herr am Fenster wirklich gesagt hätte. Und dem brauchte man nicht zuzustimmen. Bald würde, gleichsam mit anderer Stimme, der Hagel einsetzen, Augustenstraße, am Reinigungsgeschäft mittlerweile vorbei. Hehl hätte vermutlich nur etwas gesagt wie: Der alte Mann, in dem unförmigen Mantel, ohne rechte Orientierung, soll das ICH sein? und hätte von allerlei Erinnerung überrascht sich am Äußeren gestoßen und vorsichtig Abstand gewahrt. Es war nicht die Zeit, noch allzu lang anfangen zu wollen, schon gar nicht mit

Äußerlichkeiten. Wäre es nach Hehl gegangen, hätte er sich erst gar nicht losgehen lassen.

Augustenstraße, das Fotogeschäft neben dem Café S. Hehl, so viel lässt sich sagen, war nicht da. Es war zu schnell gegangen, oder: er war zu schnell gegangen. Er hatte nicht bemerkt, dass er DAS FOTOGESCHÄFT passiert hatte, genauer: war schon ein paar Schritte weiter, zu weit gegangen. Später würde er zurücklaufen, wirklich laufen. Er hätte gleich stehen bleiben sollen, oder gar nicht. Oder stehengeblieben hätte er sich weit genug umschauen, sich wirklich vergewissern, nicht einfach umsehen sollen. Oder hätte sich wenigstens nicht wundern dürfen: da war nichts oder niemand. Nur das leere Stück Gehsteig bis zur Hauswand hin. Nur das Gefühl, jemand käme hinterher, stand im Rücken. Niemand Bestimmtes. Eine Ahnung, ein Huschen, das im Augenwinkel verschwand. Eine junge Frau, das Handtäschchen vor der Brust haltend, passierte raschen Schritts, kam entgegen mit Verwunderung im Blick, die Lippen spannten sich, ging vorbei wie an einer Frage, die sie nicht aus den Augen ließ. So als wollte sie sagen: der Mann steht da und starrt ins Leere, obwohl, wenn einer so schaut, da weiß man nie... Sie hatte es eilig, von einem Augenblick auf den andern sichtlich beunruhigt. Entschuldigung! Er hätte auch sagen können: Beunruhigen Sie sich nicht! Ich wollte ja nicht... Beides, die Entschuldigung und dann das Kopfschütteln, das vermitteln sollte: ich war wohl für einen Augenblick abwesend... erreichten die Frau nicht mehr. Ihr enger Rock, die Stöckelschuhe und die wieder gleichmäßigen Schritte: sie war bereits weiter. Hatte es diese Augenblicke nicht schon früher gegeben: spüren, da sei JEMAND, der folgte, und so oft Hehl sich umgesehen hatte, war es nichts gewesen? Ein Versehen. Das passiert auch anderen, hätte Hehl gesagt: das liegt nicht am Alter. Eine Verlegenheit, in der man nicht gesehen sein möchte. Man kommt sich komisch vor. Zumal man den Eindruck nicht los wird, ihn, der da nicht steht noch nachgefolgt ist, von früher her zu kennen. Jemand Vergessenes, einer, dem man noch Geld schuldet oder vielleicht ein Freund, dem man lieber nicht begegnete. Dann würde man gern lachen, sich räuspernd lachen, als wäre man amüsiert, doch ist einem dann eher traurig zumute, und eher noch lachte dann der, den man eigentlich kennen sollte, der Freund - der lachte über dich.

Es begann mit Abwesenheit. Das Büro verlassen, Dämmerung zwischen den Fenstern, die Tür von allein zugefallen. Heimwegs, und niemand zuhaus. Eine verschlossene Wohnungstür, auf ein Klingeln könnte keine Antwort folgen, niemand hätte geöffnet. Der Briefkasten ungeleert, so etwas sah man. Ohne THEA war die Wohnung leer, abweisend. Thea fehlte, stand nicht in der Küche, eine Kleinigkeit zu Abend vorzubereiten, saß nicht im Wohnzimmer, in den Illustrierten blätternd, saß nicht am Telefon, in ihrem Täschchen kramend, wie sie es tat, wenn sie telefonierte. Huschte nicht durch die Räume. Sie erwartete ihn nicht. War nicht zuhaus. Gehen hieß für Hehl: noch nicht angekommen sein. Hehl rannte nicht, er stürzte nicht, nicht auf und davon. Nicht hastig, nicht in Hetze noch gar Hals über Kopf. Augustenstraße, die Luft war warm und stand und drückte. Er säumte nicht, schlenderte nicht. Es hieß sich zu beeilen. Ein Gewitter lag in der Luft. Die Zeit, sie verging Schritt für Schritt. Es müsste ein Weg mit seinem Ende anfangen, hätte einer sagen können: dann wüsste man gleich, wann man anzukommen hat, und könnte vermeiden, unnötig schnell zu gehen und zu früh zu kommen, oder weil man nicht wusste, sich zu viel Zeit zu lassen und zu spät zu sein. Kollege Mechter lacht nicht, hätte Hehl gesagt: Mechter LÄCHELT nur, und zwar so, dass es als beifällig aber auch als abfällig gedeutet werden kann. Mechter, vielleicht vierzig, und dynamisch und orientiert, was immer das sein mag. Mit Söhnchen zum Vorzeigen. ICH HABE JA SOVIEL IN DAS KIND INVESTIERT. Dass er so spricht ist Mechter zuzutrauen, hätte Hehl gesagt. Was sollte man zu ihm, der da ging, Hehl, Augustenstraße, sagen? Mechter ist uninteressant, es spricht der Herr am Fenster: Mechter mag abwesend sein, aber er fehlt nicht. Papa selbst ist es, der fehlt, es spricht Gabi, Hehls Tochter: er fehlt sich selber. So wie er nämlich Angst hat, heimzukommen und keiner erwartet ihn, fürchtet er, es mit sich selber zu tun zu bekommen. Er schätzt keine Überraschungen. Ich nehme mich nicht so wichtig, hätte Hehl gesagt. Gerd ist mein Mann, es spricht Thea, Hehls Frau: wir lieben uns. Mit der Zeit hängt man aneinander, und ist der andere nicht da, so ist das, als ob man selbst fehlt. Das ist, als schaust du in den Spiegel und hast kein Spiegelbild. Das macht Angst. Hehl hätte seiner Frau zugestimmt. Der gute Hehl ist manchmal wie abwesend, es spricht Mechter: vielleicht denkt er dann an Zuhause oder an früher. Man sieht's ihm nicht an, und wenn man ihn anspricht, ist es ihm peinlich. Passiert das nicht auch anderen? hätte Hehl gesagt: manchmal kann man sein, wo man mag, dennoch wünscht man sich anderswohin: in der Arbeit nachhaus, zuhaus nach der Arbeit. Auch wenn dem so ist, es spricht der Herr am Fenster: man sollte es nicht zeigen. Hehl hätte im Grund zugestimmt. Es ist wohl der Tod, den Papa fürchtet, vermute ich, es spricht Gabi: mein Vater macht Ausflüchte und hofft, dass wenn der Tod kommt und ihn nicht zuhaus, nicht bei sich antrifft, dieser dann vorübergeht. Gabi, mein Tochter, gefällt sich in VERSTIEGENEN Äußerungen, hätte Hehl gesagt: es ist so: manchmal tagsüber wache ich auf und bin dann für einen Augenblick eingenickt gewesen. Es beunruhigt einen, weil man die Macht über sich selbst verloren zu haben scheint. Müdigkeit, als wäre das Leben schwer geworden. Aber die Arbeit geht wie von selbst, sie steckt in mir drin, ich habe darin viel Sicherheit... Wenn der Hehl persönlich wird, dann, es spricht Mechter: erzählt er von seine beiden Töchtern, insbesondere von der jüngeren, Monika, sind ja beide soviel ich weiß bereits aus dem Haus, und eigentlich erzählt er nur von sich als VATER. Mechters Lächeln lässt sich auch als Unsicherheit deuten, hätte Hehl gesagt. Was ging ihn Mechter an? Mechter war nicht da, Augustenstraße, gehörte nicht dahin, Gabi auch nicht. Das war eine Tatsache, genauso wie dass die Zeit drängte. Und was interessierte die Abwesenheit von Personen wie des Herrn am Fenster, den Hehl noch nicht einmal kannte? Wenn jemand abging, dann Monika, die seit Wochen nicht von sich bei ihren Eltern hatte hören lassen. Man sollte sich an das halten, was IST, hätte Hehl gesagt.

Augustenstraße, Zeitungskästen. WELTBANK DRINGT AUF SCHÄRFERE GEBURTENKONTROLLE IN DER DRITTEN WELT: die Zeitung hatte er bereits in der Früh gelesen. Eine junge Frau - eine andere, zweite - hatte sich im Gehen umgeblickt, sie kam Hehl entgegen, ging sich umblickend unsicher, im Vorübergehen ließ sie einen Schritt aus, verlängerte den einen Schritt, um dann Fuß für Fuß zweimal aufzutreten, so als wäre sie gestolpert oder nah dran zu stolpern. Sie ging weiter. Sie schien von nichts, was ihr entgegen kam, Notiz zu nehmen. Sie sah ernst aus. Das machte nicht der Blick (sie trug eine schwarze Sonnenbrille), sondern der Mund. Sie verkniff ihn, wie man den Mund verkneift, wenn man angestrengt nachdenkt. Was sie trug, war kein Kleid, eher ein langes aber doch knappes Hemd wie aus Seide, darunter eine schwarze Nylonstrumpfhose. (Gabi hatte ihm erklärt, wie FRAU das anzieht.) Schlank, ja hager, und war nicht ihr Haar kurzgeschnitten, blond, hellgescheckt, und in der Stirn eine einzelne lang gebliebene Strähne...? Was blieb war ein flüchtiger Eindruck von Ernst, ein Anklang, Nachklang, ein Ernst, der nicht wahrgemacht wurde, nicht nah genug kam. So wie das Anfahren oder Abbremsen der Wagen, oder von fern das Dröhnen des Verkehrs in der Stadt... Stimmen, Schritte, alles rauschte vorbei, deutete immer nur an. Und alles klang ein wenig höher, schärfer, schriller in der Vorgewitterluft. Ohne dass Anlass gewesen wäre aufzuhorchen: kein Ruf, kein Aufkreischen, kein Wechsel der Tonlage oder Übergang zur Stille. Wenn es überhaupt nach etwas klingt - hätte Hehl gesagt -, dann wie TUBA MIRUM SPARGENS SONUM, Mozarts Requiem, in der Ferne gesungen. Lange hatten sie daran letztes Jahr, oder vorletztes, im Chor geprobt. Da sang oder summte aber niemand, Augustenstraße, und eigentlich rauschte auch nichts. Fünfmal in der Woche führte der Weg ins oder aus dem Büro, Görresstraße, Augustenstraße, und außer bei schlechtem Wetter noch das Ende bis zum Königsplatz. Was sah Hehl überhaupt noch? War es nicht so: Er kannte den WEG, aber die Einzelheiten, die Straße, die Geschäfte usw., erkannte er nur wieder? Ich weiß was ich sehe, hätte Hehl gesagt. Ein Wagen stand zum Beispiel auf dem Gehsteig, ohne Not, denn da waren Parkbuchten zwischen neugepflanzten Bäumen mit freien Plätzen. Rechts die Schaufenster. Die rote Markise der Fleischerei wurde eingezogen. Das Fahrrad war verschwunden: Im Herbst zuvor hatte jemand es an die Stange des Straßenschilds gekettet und es vergessen oder nicht mehr holen können oder es aufgegeben, denn nach und nach waren die Räder, der Sitz, die Klingel, die Lampe verschwunden, bis nurmehr der angekettete Rahmen geblieben war. Hehl hatte stets das FAHRRAD gesehen, auch wenn davon immer weniger übrig geblieben war. Zuletzt stand dort der angekettete, abgesunkene Rahmen. Eines Tages war er entfernt worden. Das lag schon eine Weile zurück.

Ein Weg wird nicht nur einmal gegangen, sonst wäre er kein Weg, hätte Hehl gesagt: ich kenne den Weg zur U-Bahn. Die Fußgänger-Ampel auf Rot. Aber es kam kein Wagen. Passanten querten die Straße, ohne das Umschalten auf Grün abgewartet zu haben. Gibt es Zufall? hätte Hehl gesagt: echten Zufall und nicht nur Unwissenheit? Dass er an diesem Tag, zu dieser Zeit in den Hagel geraten sollte. Hehl stand an der Ampel vor REISSCHMIDT, einem Autohandel-Laden. Hehl blickte durch die Scheiben. Was besagte das Fehlen von Buchstaben, so dass es nur noch hieß: REISS HMI T   GEBR UCHTWAGEN? Hätte man wissen und vorhersagen können, welche Buchstaben wann herausfielen? Gab es eine geheime Reihenfolge, oder geschah das gemäß wirklichem Zufall? Ein großer, vermutlich amerikanischer Wagen stand bei Reisschmidt zum Verkauf. Ein gelbes Pappschild GEBRAUCHT klemmte hinter der Windschutzscheibe. Unter GEBRAUCHT stand in großen, ungleichartigen Ziffern der Preis: 12.500. Mit dem was folgen würde, hatten der Wagen und das Preisschild nichts zu tun. Sie verwiesen woandershin. Ja, die Dinge, das ließ sich sagen, verwiesen, oder hatten immer schon verwiesen, nach vorn wie zurück. Nur da, wo man grade war, schien man falsch. So ging es immer schon weiter. Ihre Krawatte ist kein Zufall, sagt der Herr am Fenster - irgend jemand sitzt oder steht immer am Fenster und hat den Blick wie zufällig auf die Straße gerichtet. Die Krawatte, weinrot, ohne schreiend zu sein, mit zwei Streifen, einer blau, einer braun, hatte ihm Gabi aus PARIS mitgebracht. Etwas Chic tut dir gut, hatte sie gesagt, als wüsste sie, was er nötig habe. Sie hatte darauf bestanden, dass er die Krawatte sogleich anprobiere. Sie hatte wohlweislich ein gleichfarbenes Taschentuch dazugekauft: das Weinrot des Taschentuchs, das in der Brusttasche steckte, minderte die Wirkung des Weinrots der Krawatte und umgekehrt. Er hatte eine bedenkliche Mine aufgesetzt, als missfalle ihm die Krawatte. Im Grunde wegen der Überrumpelung. Oder um sich von seiner Tochter umstimmen zu lassen. Passt! hatte Gabi gesagt und ihm einen Kuss gegeben. Er mochte die Krawatte. Er und die Krawatte, man hatte sich arrangiert, schon wegen Gabi. Wie mit Mechters Lächeln, das so oft fehl am Platz wirkte. Es rührte, wie Hehl erfahren hatte, von einem Schlaganfall. Oh, wie hatte sich Hehl geschämt, was hatte er Mechter nicht alles unterstellt..., weswegen er Mechter lange nicht in die Augen schauen konnte und auch nicht auf den Mund, ein Mund, vor dem ihm von da an schauderte. Ein Schlaganfall, warum gerade Mechter, war der nicht noch jung? Hehl spürte das eigene Gesicht sich verspannen, wenn er Mechters LÄCHELN sah, wie nun nicht mehr Mechter selber lächelte, sondern dieses Lächeln, eine selbständige Kraft, über Mechters Gesicht herfiel und die Mundwinkel verzerrte.

Augustenstraße, der Schritt stockte, ein Einfall. Es hatte sich etwas wie eine Antwort eingefunden, nicht auf die Frage, die die Schuhe bedeuteten. Es fiel mir nur ein, hätte Hehl gesagt: da hat vorhin wirklich niemand gestanden. Sondern, in dem Fotogeschäft, im Schaufenster, ist neulich ein Videokamera installiert worden, sie schaut auf die Straße, und auf einem Bildschirm sieht man, wer gerade vorbeikommt. Gibt man nicht recht Acht, so bemerkt man von SICH im Vorübergehen nur ein Huschen. Daher der Eindruck, da sei jemand. War es so? Gewiss, Hehl hätte weitergehen können. Wozu also zurücklaufen? fragt der Herr im Fenster. Ich fürchte nicht, für verkalkt gehalten zu werden, hätte Hehl gesagt: aber ich weiß doch, was ich sehe. Wozu zurücklaufen, wozu brauchte es Gewissheit? Ist ja nicht so weit bis zum Fotogeschäft, hätte Hehl gesagt: brauch mich eigentlich nur umzudrehen, drauf zuzugehen, die paar Schritte zählen nicht. Dreht kurz um, etwas zu schnell, so dass der leichte Schwindel, der ihn ereilte, das Gehen wie ein Stürzen wirken ließ: kein Schritte-Setzen, auch kein Laufen, eher war es ein Dahin-Stürzen, fortlaufend am Fallen verhindert. Unregelmäßig fielen die Schritte aus: ein Schritt beschleunigt, unter ruckartigem Vorwerfen der Schulter vorangetrieben, so dass der Aktenkoffer, der unterm Arm klemmte, zu entgleiten drohte und dass die zwei, drei folgenden Schritte verhalten werden mussten, zu kurz gerieten, ehe der Aktenkoffer wieder zurechtgerückt saß. Es wurde zügiges Gehen der Art, nicht ins Laufen zu verfallen und doch dem Schwindel entkommen. Alle große Anstrengung vermeiden, hatte der Arzt, Dr. Neumann, geraten. Hast sei GIFT FÜRS HERZ. Darf ich für mich nichts mehr erwarten, nur weil man SICH NICHTS VORMACHEN soll? hätte Hehl Dr. Neumann fragen wollen, aber die Frage war ihm erst im Nachhinein gekommen. Er wollte sich selber ein Bild machen. Ist ja nicht weit, hätte Hehl gesagt: auch wird nicht viel zu sehen sein. Die Kamera, die sich automatisch im Halbkreis dreht, sowie der Fernsehschirm, auf dem man sich etwas verwirrend, nämlich von der anderen Seite ins Bild kommen sieht. Man begegnet sich selbst, wenn man in gleicher Geschwindigkeit geht, wie die Kamera schwenkt. Wenn ich also auf gleicher Höhe bleibe, bleibe ich auch im Bild stehen, obwohl ich gehe. Bis die Kamera zurückschwenkt. Besonders gut werden de Straße und die gegenüberliegenden Häuser zu sehen sein. Wann sonst betrachtet man die Fassaden? Man hat ja nicht Zeit wie eine Tourist oder will nicht als solcher angesehen werden. Oder schlicht, weil die Häuser immer da sind und sozusagen zur Straße gehören. Man geht, aber nicht um zu schauen oder etwas anzusehen. Sich selber sieht man auf dem Bildschirm nicht, hätte Hehl gesagt: oder nur aus der Ferne. Wenn man näher kommt, reicht das Licht der Straße nicht, man wird ganz dunkel, ein Schatten vor heller Straße. Eine günstiger Sichtwinkel, möchte ich sagen, harte Linien, Kontur, aber kein Fältchen, kein einziger Hautsack zu sehen. Hätte Hehl gesagt. Sehen wir die anderen nicht immer nur in Kontur und wenig Inhalt? sagt Gabi: Besteht darin nicht Schönheit, dass wir nicht auf die Details achten? Das führt zu nichts, hätte Hehl gesagt: Wollte ich denn über Schönheit reden? Angelangt war alles ganz anders: er sah, klar im Kontrast und vom Grau der Fassaden abgehoben, sich selber ins Bild starren, das heißt: das nicht mehr schmale Gesicht, die kantige Stirn, die von der Überraschung sprach, das schüttere Haar. Die Straße war in Dunkel getaucht, war dunkler Hintergrund, vor welchem er von der Schaufensterbeleuchtung erhellt wurde. Ich bin nicht enttäuscht, hätte Hehl gesagt und anbringen können: nicht dass mich das eigene Gesicht erschrecken würde, man sieht sich ja oft genug im Spiegel, um damit vertraut zu sein. Aber dann ist man darauf gefasst, das eigene Gesicht zu sehen und kann rechtzeitig Mine machen. Oder besieht ohnehin nur ganz Bestimmtes, eine Rötung an der Nase, eine Falte über der Braue. Sich so unerwartet, unvermittelt irgendwo spiegeln zu sehen kann dagegen befremden. Hätte Hehl gesagt. Er trat näher. Er strich sich übers Haar, das im scharfen Licht grauer erschien als es vermutlich war, rückte die Krawatte zurecht, das Weinrot stach hervor, er schaute ärgerlich, strich mit der Rechten, nein Linken über die Wange bis dorthin, wo unter den Augen tief die Haut durchgesackt war, blinzelte müde... Das Gesicht drohte immerfort abzudriften. Um im BILD zu bleiben trat er immer wieder zur Seite. Hin, und dann wieder zurück. Das Huschen vorhin mochte so entstanden sein: er der hier zu schnell vorbeigegangen war, oder ganz anders. Da siehst du's, hätte Gabi gesagt. Früher war sie herzugetreten, wenn er allzu lange vor dem Spiegel gestanden hatte, hatte ihn geneckt, hatte wie mahnend 'Papa, Papa' gesagt und ihm einen Kuss gegeben. Man hält sich oft viel zu lange auf, hätte Hehl gesagt, zum Beispiel am Fotogeschäft, Augustenstraße, während der Hagel im Heranziehen ist. Auf was wartest du? fragt Thea: Was hilft dir Gewissheit? Auf einem zweiten Fernsehschirm flimmerte die Programmtafel: 20.00 UHR TAGESSCHAU 20.15 DER SIEBTE SINN 20.18 UHR ... Bald würde es acht Uhr sein und die Tagesschau mit Nachrichten folgen. Nachrichten sehe ich sonst nur im O-R-F, hätte Hehl gesagt, die beginnen um halb acht, gerade wenn wir mit dem Abendbrot fertig sind. Selbst während des Essen, hätte Gabi gesagt: läuft der Fernseher und zwar mit den Nachrichten im zweiten Programm. Papa liebt Nachrichten. Information! hätte Hehl gesagt. Später in der Gastwirtschaft, wo sich Hehl aufhalten würde, würde dasselbe Programm, das übliche, laufen. Die Tagesschau würde noch keinen Bericht über den Hagel in München bringen; dergleichen brauchte eine gewisse Zeit. 20.15 DER SIEBTE SINN 20.18 UHR DER VERBRAUCHTE PLANET 21.15 WALT DISNEYS MICKEY AND DONALD 21.45 UHR ... Die Programmvorschau lässt sich schauen ohne den Text zu lesen. Oder lesen ohne zu denken. Oder denken, eben nur unbestimmt. Das Denken flimmern lassen, während das Programm ablief. Nach der Programmvorschau würde das Signet der Tagesschau folgen. DER SIEBTE SINN - da wird es, hätte Hehl gesagt: um die Gefahren im Straßenverkehr gehen, Sinn für Vorsicht und Unfälle, wie sie vorkommen. Man kennt das. Genauso wie Umweltverschmutzung und Rohstoffverschwendung, ich meine DER VERBRAUCHTE PLANET. Vielleicht aber ist das ein Spielfilm, ein kurzer freilich, denn viertel nach neun wir es bereits weitergehen, das Programm wechseln. So Hehl. Vor der Tagesschau würde eine Uhr zu sehen sein. Unbeirrt würde der Zeiger, Sekunde für Sekunde auf sein Ziel zurücken - ob einer hinsah oder nicht -, das Maß würde voll, acht und Beginn der Tagesschau sein. Man war bereit, eingestellt. Ganz in Erwartung der Klänge, Schläge, die verkündeten: dass Zeit war und Beginn folgte.

Ich, Hehl, möchte dazu sagen: es scheint leicht über jemanden zu urteilen, wenn man weiß, was folgen wird. Man wird, ohne selbst betroffen zu sein, mitverfolgen, wie ich unversehens in den Hagel gerate. Und wenn ich laut mit mir rede und das wie ein Rufen wahrgenommen werden mag (reden nicht auch andere Leute mit sich selber?), ich am zwölften Juli vierundachtzig, wird man zu sagen geneigt sein: ein absonderlicher Alter, und sich wundern oder schlimmer noch: 'Mitleid empfinden'. Man wird sich Gedanken machen, vielleicht nach Ursachen, Gründen forschen und zu verstehen glauben, sobald sich eine Erklärung findet (der Hagel, die Medikamente, die Erinnerung...). So einfach ist es aber nicht, oder ist es selten. Wer weiß schon immer, was er oder sie tut und warum. Wie kann da einer angeben wollen, was ich gesagt hätte oder sagen würde? Das gründet in bloßen Vermutungen, sowohl hinsichtlich Mechter als auch irgendwelcher Fernsehprogramme. Es gibt anderes, Beunruhigenderes. Dazu gehört die Vergesslichkeit, wenn wir älter werden, oder dass ich nutzlos werden könnte, wenn ich erst einmal pensioniert bin. Und dann jeden Tag zuhause sein. Doch, doch die Familie geht mir über alles. Ausspannen, mit Thea Tee trinken, in Ruhe Zeitung lesen; am Wochenende besuchen uns die Kinder und irgendwann die Enkelkinder. Wovor ich mich fürchte: dass Thea und ich, wir uns zu zweit langweilen, als würden wir uns einander über sein. So wie freitags abends, wenn das Wochenende bevorsteht und es noch lange ist bis Dienstagabend zur Chorprobe. Oft ist dann das Fernsehprogramm dünn und man ist gereizt. Freitags lassen sich unsere Töchter nie sehen... Ich wollte sagen, es ist wohl meine Privatangelegenheit, was ich tue oder lasse in den gegebenen Grenzen. Das Wort PRIVAT kommt aus dem Lateinischen, habe ich gelesen, und meint eigentlich 'beraubt', zurückgelassen mit sich und mit dem Rest, was bleibt. Ich möchte mich nicht rechtfertigen müssen. Was mir da widerfuhr, so im Hagel, ist sehr privat und geht im Grunde niemand anderen etwas an. Würde er, HEHL, Augustenstraße, würde ich nicht annehmen, allein zu sein, so würde er sich, würde ich mich anders verhalten... Es wurde unerwartet dunkel: Die Fassaden auf dem

Fernsehschirm waren kaum noch zu erkennen. Nun beeilte er sich wirklich.

Vielleicht fielen zwei, drei Regentropfen. So wie zwei, drei Töne, die erweisen, dass ein Instrument gestimmt ist, ungewollt ein Musikstück einleiten. Mit dieser knappen Einleitung, die eigentlich keine ist, begann es zu hageln. Es hagelte, als stürzte der Himmel ein. Über heißen Luftschichten am Boden, so hieß es anderntags, hatte sich kalte, feuchte gelegt; rasch suchte warme Luft aufzusteigen und wirbelte in den herangeführten Wolkentürmen ein ums andere Mal Eiskristalle empor. Diese im Wechsel von Steigen und Fallen mehr und mehr Feuchtigkeit an sich ziehend, wuchsen bis sie zu schwer wurden - und es hagelte. Hehl hatte vermutlich bereits die Zieblandstraße überquert. Zumindest wollte ein gewisser Franz ihn auf Höhe Zieblandstraße gesehen haben. Es war jener Franz, der kurz darauf in der Gastwirtschaft an Hehls Tisch erscheinen würde. Es hagelte derart stark, dass, wie es Franz auffiel, der Mann, also Hehl, da er keinen Hut trug, sogleich über einer Augenbraue wundgeschlagen blutete. Er hielt sich an der Hauswand, der Hofdurchgang, der folgte, war mit einem Gitter abgesperrt. Die Stangen drückten sich in den Mantel. Wind trieb den Hagel genau auf diese Seite. Hehl hätte sich irgendwo unterstellen müssen. Der Hagel schlug ins Gesicht, schlug auf den Handrücken der Hand vorm Gesicht. Es gab nichts zu sehen. Die Hauswand nahm kein Ende. Ein Schaukelpferd stand in der Auslage. Das Glas war kalt. An der Ladentür war ein Absatz. Stolpernd wäre er beinahe gestürzt. Als ich jung war und noch nicht Krieg, unternahm ich gern Wanderungen in der Tatra. Selten traf ich den Tag über irgendeinen anderen Menschen. Einmal glaubte ich, mich verlaufen zu haben. In fliegender Hast lief ich immer ins Tal hinab. Dabei wusste ich, das solange ich mich nur bergab hielt, ich irgendwann auf einen der mir alle bekannten Wege stoßen musste. Und tatsächlich nach nur einer Viertelstunde gelangte ich auf den Weg, der nach Neusohl führte. Es muss die Angst selbst gewesen sein, der ich da begegnet war. Es trommelte auf den Fensterblechen. Er hatte zu laufen begonnen. Jener Franz, der sich wie er sagte auf der anderen Straßenseite untergestellt hatte, würde ihn laufen sehen. Aber nicht wie ehedem. Es gab kein Ziel, keinen Weg. Er lief, wie es den Hagel wegschwemmte, immer weiter vorangestoßen. Anne! rief er: ANNE. Die Füße schienen schwer, oft hielt er an. Und im Grunde stolperte er mehr voran, als dass er lief.

Anne war meine Braut, als noch Krieg war, vierzig Jahre zuvor, eines Abends kamen die Bomber. Ich war noch jung, ich hatte Fronturlaub, heim in eine fremde Stadt, München, wohin mit dem Krieg Anne und Mutter gekommen waren. Ich lief durch den Hagel, auch damals, doch nicht gefrorenes Wasser, sondern Bomben, Bomben fielen vom Himmel. Man sah sie nicht. Man erahnte sie nur. Was einen traf Glassplitter, Mauersteine, Ladenverkleidungen und vielleicht, wer wusste es zu unterscheiden, Menschenteile. Ich rannte, denn mir war als brannte unser Haus, das Haus, worin Anne und Mutter wohnten, als stürzte es gleich ein und ich hätte meine Braut und meine Mutter zu retten. Ich meinte sie nach mir rufen zu hören. Gewiss sind sie in Gefahr. Rauch schlug mir ins Gesicht und während ich so lief, wurde mir alles wie unwirklich, es wurde still, das heißt, was geschah, geschah wie in einem Lichtspiel, ich war nur Zuschauer und von irgendwo kam die Musik: prasselndes Aufschlagen, dumpfes Grollen, ferne Sirene, das gab den Grundton, darin die einzelnen Stimmen: hohes Splittern, Schreie und Rufe. Ich sah mich selber laufen, dort in der Welt und schien mich nichts anzugehen ... Meine Braut? Ich habe sie nicht gerettet. Das heißt, als ich hinkam, stand das Haus noch, auch brannte es nicht. Ich lief die Stiegen hinauf, die Wohnungstür war offen, doch fand ich niemanden. Meine Braut und meine Mutter waren in einem Luftschutzkeller. Anne, ich hatte sie retten wollen. Es gab nichts zu retten. Hätte Hehl gesagt. Nach dem Krieg lösten sie die Verlobung, seine Mutter starb im Jahre 1967 an Krebs. Das ist lange her, hätte Thea gesagt: Gerd wollte heim, im Hagel hatte ihn Unruhe ergriffen. Jetzt suchte er Gründe, den Sinn und einen Zusammenhang. Ich wusste, was ich wollte, hätte Hehl gesagt. Augustenstraße, es hagelte. ANNE, das war ein Name oder auch eine Erinnerung und Hehls Betroffenheit war vermutlich keine andere als wie eine Zeitungsnotiz betroffen machen kann, und man weiß nicht wie, und denkt man nach, so ist es nicht, was einen hätte angehen können. Erinnerung überkam mich, hätte Hehl gesagt. Er hätte sich unterstellen können. Das Laufen tat gut, hätte Hehl gesagt: es ist wie ein uneingelöstes Versprechen, Anne. Ich hatte sie retten wollen und muss eingestehen, dass es nutzlos war. Zumal es längst vorbei ist. Auch dein Gesicht ist verblasst, meine Anne. Ich wollte , will hinaus aus einem einstürzenden Haus, hätte Hehl gesagt: ich will dem entkommen, was einen am Ende heimsucht. HEIMSUCHEN - was für ein seltsames Wort. Irgendwie hatte es für Hehl mit Anne zu tun. Ist es am Ende so wichtig, was einer wollte? Augustenstraße, es hagelte.

II WAS IST DER MENSCH IN DER UNENDLICH-KEIT?

Der Weg und kein Ende. Was erschien, waren blau auf weißem Grund die gekreuzten Hackerbräuäxte, war eine Leuchte, hoch an einem Hauseck angebracht. Eine Gastwirtschaft. Die Füße taten weh. Die Fahrbahn hinunter strömte, fast bordsteinhoch, das Wasser. Der Wind, immer wieder umschlagend, peitschte hinein. Noch hagelte es. Vielleicht wäre er auch weitergegangen, doch kehrte er ein, wollte sich ausruhen, ehe er heimfuhr. Eine halbe Stunde, und der Schauer war vielleicht vorüber. Stufen führten aufwärts (er würde sich an einen Tisch setzen können), eine schwere Tür war aufzustoßen, ein Durchgang folgte. Eine schwarze Trompete (gemalt), JAZZ FÜNFZEHNTER JUNI, eine alte Vorankündigung, und irgendwo stand zu lesen: VHS, Volkshochschule - der Durchgang, ein Holzverschlag, war über und über mit Plakaten behangen. Die Außentür fiel zurück ins Schloss, und für kurz war im Durchgang hörbar eine Pause eingetreten. Durch eine zweite Tür, eine Schwingtür, gelangte er in den Saal. Helligkeit, unbewegt: das Licht war bereits an. Man unterhielt sich. Das Lärmen, das Wetter draußen, blieb draußen, oder auch: war in den Lärm, der sich im Raum hielt, übergegangen. Die Luft stand, war von Zigarettenrauch stickig. Er mochte Wirtschaften nicht. Es riecht - hätte Hehl gesagt - nach schlechter Unterhaltung. Ja, auch Worte werden schlecht, verkommen zu absonderliche Bemerkungen und können verrotten. Kein Blick, keine entgegenschlagenden Worte - DER TYP DA! - begrüßten ihn. Bei dem Wetter war zu erwarten, dass wer eintrat auch durch und durch nass war. Hehl war erst einmal froh, raus, drinnen zu sein. Er hängte seinen Mantel - er hielt ihn bereits im Arm und hatte ihn langsam abgestreift - an den leeren Garderobenständer an der Tür. A SAUWEDA (Sauwetter) hörte er von links. Jemand nickte ihm zu. Hehl antwortete: in der Tat! und klopfte wie zur Bestätigung sein Jackett. A Sauweda, wiederholte jener, nickte, wandte sich ab und seinem Bier zu. Unter Hehls Mantel hatte sich sogleich eine Pfütze gebildet. An einem nahen Tisch rechterhand schienen noch Plätze frei zu sei. Die Bewegungen in der Gaststätte waren nur leichte Verschiebungen, hin und her; sie griffen nie über einen Tisch hinaus oder waren gerichtet und liefen geordnete Bahnen. Er selber bewegte sich wie unwillkürlich. Er ging zu einem Tisch. Er hätte mit jenem, der ihm zugenickt hatte, auch ein paar Worte gewechselt. Das Wetter erleichterte, ins Gespräch zu kommen, bot sichere Aufnahme. Hehl kam geradewegs und wohl gedankenlos. Da waren tatsächlich freie Plätze: die Bierdeckel lagen geordnet, die Aschenbecher waren noch nicht gefüllt. Niemand musste rücken, niemanden brauchte er zu bitten. Ein Tisch für acht Personen. Auf der anderen Seite, zum Fenster hin saßen drei Männer und starrten hinaus. Begrüßt von dem, der vielleicht gerückt wäre, hätte er 'Grüß Gott' oder 'angenehm: Hehl' sagen können; aber seine Platznahme blieb unbemerkt. Nur jener, von seinem Bier lassend, warf ihm vom anderen Tisch einen Blick herüber, als wollte er bekräftigen: a Sauweda. Vermutlich war der allein da. Unwillkürlich zurücklächelnd achtete Hehl, flirrenden Rauch vor Augen, wenigstens darauf, nicht das Gesicht zu verziehen. Sein Jackett war feucht, seine Hose nass und in den Schuhen stand das Wasser. Mein Gott, Sie hat's aber ERWISCHT: ein Mädchen in Pulli, Jeans und Schürze, die Bedienung stand neben ihm. Sie bluten ja, sagte sie wie erschrocken und beugte sich zu ihm herab, die Wunde in Augenschein zu nehmen. Ist aber nicht schlimm, sagte. Ja, sagte er nur. Seine Gedanken waren noch nicht da. Sie brauchen jetzt etwas Warmes, sagte sie. Einen Tee mit Rum? fragte sie. Ja, sagte er nur und meinte damit: ein Tee würde gut tun. Die Bedienung verschwand. Ich bring Ihnen ein Handtuch, hatte sie noch gesagt. Weil er nass war, schien heißer Tee angebracht, und saß man in einer Wirtschaft, gehörte es dazu, etwas zu bestellen. DIE GEWOHNHEIT IST EINE ZWEITE NATUR, WIE DIE NATUR DIE ERSTE GEWOHNHEIT IST (oder so ähnlich), hätte Hehl Pascal zitieren könne. Obwohl, er trank Tee nur nachmittags, und sooft er mit Kollegen aus war, bestellte er wie diese ein Bier. In einer Ecke, in Gesichtshöhe lief ein Fernseher. Es war zu laut im Saal und der Fernseher zu weit weg, um etwas verstehen zu können. Vielleicht war auch der Ton leise gestellt. Die Bedienung kam zurück und brachte den Tee, das Handtuch und mehrere Tempotaschentücher. Damit können Sie sich das Blut abwischen, sagte sie: ist aber NICHT SCHLIMM. Danke, sagte er und wischte sich mit einem der Taschentücher über die Augenbraue. Die Bedienung war schon wieder weiter. Er hatte nicht gemerkt, dass er geblutet hatte. Dass ihm schwindelig war, rührte vom Laufen, oder genauer: vom Sich-Setzen und Gelaufen-Sein. Er schlürfte am Tee und trocknete sich mit dem Handtuch das Gesicht. Es waren langsame, bedachtsame Bewegungen. Jener mit dem einsamen Bier prostete ihm von fern zu. DER MENSCH ERTRÄGT ES NICHT - WIRKLICH - ALLEIN ZU SEIN; VON DAHER SUCHT ER SICH UNENTWEGT ZU ZERSTREUEN. Schon wieder Pascal. Hehl würde nicht lange bleiben, er wollte nicht, dass Thea sich beunruhigt. Denn er war noch auf dem Weg.

Hehl hätte sich fragen und in sich horchen sollen, was das Gespräch der Drei am anderen Ende des Tisches ihn eigentlich anging. Was mit ihm vorgegangen sein musste, dass er auf das Gesagte ansprach. Was sich zugetragen hatte und hier zur Sprache kommen konnte und wollte. DAS HÖRT AUCH WIEDER AUF, würde der, der rauchte, noch sagen und sich vom Fenster abwenden. Vielleicht störte sich Hehl an der Selbstsicherheit, mit der dieser sprechen würde. Und was wenn nicht? hätte Hehl gesagt: wenn es nie wieder aufhört? (Gabi hätte solche Fragen gestellt.) Vielleicht auch störte sich Hehl an dessen langen, schwarzrandigen Fingernägeln oder seinem ondulierten Haar (aber das fiel ihm ja erst später auf). Die schwarzrandigen Fingernägel konnten vom vielen Zigarettendrehen rühren. Vernachlässigt wie seine Finger, er mochte zwischen fünfunddreißig und vierzig Jahren alt sein, waren auch die Sachen, die er trug: eine abgetragene Jacke und darunter ein Hemd unbestimmbar gewordener Farbe. Hehl fand Nachlässigkeit aufdringlich. Aufdringlich wie - auf eine andere Weise - der LEDERSCHLIPS von dessen Freund Franz, der später als vierter Gast - oder genauer, das heißt Hehl mitgezählt: fünfter - am Tisch erscheinen würde. Hehl äußerte sich nicht zur Kleidung Anwesender: das war Theas Fach (sie war Schneiderin), und irgendwie gehörte es sich nicht. Angezogen - also richtig angezogen - waren an diesem Tisch weder der, der rauchte, noch der mit der NICKELBRILLE. Letzterer, vielleicht gerade über dreißig, saß da in Jeans und einem offenen Hemd mit verblichenem Muster. Nur der dritte schien angezogen: das war der Herr am Fenster. Sein Sakko hing über der Stuhllehne. Er trug weißes Hemd, Krawatte, Manschettenknöpfe und war unauffällig aber korrekt gekleidet. Er sah aus, als könnte er mit 'schöne Krawatte' ein freundliches Gespräch mit Hehl beginnen wollen, und schien Hehl daher sympathisch. Auch war er mit etwa fünfzig schon in fortgeschrittenem Alter, der älteste der drei, und er trank PILS, die Flasche stand noch daneben, die anderen zwei hatten einfach ihr Helles (Schankbier). Eine Art drastischer Abhebung war vielleicht auch der Grund dafür, dass ein Satz wie DAS HÖRT AUCH WIEDER AUF - von dem mit den schwarzrandigen Fingernägeln - das Schweigen aufbrechen konnte und das Reden anstieß, daher auffallen musste und aufhorchen ließ. Die lässige Art seiner Rede würde an Hehls Empfinden zerren, nicht nur durch die vermittelte Selbstsicherheit sondern auch die Fülle im Raum, die sie, ohne zu hasten, beanspruchte: wann immer das Sprechen zu stocken drohte, erschien ein JA, entließ eine kleine, ausgehauchte Zigarettendunstwolke und führte die Rede weiter, die ohnehin nur eine ungezügelte Wortfolge - impulsiv wie der ganze Mensch - schien und jederzeit drohte, das Gegenüber mit den Worten GEH, WAS GLAUBN DENN SIE! anzurempeln. Der andere, der Herr am Fenster, sprach geordnet, eher zurückhaltend (dessen Name würde Hehl nicht erfahren). Er redete obgleich umgänglich doch gehoben, höflich, er achtete auf das, was er sagte, und vermied allzuviel Umgangssprache - anders als sein Gegenüber, der Raucher. Ausdrücke wie DER TYP DA! wollten umgänglich sein, wirkten aber geringschätzend, abfällig, ja verächtlich. Worte dieser Art traute Hehl dem mit den schwarzrandigen Fingernägeln durchaus zu. Das, so empfand es Hehl, machte diesen auf eine Weise gefährlich. Denn er meinte es ernst, genauso wie sein Gegenüber (der Herr am Fenster), der aber, wie erwähnt, unauffällig, zurückhaltend, gefällig, vorsichtig, furchtsam blieb. Sie beide maßen dem Gesagten eine Bedeutung zu. Dies war die gewöhnliche, gewohnte Art zu sprechen und wäre unbedeutend geblieben, hätte sich der

Dritte, der mit Nickelbrille, in Jeans und Jacke, nicht davon ausgenommen (er saß neben dem Herrn am Fenster). Er hatte die Unart, die Worte zu verdrehen, und sagte meist nur etwas, um den anderen widersprochen zu haben. Er ähnelte Gabi, sie beide waren ein wenig zu überschlau. In deren Wortspielen lag ein gewisser, verdrehter Witz, dessen man aber bereits nach kurzer Zeit, so Hehls, überdrüssig wurde. Und Witz war nicht überall angebracht. Zu sagen was man meinte, oder auch: seine Meinung in den Worten zu sagen, wie sie üblicherweise gebraucht und erwartet und verstanden wurden: diese Art bevorzugte Hehl. Ohne den üblichen Sprachgebrauch würden die, die nur Worte verdrehten, überhaupt nichts mehr sagen können. Allen dreien ging es darum sich zu unterhalten, sei es mit Widerworten, wie bei dem mit der Nickelbrille, sei es damit, sich selber reden zu hören, wie dem, der rauchte und, wie sich noch herausstellen würde, PHILIP hieß.

Das hört auch wieder auf, sagte also Philip. Er begann Tabak in ein Filterpapier zu krümeln. Mochten seine Fingernägel zu lang und zu schwarz sein, sein Haar schien onduliert, wie frisch von Friseur. Und was für eine Nase! hätte Hehl gesagt. Mit dem DAS HÖRT AUCH WIEDER AUF tat Philip das Zuvor-Gesagte ab. Es hatte nämlich sein Gegenüber gesagt (der Herr am Fenster), dass er solch ein Wetter - zumal im Juli! - noch gar nicht erlebt habe. Dieser wollte nur auf die übliche, höfliche Weise das Gespräch aufnehmen, belangvoll und doch unverbindlich. Der Herr am Fenster hielt das Glas Pils, das vor ihm stand, als wollte er sich daran festhalten, und ergänzte: Das wird einen gewaltigen Blechschaden geben!

Da werden die Versicherungen gewaltig blechen dürfen, versetzte von der Seite der Dritte - der mit der Nickelbrille - lachend und aß an seinem WURSTSALAT. Der andere, der mit Pils, sagte - wie aus Vorsicht tastend -, dass dies ein Schlag für die Versicherungen sei.

Geh, was glaubn denn Sie! sagte Philip, der sich die Zigarette dreht (er leckte gerade an der Gummierung des Filterpapiers): Die werden schon Ausreden haben, 'tut uns leid, ein nicht vorhersehbarer Katastrophenfall' oder so. Wie betroffen sagte der zweite, dass sie - die Versicherungen - sehr wohl zahlen müssen. Und sagte: Wenn nicht, wo kämen wir denn da hin?!

In immer wieder neue Versicherungen, gab der Dritte, die Nickelbrille, gleichsam zur Antwort. Er lachte ein wenig und hielt noch, auf die Gabel gespießt, die zwei, drei Wurtscheiben in dem offenen Mund. Er hatte sich beim Essen unterbrochen. Es tropfte. Der Herr am Fenster, neben im sitzend, sah ihn an: er verstand nicht so recht. Die müssen zahlen, wiederholte er und berichtete wie zur Erklärung, dass er jeden Tag mit dem Wagen in die Stadt fahre, parke und dann die öffentlichen Verkehrsmittel benutze. Seinen Wagen habe er ordnungsgemäß geparkt, am Ostbahnhof. Im Freien - das ist eben, sagte er.

Der eine, der Herr am Fenster - mit dem Wagen am Ostbahnhof -, trank von seinem Pils. Manschettenknöpfe, weißes Hemd und Brille. Diese war rahmenlos. Der andere, der mit Nickelbrille, kaute. Seine Aufmerksamkeit lag auf dem Versuch, Wurstscheiben auf seine Gabel schwimmen zu lassen. Ein Wurstsalat wurde gewöhnlich nur mit Lyoner, Essig und Öl angerichtet. Der dritte, Philip, hatte seine Zigarette zu Ende gedreht, hielt sie im Mund und entflammte sie. Er zog ein, zwei Mal, dann sagte er: Ja, die sollen umschalten.

Bitte? fragte überrascht der Herr am Fenster.

Den Fernseher meine ich (im Gastraum). Besser wäre es, auf den Dritten umzuschalten (das dritte Programm). Da kommt sicher etwas über den Hagel. So sprach er, zog an seiner Zigarette und blickte in Richtung Fernsehgerät.

Die Tagesschau schien gerade zu Ende zu gehen. Die Wetterkarte verschwand. Der andere (der Herr am Fenster) schob den Aschenbecher hinüber und sagte, davon könne man anderntags in der ZEITUNG lesen.

Oder im Sternjahrbuch 1984, meinte grinsend der mit dem Wurstsalat. Er sagte noch: Der lokale Fall, ein lokaler Weltuntergang - nun zeigt sich, wofür so ein Regionalprogramm ... (gut ist). Er war leiser geworden, beendete seinen Satz nicht. Die anderen beiden hörten nämlich nicht zu. Sie sahen in Richtung Fernsehgerät.

Auch Gabi liebte es, sich über das Fernsehen lustig zu machen. 'Hier Papa, für den Fall, dass du nicht weißt, welches Programm du heute durchschlafen sollst' - mit diesen Worten hatte sie ihm das Buch PASCAL - GEDANKEN geschenkt. Wenn sie sich für den Abend zum Essen angemeldet hatte, drehte er den Fernseher ab. Nicht weil er die Auseinandersetzung mit der Tochter scheute. Sondern weil er wusste, dass es ihr wehtat sich vorzustellen, wie ihre Eltern die Abende vorm Fernsehgerät verbrachten. Sie dachte vermutlich, das konnte Ausdruck einer gestörten Beziehung sein, und machte sich Sorgen um ihre Eltern, Sorgen, die diese, Thea und er, nicht hatten.

Eh zu leise, sagte der Raucher (Philip). Er zog an seiner Zigarette und wandte den Blick von Richtung Fernseher aufs Fenster zu.

Oder nur nicht laut genug, sagte der, der seinen Wurstsalat eben beendet hatte, und rückte an seiner Nickelbrille.

Er legte Messer neben Gabel auf den Teller, griff ein letztes Stück Brot, in das er biss, und trank noch kauend von seinem Hellen.

Das EH ZU LEISE setzte einen Schlusspunkt. Der mit dem Pils (der Herr am Fenster) brachte noch einmal seinen Wagen, der am Ostbahnhof im Freien stand und sicher von dem Hagel Schaden genommen hatte, zur Erwähnung, aber für den Augenblick wurde kein Gespräch daraus. Alle drei blickten sie wieder zum Fenster hinaus. An den Scheiben hatten sich Hagelkörner angehäuft. Es sah aus wie Schnee zu Weihnachten. Der Hagel schien allmählich in Regen überzugehen. Es wurde wieder heller. Das alles hier brauchte Hehl nichts anzugehen.

Ein Helles bitte! Der Vierte erschien, FRANZ!, und bestellte laut sein Bier. Hehl hätte sich vergegenwärtigen sollen, dass der eine, der hinzukam nur ein weiterer Teilnehmer am Spiel der Unterhaltung sein würde, was das Spiel kurzzeitig beschleunigen würde. Vielleicht hätte Hehl ein anderes Programm oder einen anderen Standpunkt wählen sollen: mit im Gespräch, wirklich dabei und beteiligt, oder eben unbeteiligt, ganz außerhalb. Hätte nicht Zuschauer, Zuhörer, ganz Aug, ganz Ohr, hätte nicht da draußen beim Gesagten, beim Gesehenen bleiben dürfen. Da draußen, wo alles ihn, er aber sich selber nichts anging. Da, wo die eigene Schwerkraft aufhörte, und das Eigene fremden Gesetzen folgte und jeder Stoß in eine andere Richtung lenken konnte. Vielleicht hätte Hehl überhaupt einen Standpunkt und einen Widerhalt wählen sollen. Oder sich vergegenwärtigen, dass das, was er suchte, eigentlich nur Zerstreuung war. Und dass auch Unterhaltung hier nur Zerstreuung war: sie lenkte ab, trieb auseinander, ließ einen sich verflüchtigen, und dass sie nicht etwa Halt bot. Wie kann einer im Zustand der ZERSTREUUNG noch feststellen wollen, dass er zerstreut ist? hätte Gabi gesagt: Denn wer feststellt, dass er sich ja gerade zerstreut, ist er dann noch zerstreut? Hehl konnte derlei Besserwisserei nicht leiden, schon gar nicht bei Gabi. Hatte sie nicht Sorgen mit Klausi, ihrem Mann? (Wie konnte ein erwachsener Mann KLAUSI heißen?) Steht überhaupt fest, was ich will? hätte Hehl gesagt. Es würde sich zeigen. Hehl war auf dem Heimweg, auf dem Weg vom Büro nachhaus, im Übergang, im Grenzbereich, wo er weder zuhaus noch im Büro war, wo sich die wirkenden Kräfte verschoben, im Druckwechsel, ein Zwischentief/Zwischenhoch oder im Leerraum, je nachdem; eine Übergangsform, im Wandel begriffen zwischen Herr Hehl und dem Gerd und folglich instabil, ja labil. Denn den Vierten würde Hehl bald unsympathisch finden. Ein Seelenklotz, oder genauer: ein grobes Fass, das Franz hieß, das angefüllt wurde und sich wieder ergoss. Franz wurde von dem mit dem ondulierten Haar, der rauchte, als FRANZ! begrüßt wurde, er nannte ihn Philip. Franz, das war ein Mensch, der aus der Form geraten war: Ein Gürtel trennte Oben und Unten und an diesem Gürtel war ein langer, dünner, schwarzer, lederner Schlips befestigt. Zudem sprach er bayrisch: Grüaßdi Philip, und entschuldigte sich so spät gekommen zu sein: aber das Wetter. Das Wetter an diesem Tag schien alles zu entschuldigen. Franz nahm seine wassertriefende Jacke ab und hängte sie über einen freien Stuhl. Er setzte sich neben Philip. Von den acht Stühlen waren nurmehr zwei, genauer drei frei, betrachtete man den Stuhl mit Franz' Jacke als nicht belegt. Am Fenster saß der ondulierte Philip, der rauchte und schwarze Fingernägel, vermutlich vom Rauchen, hatte; neben ihm Franz, neben diesem hing seine Jacke. Dann kam ein freier Stuhl. Auf anderen Seite saß am Fenster, also dem ondulierte Philip gegenüber, der Herr am Fenster mit der rahmenlosen Brille. Neben ihm der mit Nickelbrille, dann kam ein freier Stuhl. Durch diesen freien Stuhl von denen, die Richtung Fenster saßen, getrennt saß Hehl. Ja, wir haben uns gerade über das Wetter unterhalten, sagte Philip. Das WIR und UNS wies auf die anderen zwei hin. Franz kannte sie offenbar nicht. Er erhob sich ein wenig und nickte den beiden begrüßend zu. Franz schien der richtige Name für diesen Typ Mensch: dicklich bis in Gesicht, Schnauzer und Bürstenhaar. Ohne weitere Rücksicht auf das Gespräch der anderen zu nehmen und dessen Wiederaufnahme abwarten zu wollen, hatte er begonnen zu berichten. Er platzte vor Erzähldrang. In der Augustenstraße sei er vom Hagel überrascht worden. FEI, EIN ELENDIDES WETTER, und wie er also... Ging ja schnell (das Bier): Franz unterbrach sich, die Bedienung brachte das Helle. Sie hielt mit einer Hand das Tablett, auf dem noch mehr Helle standen, mit der anderen führte sie einen Kugelschreiber und machte einen Strich auf den Bierfilz, auf den sie Franz' Bier stellte. Den leeren Teller vom Wurstsalat ließ sie stehen. Das Gespräch, die Unterhaltung, die Zerstreuung bieten sollte, nahm nun Fahrt auf, eilte voran (Hehl saß ja): Wie i also da g'standen bin, fuhr Franz fort und man war gespannt, was sich ereignet hatte; wie übel das Wetter war, war hinreichend bekannt, es bedurfte etwas Besonderen. Franz hatte einen Knall gehört. Oder: zuerst das Quietschen von Reifen, dann einen Knall, dann Splittern von Glas. Der Hagel habe eh nachgelassen, so sei er hingelaufen. Da sei jemand, allein auf der Fahrbahn, bei sozusagen freier Fahrt gegen eine Ampel gefahren! Dem hat's PRESSIERT, merkte Franz an. - Ihm ist doch hoffentlich nichts passiert? wurde Franz gefragt. - BASSIERT ned, Franz verneinte, aber der Wagen habe

Totalschaden, AN DODALSCHODN. - Ist wohl nicht mehr nüchtern gewesen, sagte ein anderer. - Wäre am besten gleich gegen ein Halteverbotsschild gefahren, sagte wieder ein anderer (der mit Nickelbrille?). - Franz setzte an weiter zu erzählen, doch sagte einer: Das wird ihn teuer zu stehen kommen, Ampeln sind nicht billig. - Selbst schuld, wer fährt schon gegen eine Ampel. - Keine Augen im Kopf. - Ja - Oder betrunken. - Man bedenke DAS WETTER... Das Gespräch lief nun flink zwischen den Vieren hin und her; man verstand sich. - Gerade wegen des Wetters sollte man langsam fahren. - Vielleicht ist er überrascht worden, hätten Sie's vorhergesehen? - Er hätte aber vorsichtig fahren können. - I hädd ogholdn (angehalten). - So, du hättest angehalten? (Philip machte eine Andeutung?) - jo (ja) - Da müsste schon Johanni auf Mariae Himmelfahrt fallen... - geh Philip, des war späd (spät), Nacht, damois (damals) - Es war UNVERNÜNFTIG. - Wie es unvernünftig ist, bei solch einem Wetter auch nur hundert Meter zu fahren. - Leichtsinnig. - Vielleicht hat er VERSUCHT ANZUHALTEN. - Indem er an die Ampel fährt? - Geh, was glauben denn Sie! - Und wenn's ein Notfall war? - Philip, g'nau: a Notfoi! (Notfall, Franz hatte eine Rechtfertigung gefunden) - Selbst im NOTFALL sollte man vorsichtig fahren. - sollte... - Das führt zu nichts. - Zumindest bis zur Ampel. - Ja, das führt zu nichts, man läuft noch Gefahr, jemanden zu überfahren - geh, Philip! - Riskieren, einen Passanten zu überfahren, das wäre nicht zu verantworten. - Ich kannte man mal einen, der hat einen überfahren. - Dich? - Nein, einen anderen natürlich. - Und wenn's ein HERZANFALL war? - Ich, wenn ich was am Herzen hätte und mit solch einen Anfall rechnen müsste, würde ich mich gar nicht ans Steuer setzen. - Glei die Finger davon lossn (gleich lassen). - Oder vorausschauend fahren. - Wohl eher: Rücksicht nehmen. - Ich glaube, er war wirklich betrunken, sonst wäre er bei diesem Wetter nicht gefahren. - Betrunken? Auch das wird seinen guten Grund haben! - Fahrlässigkeit allemal. - Gefährlich! ich bin mal... - So eine Ampel, die sieht man doch. - I hob moi... (einstmals) - Hat er eben Pech mit dem Wetter gehabt. - Oder mehr Glück als Verstand, dass er nur die Ampel getroffen hat; aber Verzeihung, ich habe Sie unterbrochen... - scho guad (gut) - Doch, Sie sagten, Sie hätten einmal... - na, ned wichtig (unwichtig) - es gibt schon unbesonnene Fahrer - unwissend gewissenlos - Mir könnte das nicht passieren, gegen eine Ampel... - Geh, was glauben denn Sie! Man weiß nie... sagte der, der Philip hieß und rauchte. Er beendete seinen Satz nicht. Das hört auch wieder auf, hätte Philip nun sagen könnte, und das wäre schon zu viel gewesen, hätte zu Unterhaltung und Zerstreuung nicht mehr beigetragen. Es herrschte eine gewisse, grundsätzliche Übereinstimmung der Meinungen oder dessen, was gesagt werden könnte, dass es der Worte eigentlich nicht mehr bedurfte. Auch das 'Geh, was glauben denn Sie!' hatte an Anstößigkeit verloren, löste nichts mehr aus. Die Bedienung erschien und nahm den leeren WURSTSALATTELLER mit, sowie das Brotkörbchen, in dem noch eine Scheibe Brot lag. Hehl saß da wie ein Zuschauer nach Ende der Aufführung, wenn das Spektakel vorüber war und die Erinnerung noch glühte.

Der Tee begann kalt zu werden. Hehl hatte kaum davon getrunken. Austrinken und Aufstehen: das wäre die Gelegenheit zum Aufbruch gewesen. Der Tee war sowieso zu heiß, hätte Hehl gesagt. Nun trank er zwei, drei Schluck. Der Tee tat gut. Es hatte alles sehr vernünftig geklungen, was die anderen sagten, hätte Hehl gesagt.

Aber etwas daran schien ihm falsch zu sein. Er wisse nur nicht genau, was. Es war ja nicht falsch, sich einfach nur unterhalten zu wollen. Auch habe es ihn gedrängt, selber etwas zu sagen. Nämlich: man könne nicht immer alles wissen. Aber dies sei bereits gesagt worden - so in etwa (von Philip). Was also hätte er noch sagen wollen können. Und im Übrigen sei er ja im Gespräch nicht beteiligt gewesen. SOGN'S (sagen Sie!): sprach ihn der, der Franz hieß, an: ob er - Hehl - nicht vorhin mitten im Hagel auf der Straße unterwegs gewesen sein. Ja, kann sein, antwortete Hehl. Das JA, KANN SEIN wollte heißen: Ja, er war vorhin auf der Straße unterwegs gewesen, verwahre sich aber gegen Schlüsse, die man daraus ziehen könne. Hehl trank vorsichtig an seinem Tee und fühlte sich nun unwohl. Der andere, Franz sagte: I hob earna zuagrufn (Ihnen zugerufen). Er habe in der Passage gestanden und Hehl zugerufen, Hehl hätte sich unterstellen können. Er scheine aber leider nicht gehört zu haben. Ja, sagte Hehl: danke fürs Rufen, ich habe Sie offenbar nicht gehört. Dann kam die Wendung, die Frage, auf die Hehl nicht vorbereitet war: Sogn'S, hobn (haben) Sie sie gefunden? Wen? fragte Hehl. Na, earna Frau (ihre Frau), ANNE... Er, Hehl, habe sie doch gesucht, er habe nach ihr gerufen. NEIN, nein, warum sollte ich denn rufen? erwiderte Hehl, seine Stimme war im Überschlagen begriffen. Er, Hehl, hätte sich ja den Tod holen können, da draußen im Hagel, fügte Franz hinzu, so dass es wie eine Frage und Aufforderung klang. Ein hastiger Schluck Tee: Bitte lassen Sie mich in Ruhe, sagte Hehl leise - oder wollte er es nur sagen? Tschuldigung der Herr! sagte Franz, als habe man es bei dem Herrn (Hehl) mit einem zu tun, der leicht gekränkt ist. Franz bestellte noch ein Helles. Hehls Füße waren kalt. Das wäre wieder ein Signal, eine Gelegenheit für Hehl zu gehen gewesen. Der, der Philip hieß und die

schwarzen Fingernägel hatte, hatte seine Zigarette ausge-
drückt und war gerade dabei, sich eine neue zu drehen.
Vor ihm stand das leere Bierglas. Schaum lief vom Rand
hinab auf den Bierfilz. Der neben ihm - Franz - kippte
sein fast leeres Bierglas hin und her. Dann trank er. Der
gegenüber hatte seine Nickelbrille abgenommen und rieb
sich mit beiden Händen die Augen. Der Herr am Fenster
wiederum hatte sich zurückgelehnt. Mit der einen Hand
hielt er sein Pilsglas, das am Tisch stand. Mit der anderen
schien er sich übers Haar zu fahren. Wieder erschien die
Bedienung, stellte vor Franz ein neues Bier ab. Wieder
merkte Franz an: ging ja schnell! Gell, da schaugst
(staunst du), erwiderte die Bedienung und verschwand
schnell wie sie gekommen war. Es war nicht auszuschließen, dass die anderen am Tisch dem kurzen Gespräch
von Hehl und Franz zugehört hatten. Noch wurde für die
anderen keine Geschichte daraus, und für Hehl keine
Verlegenheit. Ich unterhalte mich ja gern, will auch nicht
unhöflich scheinen, hätte Hehl gesagt: manches geht nun
einmal niemand anderen etwas an. Vermutlich hätte Hehl
keine An- oder Ungelegenheit eingestanden. Er stand
nicht auf (er saß), hatte die Gelegenheit verpasst zu gehen: irgendetwas lief falsch. Was hieß VERLEGENHEIT?
Seine Finger zitterten nicht. Der Tee tat gut. Ihm hätten
auch nicht die Worte gefehlt. Franz, die Kanaille, ein un-
gehobelter Kerl, der kann mir gestohlen bleiben, hätte
Hehl gesagt. Aber wären es die richtigen Worte gewesen,
solche die wirklich etwas richten können, die zurechtstel-
len, nicht einfach etwas zurecht legen? EIN NEIN FIEL
LEICHT, vielleicht zu leicht, war Ausflucht, doch wohin?
am Ende gar ins Sichverstolpern, Irgendwohingeraten.
Hehl hätte sich am liebsten aus dieser Lage herausge-
nommen. MANCHES GEHT NUN EINMAL NIEMAND
ANDEREN ETWAS AN: das war Rechtfertigung und

Sichherausreden, die ihren Grund hatten: er wollte nicht als unvernünftig erscheinen, nicht bei einer Unvernünftigkeit ertappt zu sein. ANNE. Aber wer wusste, dass Anne gar nicht da gewesen war? Warum sollte man im Unwetter nicht nach jemandem rufen? Hatte nicht auch dieser Franz nach ihm, Hehl, gerufen? Nach jemandem rufen, ohne wirklich gehört werden zu wollen, konnte falsch verstanden werden, hätte Hehl gesagt. Sein Fall passte nicht in eine Biertischunterhaltung, es wäre zu viel zu erklären. Was damit begann, dass ja Anne nicht seine Frau war, auch wenn sie seine Frau hätte werden können. Hehl wollte hier nicht sich und sein Leben ausbreiten, nicht vor Franz. Das war Hehls ganz eigene Angelegenheit. War nicht auch Franz in irgendeine Geschichte verwickelt? Philip hatte etwas andeuten wollen. Hehl wollte nicht vergleichen, nicht verglichen werden, nicht richten, so zwischen zwei Bier, nicht zurechtrücken müssen, so wie man Stühle rückt. Gleichwohl hätte Hehl sich selber lächerlich gefunden. Bei einer Verlegenheit ertappt. Hehl hätte sich belächelt, so wie Philip oder der Herr am Fenster vielleicht lächelten. So als hätte Hehl, während er nachdrücklich abstritt - nein, nein, warum sollte ich denn rufen? - sich vom Tisch erhebend sich vertreten, wäre über den eigenen, verlegten Fuß gestolpert. Wie auch immer: Hehl wünschte sich fort, oder die anwesenden Personen ausgetauscht. Thea war vielleicht schon zuhaus. Vielleicht machte sie sich gerade Tee. 'Vernünftig' klingt nach SEI DOCH VERNÜNFTIG, hätte Thea gesagt und Milch und Zucker in ihren Tee gegeben: Wer lässt sich denn schon gern sagen: sei doch vernünftig? Gerd kann sehr kleinlich sein (es spricht Thea), er ist durch und durch korrekt, alles muss seine Richtigkeit haben. Früher, ich meine die Zeit nach dem Krieg, da war man in einer Art sehr vernünftig. Gerd und ich, wir warteten mit der

Hochzeit, bis er eine Stelle gefunden hatte. Er studierte noch. Er hätte auch als Elektriker weiterarbeiten können, so wie bei der Wehrmacht. Er hatte keinen Schulabschluss, das lag am Krieg. Als der Krieg aus war, begann Gerd Bauingenieurwesen zu studieren. Das ging damals ohne Abitur. Man musste ja irgendwie fortkommen. Ich verdiente das Geld für uns beide. Wenn ich abends aus der Lehre kam, schneiderte, nähte und flickte ich noch gegen Entgelt, und nachts verkaufte ich am Hauptbahnhof Semmeln und heißen Kaffee. Man brauchte ja nicht viel zum Leben. Die 1. Kassel-Münchener Versicherungen suchten damals Leute. Es wurde viel gebaut. Ich ging für Gerd hin wegen der Bewerbung. Er wusste nichts davon, er hatte am anderen Tag Prüfungen. Gerd hätte gesagt: Thea, was soll ich bei einer Versicherung. Und er hätte sich nie beworben, bevor er nicht seine Abschlusszeugnisse in der Hand hielte. Und wenn ich durchfalle? hätte er gesagt. Er überlegte zu viel. Es galt zu handeln. Es war, als hätten die Leute von der Versicherung auf ihn gewartet. Sie machten ihm ein gutes Angebot. Wir heirateten (angelegentlich). Unser erstes Kind, Jahre später, war Gabi. Gerd hatte sich eine Tochter gewünscht - aber nicht einen Säugling, sondern er stellte sich vor, irgendwann eine siebzehnjährige Tochter zu haben. Wir warteten noch einmal drei Jahre, dann kam Monika zur Welt. Mehr Kinder ließ unser kleiner Haushalt nicht zu. Diese Art Vernünftigkeit, das lag am Krieg, der vorbei war. Man musste sich über Wasser halten. Es galt zu arbeiten, es gab nicht viel zu überlegen. Die Ziele waren vorgegeben. Man musste nur nachkommen. Gelegenheiten waren rar.

Der Impuls aufzustehen war noch da, der Grund zu gehen hatte sich für Hehl irgendwie verflüchtigt. Hehl

FÜHLTE SICH SICHER (was immer das heißen konnte). Er blieb nicht sitzen, er trank nicht aus. Es wurde ein ernstes, gewichtiges Aufstehen. Der Tee stand unausgetrunken und das Jackett hing am Stuhl, damit nicht der Anschein entstand, jemand ginge, ohne zu zahlen. Die Brieftasche nicht vergessen. Ebenso Handtuch und den Reisekamm; der steckte im Jackett. Ich will mir nur das Gesicht abtrocknen, hätte Hehl gesagt, mich wieder in Ordnung bringen. Er ging noch nicht, es ging noch nicht, nicht wirklich. Das Aufstehen zog sich hin, ja wiederholte sich in einem Heraufwinden und Kreisen der inneren Kräfte, das sich erst ausdrehen musste. Hehl hätte gesagt, dass er in ein fremdes, jagendes Spiel, das die Unterhaltung der andere war, geraten war, und weil er ja eigentlich gar nicht hatte mitmachen wollen, die Unterhaltung für Ernst genommen hatte. Und wenn man erst einmal drinnen war, von dem einen angezogen, dem anderen abgestoßen, hin und her gewirbelt wurde... In Gaststätten wie dieser lagen die Toiletten meist HINTEN RUM. Rechts, hinter der Theke schien es irgendwohin zu gehen. Da hinten beim Fernseher, dann links, sagte die Bedienung im Vorübergehen. Sein DANKE! erreichte sie wohl nicht mehr, sie war schon wieder zwei Tische weiter. Die Richtung, in die er sich bewegte, schien zu stimmen. Das Fernsehgerät war, wie er mit raschem Blick feststellte, tatsächlich leise gestellt. Neben der Theke ein Durchgang. Auf dem Emailleschild auf der Türrahmung stand in Kursiv TOILETTE. Darüber hing eine Schützenscheibe mit dem Bild eines kapitalen Hirsches, hie und da Einschusslöcher. Hehl stieg hinab. Der Gang schien geradewegs in die Küche zu führen. Es klapperte Geschirr. Rechts, auf halbem Weg befand sich ein Abgang. Weiß auf schwarz gestrichener Wand zeigte dort ein Pfeil nach unten, darüber stand 00. Das Gehen tat gut, die Bewe-

gung trug ihn. Es ging mehrere Stufen hinab. Das Gespräch vom Tisch wehte irgendwie noch nach. Nicht an
dem Gesagten selbst war etwas falsch, sondern an der
Art, wie die Vier am Tisch gesprochen hatten. Das war es.
Sie sprachen hier im Trockenen so G'SCHEIT, wie sie sich
draußen im Hagel oder gar noch wenn sie jemandem zu
Hilfe eilen müssten, nicht verhalten würden. Überdies:
unterhielte man sich mit einem allein, so stimmte er vermutlich ganz anderem zu, hielte ganz anderes für vernünftig, STIMMIG. Da fehlte der Widerspruch, hätte Gabi
gesagt. Wohl eher eine Frage des BENEHMENS, hätte
Hehl gesagt (und der Herr am Fenster hätte ihm gewiss
zugestimmt): Der eine, der Klotz mit dem Lederschlips,
wollte mit seiner Neuigkeit vom Unfall großtun. Der andere, sein Freund Philip, der dauernd rauchte, schwarze
Fingernägel, schwarze Fingerkuppen und onduliertes
Haar hatte: sein Lachen war ein Stakkato wie ein Latten-
zaun - oder Stacheldraht. Denn es hatte wehgetan. Hehl
hielt inne. Türen, Gänge waren zu erwarten gewesen,
aber nicht dieser unterirdische SAAL, dessen Ende nicht
auszumachen war. An einer Wand standen Reihen von
aufeinander gestapelten Stühlen. Links eine Garderobe
mit Theke. Vermutlich ein Foyer mit einem Haupteingang anderswo. Gleich links an der Wand leuchteten
grün zwei Schildchen, HERREN stand über der zweiten
Tür. Zwei Schritte. In der Toilette brannte bereits das
Licht. Keiner war da. Das Waschbecken fand sich gleich
hinter dem Eingang. Eine Leuchte hing knapp über dem
Spiegel. Die Krawatte saß ein wenig verrutscht, das Haar
klebte am Stirnansatz und schien dunkler als es war. Wäre jetzt einer in die Toilette gekommen, hätte er sich verwundern können: Da stand ein älterer Mann, der sich mit
dem Handtuch das Haar verwuschelte, es offenbar auf
diese Weise zu trocknen versuchte. Es gab auch einen

Heißlufthandtrockner. Aber Hehl hätte sich bücken müssen. Und den Kopf unterm elektrischen Handtrockner: das sähe wirklich sonderbar aus. Er im Spiegel mit dem noch feuchten gerubbelten Haar, das stand, wie es wollte: er konnte sich eines Schmunzelns nicht erwehren. Zum Glück hatte er stets einen Kamm im Jackett. Die Haare gehörten wieder gekürzt. Haare hatten eine eigene Stimme, sie stimmten an, warnten andere vor, stellten einen Kopf vor: sieh, so möchte der hier gesehen sein! Lange Haare schrien sich auch schon mal die Seele aus dem Kopf. Das feuchte, geglättete Haar schimmerte... Ob man jemals einen kommen sähe, um an einem der Automaten, wie sie auf Herrentoiletten hängen, Präservative zu ziehen? SICHER und GEFÜHLSECHT. Im Pissbecken schwammen eine Zigarettenkippe und ein Käfer. Wasser tropfte von oben nach (offenbar undicht), der Zufluss hielt die Zigarettenkippe und den Käfer in sachter Bewegung. Nie zurückhalten! hatte Dr. Neumann gesagt: man muss sich vorsehen, auf Nummer sicher gehen: die Prostata, das ist eine spezielle Freundin (der älteren Herren, meinte er vermutlich). Der Käfer rührte sich nicht mehr, oder: rührte sich nurmehr unmerklich. Wer soll den da rausholen? hätte Hehl gesagt (das beträfe wohl auch die Zigarettenkippe). Trotz Schüttelns floss nichts. Es galt zu warten, es wird schon, TUBA MIRUM... Solange nur keiner kam und Hehl hier vergeblich warten sah. An der Vielzahl der kleinen Gebrechen merkte man das Alter, hätte Hehl gesagt: schlecht sehen, schlecht Wasser lassen... TRITT NÄHER stand da über dem Becken und daneben, klein, für Hehl kaum noch zu entziffern (er musste sich schon hinbeugen): ER IST KLEINER ALS DU DENKST! Den Witz finde ich gelungen, hätte Hehl gesagt. Dergleichen könnte von Gabi stammen. Oder auch nicht, denn was sollte Gabi auf einer Herrentoilette? Weiter oben war zu lesen: JESUS LEBT. Daneben folgte eine Telefonnummer: 089-271... Das war nicht ganz so lustig. Aber Gabi hätte es gefallen. Wenn man Gabi gemahnte oder höflich aufforderte, in die Kirche zu gehen, erwiderte sie nur: Du bist altmodisch, und zwar altmodisch wie ein alter Anzug es sei (sie sagte ALTMODISCH und meinte SPIEßIG). So ein alter Anzug käme gewiss irgendwann wieder in Mode, passt dann aber nicht mehr. Und eigentlich käme nur die Erinnerung daran wieder in Mode - der Anzug selbst bleibe alt und alle wüssten es, ja versuchten sogar, Neuem den Anschein von Altem zu geben. So kleidete man sich wie in den zwanziger oder in den fünfziger Jahren. Aber neu sei das nicht, es sei schlechte WIEDERHOLUNG. Seine überschlaue Tochter, hätte Hehl gesagt: sie vergaß das Eigentliche, Wichtige... Auch ein weiteres Schütteln erbrachte so gut wie nichts, ein paar Tropfen sprangen herum. Der Käfer schien tot zu sein. Gabi hätte ihren Pascal besser lesen sollen: War es nicht allemal vorteilhaft, an Gott zu glauben? Angenommen, es gab Gott, dann hatte man sich schon auf ihn eingestellt, teilte schon zu Lebzeiten eine gewisse ÜBERIRDISCHE Freude. Und angenommen, es gab Gott nicht, dann hatte man eben in einem schönen Irrtum gelebt. Überhaupt nicht an Gott zu glauben, hatte etwas von unnötiger Verzweiflung... Eine Art Gedicht, eine Folge groß und schroff gekritzelter Zeilen, offenbar rasch mit Kugelschreiber an die Wand notiert, weckte Hehls Aufmerksamkeit:

Glaube Liebe Hoffnung
aber die Liebe...
glaube, liebe Hoffnung!
es wird schon...
hoffe, liebe Glaubung!
wer wird denn...
glaubensnackt
hoffentblößt
liebe!

Stilles, verhaltenes Kopfschütteln. Wo war Hehl hingera-
ten? In eine Klostertoilette mitten in der Stadt, eine christliche Jugendherberge? Und alles vollgeschmiert! Rasch
studierte er einige der anderen Texte an der Wand. Ohne
Brille schlecht zu lesen. Das sah nach Fäkalsprache und
Injurien aus, gemischt mit Telefonnummern. Das konnte
beruhigen. Also keine Klosterschule. Aber das Ende
schien missraten: GLAUBENSNACKT - HOFFENT-
BLÖSST - LIEBE! - Was soll das heißen? hätte Hehl gesagt: 'liebe!' wirkte wie abstrakt, daher kühl (unecht, nicht
gefühlt). Gabi hatte dereinst versucht, ihm das Prinzip
von Dichtung als VERDICHTUNG zu erläutern. Verdich-
ten hatte Hehl an Rohreabdichten, Müllpressen oder
Wohnbebauung erinnert. Schön war das nicht. Hehl
drückte den Spülknopf. Es würde wohl nichts mehr
kommen. Zigarettenkippe und Käfer wurden vom Spül-
wasserstrahl geschüttelt (so dass Hehl selbst zuckte) und
schwammen weiter obenauf. Fast war er froh, mit dem
Tod des Käfers nichts zu tun haben. Gedanken an Kirche,
Tod oder Glauben gehörten nicht in Toilettenräume, das
passte nicht zusammen. Es fehlte außerdem Seife fürs
Händewaschen. Aus dem Warmwasserhahn, dem mit
dem roten Punkt, kam nur kaltes Wasser. Wie auch rechts
aus dem Kaltwasserhahn. Das Wasser war folglich kalt.
War Jesus auf der Toilette vorstellbar? hätte Gabi gefragt:

angenommen, er käme herein wie jeder andere auch, stellte sich an Pissbecken oder schloss sich in der Kabine ein. Vielleicht hörte man ihn von drinnen stöhnen. Weil vielleicht nichts kam. Nein, Jesus auf dem Klo war nicht vorstellbar, hätte Hehl gesagt: das gehörte sich nicht. Das Handtuch durfte nicht liegen bleiben, das gehörte nach oben. Als Hehl aus der Helle der Herrentoilette in den Kellersaal hinaustrat, benahm ihm die Dunkelheit jede Sicht. Das ging vorüber. Auf dem Weg hinauf fiel ihm die Antwort auf Gabi ein: Was war gegen Wiederholung einzuwenden? das hätte Hehl zu Gabi sagen können: ich seh gern Wiederholungen, man weiß was kommt. Die rechte Antwort fällt halt meist später ein. Was hätte Jesus zur Klofrage gesagt? Durfte man sich mit ihm darüber ins Benehmen setzen? Hätte er gelacht? Nein, nein, das war ausgemacht: Jesus lacht nicht, hätte Gabi gesagt, was sie durchaus kritisch meinen würde. Dabei: Gabi lachte ja selber nicht, sie, die sich öfter über Witze anderer erboste - die seien dumm -, als dass sie selbst lachte. Wie Mechter. Konnte Jesus LACHEN? (Die Frage hatte sich inzwischen verselbständigt.) Das war keine Frage der Höflichkeit, so wie der Herr am Fenster noch im Lachen Benimm zeigte. Lachen meinte auch nicht Auslachen wie bei dem, der Philip hieß - denn das war entwürdigend. Nicht feixen wie der, der Franz hieß. Der lachte leer, wie wenn Geschirr klapperte. Nicht kichern wie die Nickelbrille. Konnte Jesus lachen? Herzlich lachen, wie über sich selbst? Warum war das nicht denkbar, wollte nicht passen? Ein Langhaariger mit langem, ernsten Gesicht kam die Treppe herab. Er trug eine Art Umhang wie man ihn vermutlich in Indien-Shops erhielt. Sein Bart wuchs wild. Ha! rief Hehl, das hieß: der kam ja wie gerufen. JESUS schaute verwundert und ging vorüber, entschwand. Er hatte das HA! sicherlich gehört und sich gedacht: der Alte spinnt. Man machte sich lächerlich. Hätte Hehl vorhin nicht an Jesus gedacht, wäre ihm der, der da herabgekommen war, nicht aufgefallen. Der Langhaarige war ja auch wie ein schlechter Witz erschienen. Von dieser Sorte Jugendlicher gab es viele. Und hätte da nicht JESUS LEBT (mit Telefonnummer) gestanden, hätte Hehl nicht... VATER UNSER, wer wird denn - es war nicht gut, zu viel über Glauben nachzudenken. Ein Glaube, der bekennt, dass er Glaube sei, also nur auf Annahme beruht, ist keiner mehr, hätte Gabi gesagt. Ging es ihm nicht vor allen Dingen um Gabi und nicht um Gott und Glauben? (aber die Liebe) Das Fragen führte im Kreis, Hehl war ganz benommen. Nur gut wieder in der Gaststube zu sein, heraus aus der seltsamen Inszenierung. Laut Ha! gerufen zu haben, als erschiene Jesus oder der Teufel leibhaftig (DA DEIFI), der einem nachgeschlichen war wie der eigene Schatten: darüber konnte man, Hehl, im Grunde, am Ende schmunzeln. Man spielte sich was vor. Ein bisschen Dramatisierung tat gut, man konnte den Schlusspunkt selber setzen. Das war SICHER, wenn auch nicht GEFÜHLSECHT. Wenn du dich da mal nicht täuschst! hätte Gabi gesagt. Sie machen sich zu viele Sorgen, hatte Dr. Neumann gesagt: das sei das Alter. Wie dem auch sein mochte, er würde seinen Tee austrinken, das Ende des Hagels abwarten und im Grunde guter Dinge nach Hause gehen. Es wird schon.

Hehls Abgang sollte anders aussehen. Man würde ihn ansprechen. Er würde meinen, es gälte ihm, es ginge ihn an und um ihn und er habe etwas zu sagen, müsse sich gar rechtfertigen. Hätte er sich eher am Gespräch beteiligt, hätte er gemerkt, dass nur sein Mitreden, Nichtabseits-Hocken gefragt gewesen wären. Unwesentliches.

Als Hehl zurück an den Tisch gelangte, berichtete der, der Philip hieß, gerade von Franz' Streit mit der Stadtverwaltung, offensichtlich aber nicht der Münchener. Philip sprach von Franz' oberbayrischem LANDSITZ, seiner FESTE, jungfräulich weiß verputzt, in unberührter Natur. Ihm UNTER DER NASE entlang sei nun eine neue Ortsumgehung gebaut (DIE STROSN), oder im Bau befindlich (DASS A SCHAND IS, eine Schande). Hehl schmunzelte, es war amüsant, Philip zuzuhören. Wie war Papa nur zu diesem rigorosen Urteil über Philip und die anderen gelangt, woher rührte seine ursprüngliche Abneigung? hätte Gabi gefragt. Wie dem auch sei, Philip erzählte, wie Franz seine eigene Hauswand selbst ENTWEIHT habe, indem er SCHEISS UMGEHUNG darauf - SCHEISS STROSN korrigierte Franz -, also SCHEISS STRASSE gepinselt habe. Daraufhin habe er von der Stadtverwaltung einen geharnischten Brief erhalten, wegen Verunstaltung, man müsse an den Fremdenverkehr denken. Da habe Franz, obwohl selber Künstler, einen Bauernmaler (LÜFTLMALER) kommen lassen, der ganz im Stil althergekommener bayrischer Heiligenanbetungsmalerei die Hauswand mit einen Marienbild - in Blau und Rot gehalten - ausgestaltet habe. Als Tribut an den Fremdenverkehr habe Franz noch eine englische, französische und japanische (so viele Japaner kämen doch nach Oberbayern!) Übersetzung hinzufügen lassen. Denen von der Stadtverwaltung seien die Augen ausgefallen, die seien IM QUADRAT gesprungen. Hehl konnte sich das vorstellen: das Haus, das Wandgemälde, die Umgehungsstraße, die Leute von der Stadtverwaltung... Was für ein BEKENNTNIS! sagte der Nickelbrille, der - wie Hehl mitbekommen sollte - im Finanzamt arbeitete: Bekenntnis, nicht Glaube ist angesagt; alles und jeder bekennt sich heute zu etwas, Parteien, Brauchtum oder

Reinemachern! Keiner schien zu verstehen oder darauf eingehen zu wollen, denn der Herr am Fenster sagte nun zu Franz: Man muss doch nicht gleich sein schönes Haus verschandeln, Sie könnten sich doch einfach VERSICHERN lassen, das geht: fremdverschuldete Wertminderung von Immobilien. I wui mi ned versichan - er wolle sich nicht versichern, er wolle stattdessen seine Ruhe (RUA). Hätte Hehl sich beizeiten am Gespräch beteiligt, hätte er nicht nur früher mitbekommen, dass der mit der Nickelbrille beim Finanzamt arbeitete, sondern warum die Drei hier saßen: sie waren Teilnehmer an demselben Mittwochabend-Volkshochschulkurs, FRANZÖSISCH FÜR FORTGESCHRITTENE, und nach dem Kurs traf man sich auf ein Bier, Philip war der Kursleiter, selber Franzose, aber schon lange in München, Franz war einfach sein Freund, der hin und wieder dazukam. Dem Franz zugewandt, bekräftigte der Herr am Fenster: nein wirklich, man kann sich versichern lassen. Versicherung war das Stichwort, das Hehl aufgreifen hätte können. Was soll ich dazu sagen, hätte Hehl gesagt: ich spreche nicht gern über meine Arbeit; es reicht, jeden Morgen dorthin zu gehen. Klar, ich kenne mich aus, ich gehe aber nicht in meiner Arbeit auf. Er hätte auch nicht gern über seine Familie gesprochen, er wolle ja auch nicht Einblick in fremde Familien aufgenötigt bekommen. Das entwerte Familie - wie auch Arbeit. Der mit der Nickelbrille berichtete, dass bei ihnen im Finanzamt ein selbstgebauter Kaffeekocher gebrannt habe, das Büro brannte aus, die Versicherung habe sich geweigert zu zahlen. Purer Leichtsinn, sagte der Herr am Fenster, und meinte in etwa: selber schuld. Kenn ich leider, ich kann Ihnen was erzählen! hätte Hehl beinahe gesagt. Aber er war ja nicht am Gespräch beteiligt. Wirkliche VERSICHERUNG, also völlige Sicherheit, ist nicht möglich, sagte der mit Nickelbrille, der im Finanzamt arbeitete. Philip pflichtete ihm bei: Versicherung sei was für Ängstliche. Man kann nicht vorsichtig genug sein, sagte der Herr am Fenster, nicht ohne eine gewisse Erregung. Und Ihr Wagen am Ostbahnhof? fragte Philip und entflammte eine neue Zigarette. Wenn was passieren sollte, ist die Versicherung in der Pflicht, sagte der Herr am Fenster. Ihr Wort in Gottes Ort, kommentierte Philip. Die müssen zahlen, sagte der Herr am Fenster und hielt sich am leeren Pilsglas, das zu zittern schien: wo kämen wir denn da hin? Da waren wir schon, merkte der vom Finanzamt an. Alles nur Annahmen, sagte Philip, paffte und sog den Rauch seiner Zigarette wieder auf: da müsste ich mich ja gegen alles versichern: Überschwemmungen, Aufruhr, Demonstrationen. Oder gegen KRIEG, sagte der mit Nickelbrille. Warum nicht? sagte der Herr am Fenster und schien es ernst zu meinen: ich bin gegen Sturm- und Hagelschäden versichert UND gegen Ladenbeschädigung bei Demonstrationen. In München gegen Demonstrationen versichert! lachte Philip: Sie sind wirklich ein Angsthase! Ich bitte Sie! sagte mit ENTRÜSTUNG (die gespielt scheinen sollte) der Herr am Fenster und klopfte mit dem Pilsglas auf den Tisch. Da sprach Franz: gegen Dummheit könne man sich nicht versichern, siehe WASSERKOCHER. Kaffeekocher, es war ein Kaffeekocher! brummte der vom Finanzamt: wer sich nichts merken könne, bei dem helfe auch keine Versicherung. Er rückte an der Nickelbrille und schien gereizt. Nicht versichert sein ist unvernünftig, sagte der Herr am Fenster und blickte auf sein leeres Glas. WAS MEINEN SIE DAZU? Mit diesen Worten hatte sich Philip an Hehl gewandt. Was soll Gerd denn Vernünftiges dazu sagen, es spricht Thea, Hehls Frau. Papa hält sich aus Streit raus, es spricht Gabi. Ich wusste wirklich nicht, was ich hätte antworten sollen, hätte Hehl gesagt. UNVERNÜNFTIG, das war vermutlich das Stichwort. Ich finde, es ist ein dummes Wort. Obgleich: können Worte dumm sein? Man kann vernünftig in einen Unfall geraten und darin umkommen, oder unvernünftig zu Reichtum. Ich hatte noch deren Gespräch über den Unfall im Ohr. Ich wollte vielleicht noch etwas nachtragen. Vielleicht wollte ich mich auch selbst rechtfertigen, wegen des Hagels. Ich weiß es nicht. Vermutlich hätte eine einfache Antwort gereicht. Ich hätte mir manches erspart. Ich hatte ja auch keinen klaren Kopf mehr, ich wusste wirklich nicht zu antworten. Hehls Antwort war im Ansatz ein Zitat, eine Wiederholung dessen, was Philip und der vom Finanzamt gesagt hatten: Man weiß nie... (so spricht ein Versicherungsvertreter) Nein, Versicherung ist nicht möglich... Hehl hörte sich selbst sprechen: man sollte sich weniger versichern. WIE BITTE?! fragte jemand überrascht. Hehl aber hörte nicht, er hörte nur die eigenen Worte, die fremd wirkten: Nein, ich meine, man sollte nicht GLAUBEN, man könnte sich wirklich versichern. Oder doch: man sollte sich nicht gegen alles versichern WOLLEN, das heißt: man sollte sich weniger versichern (so spricht kein Versicherungsvertreter). Der mit Nickelbrille kommentierte: Also, beunruhigt Euch!? und fragte sich vermutlich, was für ein Problem der Mann am Tisch hat? Ich bin keiner, der unnötig Probleme wälzt, hätte Hehl sagen können, er hatte aber dem mit der Nickelbrille gar nicht zugehört; stattdessen war er ins Reden gekommen, oder genauer: das Reden hatte ihn überkommen: ich gehöre nicht hierher, nicht in diese Stadt, ich fühle mich unwohl. Gefühlte Versicherung ist nicht echte Versicherung. ECHTE Versicherung: das wäre das Versprechen, nach Hause geholt zu werden. Der Krieg ist längst vorbei, ich bin irgendwie immer noch im Kampfgebiet, eingegraben, warte auch den Befehl zum Rückzug.

Hehl sah nicht, wie sich Verwunderung auf den Gesichtern der Drei am Tisch breit machte (Franz schien Hehls Monolog eher als lästig zu empfinden). Während Hehl redete, hatte er, ohne es vermutlich selbst zu merken, ein Gläschen Tabletten aus seinem Jackett hervorgekramt und fingerte zittrig am Verschluss. Die Vier am Tisch sahen ihn an, Hehl war ganz im Reden: der Hagel, der Krieg, das Leben hat uns rausgetrieben, aufgerieben, die Sicht verhagelt. Wie auch immer: ich bin HIER fehl. MÜNCHEN ist doch nicht schlecht, sagte Philip: ich lebe seit zwanzig Jahren hier, München gefällt mir. Philip hatte sich ja selber entschieden, hatte selber den Ort ausgesucht, hätte Hehl sagen können, sprach aber weiter: eine unsichtbare, unklare Schuld, wie ein Schatten, mein Schatten, verfolgt mich, ich hatte ihr nicht helfen können (Anne). DENN WAS EINER EINST SO LIEBTE, ALS GÄB'S SONST KEINE LIEBE, DARF NIE FÜR BELIEBIG GELTEN. Ich fühle mich, wie noch immer eingegraben, Stellung haltend, provisorisch, eigentlich nutzlos, spare ich Kräfte, halte den Zuständigkeitsbereich klein, sorge für die um mich rum, Frau, Kinder. So ein Hagel kann alles kaputt machen. Sie sollten sich nicht so gehen lassen! sagte der Herr am Fenster und hätte auch sagen können: Sie haben eine schöne Krawatte. Hehl hörte nicht, hatte den Verschluss aufgeschraubt, und versuchte nun, während er sprach, eine Tablette herauszufischen, eine der kleinen gelben Kapseln, die sich schwer fassen ließen. Sobald er im Glas zwischen Finger und Gläschenwand eine Tablette zu fixieren suchte, rutschte die - wie alle anderen zuvor - in die Tiefe zurück: man hat ja einiges erreicht, man schätzt mich... Seien Sie vorsichtig mit denen, sagte der vom Finanzamt und wies auf die Tabletten. CARDIOVAL PLUS stand auf dem Gläschen, vermutlich ein Herzmittel. Ihm wandte sich Hehl zu: Sie kennen es nicht anders, Sie haben ja den Krieg nicht miterlebt. Wenn man den Krieg kennt, da kann einen nichts mehr wirklich beunruhigen, nur der mögliche Schrecken wird größer, das Erschrecken, und eigentlich war es nicht der Krieg, sondern sein ENDE, man hatte uns versichert, versprochen - und auf einmal galt alles nicht mehr, im Gegenteil: man wurde vertrieben, heimatlos. Sie kennen das nicht. Das Ende kann alles UMWERTEN. Gerd, mein Mann, hat einiges erlebt und nimmt sich daher manches sehr zu Herzen, gerade jetzt, so kurz vor dem Ruhestand, Thea spricht: er hat ja einiges erreicht, er wird von allen schätzt, er zwei Töchter, eine harmonische Familie, ein eigenes Heim, und im Grunde ist er ein glücklicher, normaler Mensch, der immer dienstags zur Chorprobe geht. Papa, du hast doch UNS, spricht Gabi: wir lieben dich. Hehl hatte sich - da ein einzelne Tablette nicht zu greifen war - eine reichliche Menge davon auf die Hand geschüttet. Ich weiß, was ich tu! sagte Hehl zu dem mit der Nickelbrille (und vom Finanzamt) und schluckte alle Tabletten, die er auf der Hand gehalten hatte, auf einmal. Einfacher als sie wieder zurück ins Gläschen zu kriegen, hätte Hehl gesagt, sagte aber: WAS IST DER MENSCH IN DER UNENDLICHKEIT? heißt es. Was soll das heißen? Sind wir zu klein, zu unwichtig? frage ich. Ich, ich gehöre definitiv nicht hierher, nicht an diesem Tisch... Mon dieu, Sie sind ja BETRUNKEN, sagte der, der Philip hieß. Ich? Nein, ICH bin nicht betrunken, erwiderte Hehl: woher denn?... Keiner wusste etwas zu sagen. Oder keiner wollte. Stille trat ein. Hehl hätte sagen können, dass WAS IST DER MENSCH IN DER UNENDLICHKEIT? ein Zitat aus dem Pascal-Buch war, das Gabi ihm geschenkt hatte, dass er sich mit solchen Fragen normalerweise erst gar nicht auseinandersetzen wolle, dass er nur seine Ruhe haben wollen dürfe (wie Franz)... Allein der Gedanke, dass jemand IHN für betrunken halten könne, es spricht Gabi (Hehls Tochter) konnte ihm die Sprache verschlagen, Papa hat ja seinen Stolz. Meine Töchter sind ja in München geboren, hätte Hehl sagen, sie sind hier zuhaus, da kann ich, darf ich ja nicht... Hehl war aber nicht mehr nach Reden zumute.

Es hatten viele zugehört, selbst von den anderen Tischen. Man wandte sich ab. Zu groß geredet, zu laut geredet. War er betrunken? DIE MITTE VERLASSEN HEIßT AUFHÖREN MENSCH ZU SEIN (so Pascal). Hehl trank den Tee nicht zu Ende. Konnte das bisschen Rum...? Er hätte nicht so viele Tabletten auf einmal nehmen sollen. Hatte nicht Dr. Neumann selber gesagt, er, Hehl, solle mit diesen Tabletten vorsichtig sein? Ja, genau das würde ihm auch der junge Arzt sagen, später, wenn Hehl im Krankenhaus erwacht sein würde. UNVERNÜNFTIG - dieses dumme Wort. Hehl hätte sich am liebsten weggewünscht. Es half nichts, die Augen zu schließen. Er war ja kein kleines Kind mehr, konnte sich nichts verhehlen. Hiergewesensein - jede Einzelheit davon würde wohl noch Wochen wehtun. Der Herr am Fenster sah weg, hinaus. Mit dessen Augen hätte sich Hehl in diesem Moment nicht sehen wollen. Wenn ich mal zitieren darf, es spricht Mechter: bei uns im Büro sagen wir KEINEN HEHL DARAUS MACHEN, wenn wir sagen wollen, man solle eine Sache nicht zu sehr im Detail angehen - und schon gar nicht wie ein Ingenieur wie Hehl. Der, der Philip hieß, sah gelangweilt und mitleidig drein und drehte sich mit seinen schwarzen Fingern wieder eine Zigarette. Dass er so viel raucht, verunsichert mich, hätte Hehl gesagt, dieser Philip sieht aus, als meinte er zu wissen, woran er mit mir ist. Gerade ihn hätte Hehl gern angesprochen, hätte ihn gern beistimmen sehen, einstimmen, zunicken. Philip dachte REELL, er schien mit dem schneidenden Maß der Nützlichkeit zu messen. Was für ihn nicht zählte, war vernachlässigbar, konnte getrost vergessen werden, hätte Hehl gesagt. Der Franz aber schaute nun wie staunend, mit einem Anflug von Traurigkeit, ja seltsam traurig. Oder war das nur Einbildung? WIR WOLLEN IN DER VORSTELLUNG DER ANDEREN SEIN - wieder Pascal, ach Gabi. Es machte das Aufstehen Mühe. Darf ich Ihnen behilflich sein? sagte der vom Finanzamt. Er war wie Gabi, nur höflicher und überhaupt nicht kämpferisch. Vielleicht weniger enttäuscht? Nein, nein. Nur sich jetzt nicht helfen lassen, sich nicht gehen lassen. Wenn ich gehe, so des Herrn am Fenster wegen, hätte Hehl gesagt. Nicht Sichverabschieden vergessen, es wird schon. Zunicken allerseits. Auch der Franz hatte sich halb, mit einer gewissen Vorläufigkeit also, erhoben und schien Hilfe anbieten zu wollen. Es konnte lange dauern, so ein Jackett anzuziehen. Aber es war ja nicht mehr weit bis zum Mantel. HE SIE, SO GEHTS FEI NED (Sie können nicht einfach gehen!), rief die Bedienung und eilte herbei, er müsse noch seinen Tee bezahlen! Ihm sei nicht wohl, entschuldigte der vom Finanzamt. Verzeihen Sie, natürlich, sagte Hehl: beinahe hätte ich vergessen zu zahlen. Und das Handtuch liegt auf dem Stuhl, haben Sie recht vielen Dank. ZEHN Mark reichten sicher: ich hab's leider nicht kleiner... Die Bedienung sagte: nicht schlimm. Sagte es mit einem Ton des Bedauerns. So war der Eindruck. Sie gab einen Zehnmarkschein und Silbermünzen als Wechselgeld. Sein Schein war vermutlich ein Zwanziger gewesen. Noch einige Silbermünzen für die Bedienung (Trinkgeld), darauf galt es den Mantel anzuziehen. Ganz langsam. A Sauweda, sagte der, der mit seinem Bier allein war. Jaja, was für ein Wetter, geantwortet oder auch nur gedacht, das machte keinen Unterschied mehr. Hehl kam gerade noch bis zur Tür, stürzte dahin, FIEL BEIM VERLASSEN DES LOKALS (so der vom Finanzamt). Dann konnte Hehl als NOTFALL gelten. Von einigen Tischen sahen die Leute auf.

Einen Roman schreiben ist wie das Meer anheben, um die Wellen schöner zusammenlaufen zu lassen.

Zeitfracht Medien GmbH
Ferdinand-Jühlke-Straße 7
99095 Erfurt, Deutschland
produktsicherheit@kolibri360.de